六合叢書

既有集

刘铮

始制有名，名亦既有，夫亦将知止，知止可以不殆。

——《老子》

目 录

自 序 001

内 篇

陈援庵的大师课 005
读援庵史学名著讲义 015
"无分外之求,无不满之事" 019
　　——邓之诚复闻宥札一通
陈寥士的诗话与诗论 028
青年钱锺书的法文读物 036
集外的杨周翰先生 048
王佐良的"历史问题" 062
记黄裳旧藏《史迪威资料》 072
夏志清少作考 078
吴兴华的纪念碑 094

外 篇

作为僵尸的历史 　　　　　　　　　　107
　　——麦考莱《英国史》第一卷
狄更斯，或人生的战斗　　　　　　　122
普鲁斯特是怎么读书的　　　　　　　132
卢卡奇的预言　　　　　　　　　　　144
教官庞德　　　　　　　　　　　　　149
T. S. 艾略特的戏剧　　　　　　　　154
写历史的圆桌武士　　　　　　　　　158
霍布斯鲍姆眼中的革命　　　　　　　168
帕索里尼的观察　　　　　　　　　　179
晚期约翰·伯格　　　　　　　　　　183
刺猬埃科　　　　　　　　　　　　　192
花衣小丑埃科　　　　　　　　　　　199
桑塔格的病历　　　　　　　　　　　207
桑塔格的幻觉　　　　　　　　　　　220
希钦斯的顿挫　　　　　　　　　　　229

杂 篇

两个康德与两个牛顿 243
高濑武次郎与郑孝胥 247
傅秉常与帕斯捷尔纳克 252
那些不存在的书 257
——二十世纪六十年代前期外国文学译介出版史料一束

后 记 274

自 序

《始有集》之刊,去兹将近八年。此八年间,固不可谓世事翻覆,然变化嬗递之迹亦灼然可见。由文章之事言之,微博起,委碎之辞滋蕃,微信兴,烦冗之文猬集。由学问之涂观之,学院中人群趋著论,上下古今,考掘殆遍,无隙地焉。落笔则倒山倾海,漫漶至于无极。虽然,摭拾补苴之功,研讨议论之益,终不容抹煞。《始有集》内文,泰半刊《万象》、《天南》、《东方早报》,而三者今俱辍止。从容恬淡之文,无夸诞叫嚣烟火酸馅之气者,将无所用欤?

今世之文,亦多矣。或有一题,甲作可,乙作亦可;或有一事,甲考之可,乙考之亦可。凡此之类,余皆渐弃去不为。堪述之事、欲作之文,日以鲜。布瓦洛(Boileau)诗云:"诗文其技险,庸才即劣才。"(Dans l'art dangereux de rimer et d'écrire, il n'est point de degrés du médiocre au pire.)敛手不为,殆将免浅劣之讥乎?

旧籍载,宋士人某置一婢妾,云为蔡太师庖厨中人,士命作包子，辞曰：我乃包子局中缕葱丝者。余则略如学术局中缕葱丝者，命作包子，则吾所不解也。今《既有集》所辑，可存者什之一二而已，余者如断残瓦甓，殊不足成宗庙之美。所以收拾丛残，成此一集者，冀后世之文章考古家得此，可于一时风会而外觇落落难合者，庶几获知其全也。

内 篇

陈援庵的"大师课"

《史源学实习及清代史学考证法》(陈智超编，商务印书馆2014年7月第1版)一书主要由两部分构成：前一部分是陈援庵先生1947年9月至1949年6月在辅仁大学讲授"史源学实习"课程的教学日记，寥寥数页而已，后一部分为当时听讲的李瑚先生所作笔记，这一部分长达130页，是此书的主要内容。

援庵的这门课，以顾亭林《日知录》为对象，详细查考其引文，通过具体实例，完成"史源学实习"。李瑚先生的笔记，系首次刊布，其内容之丰富、深邃，令人叹赏不置。读此书，如聆援庵謦欬；贤者耳提面命，指示学术途辙，无缘亲炙大师的后生小子，也等于上了一回"大师课"（master class）了。至于我自己，初读此书，若受电然，再细细看，不觉汗出如浆，非惟自愧学浅，而且痛感在治学精神上不及前修之万一。援庵谓"知其艰难如此，则可以鞭策自己浅尝之弊"（《史源学实习及清代史学考证法》第7页，下引此书只标页码），正道中吾辈病痛。因此，这本书对我来说也是一本"鞭策之书"了。

援庵对《日知录》史源的研究，后来整理为《日知录校注》三册，收入《陈垣全集》（安徽大学出版社2009年12月第1版，以下引《日知录校注》皆用此本）。我们可以将《日知录校注》视为援庵《日知录》研究的最终形态，而《史源学实习及清代史学考证法》一书则呈现了研究过程中的大部分成果。《日知录校注》成书，应在"史源学实习"课程之后，此处只举一个例证。据李瑚笔记，《日知录》卷八"州县赋税"条，亭林自注引"崔铣言：'今之郡大者千里……'"云云，援庵上课讲到此处谓："崔铣之语不可考。"（第16页）可是我们去看《日知录校注》此条，却已注出"此见（崔铣）《士翼》一《封建》条"（《陈垣全集》第十四册第475页）。之前没解决的问题在成书时解决了，这就说明《日知录校注》的定稿一定晚于授课。

虽然这份"史源学实习"笔记反映的只是援庵研究《日知录》的部分过程，但由于其中旁逸侧出者甚多，有时批评亭林较《日知录校注》中的措辞要严厉许多（如谓"亭林太疏略"、"亭林复古思想太过"、"亭林语太不通了"等），有时大谈亲身经历或治学心得，有时又语涉时局，总之，若从读者的阅读体验来讲，《日知录校注》肯定不及李瑚笔记生动、细致，这也是著书与课堂教学的差别。

近年，较好的《日知录》整理本，有栾保群、吕宗力点校的《日知录集释（全校本）》（以下简称"栾吕全校本"，上海古籍出版社2013年10月第1版；此书版本颇多，本文均依此繁体字版）及张京华校释的《日知录校释》（以下简称"张京华本"，岳麓书社2011年10月第1版)。这两种版本,较援庵《日知录校注》晚出,可惜并没有将《日知录校注》的优长全部吸纳进去。此处只举一例说明。《日知录》卷十二"俸禄"条,引白居易《江州司马厅记》"唐兴,上州司马秩五品……"云云,援庵在课上讲:"第一段,白居易《江州司马厅记》,'唐兴',原文为'唐典',即《唐六典》也。"(第50页,《日知录校注》略同)援庵说甚是。可是我们去看栾吕全校本、张京华本,却仍作"唐兴",未出校记。

"史源学实习"笔记中精辟深刻、足堪玩味之处,实不可胜记。在此聊取一则,稍稍加以引申。援庵讲《日知录》卷十八"心学"条,谓:

> 第一段,整段皆为引《黄氏日钞》五"读《尚书》"条之文。黄汝成《集释》在"愚按"前插方东树语,颇似此"愚按"为亭林之按,此下皆亭林语。此实最可笑之事。(超按:《集释》确因此而误导后之研究中国思想史者。)

《日知录》卷十八"心学"条第一段从头到尾都在引用黄震的说法,其中"愚按,心不待传也,流行天地间,贯彻古今而无不同者,理也。理具于吾心,而验于事物……"云云,当然也都是黄震说的。援庵提醒得很对,而笔记的整理者陈智超先生在后面所加按语,尤有深意。

事实上,"愚按"后的话,被误认为亭林语,在当代颇普遍。这个错误的源头究竟在哪里，我未能详考，只能说侯外庐的《中国思想通史》是此误的来源之一。1947年，侯外庐的《近代中国思想学说史》出版，书中评价顾亭林思想，就说"他把明儒的心学，根本否定，而谓心不待传，所以得理而验于事物者"（生活书店1947年5月第1版，上册第173页），书中所引"心学"条第一段，从标点看，也是把"愚按"后的话都当成亭林语了。1956年，侯外庐的《近代中国思想学说史》经修订，更名为《中国早期启蒙思想史》，由人民出版社出版。但书中关于《日知录》"心学"的部分并未改动，延续了之前的错误。再后来，《中国早期启蒙思想史》作为《中国思想通史》第五卷再版，仍用原纸型，此误自然依旧。直至今天，我们看新印的《中国思想通史》第五卷此节，错误还在。陈智超先生按语特别强调"研究中国思想史者"，或许就是指向侯外庐而未点其名了。

检援庵教学日记，他讲授《日知录》"心学"条，当在1948年6月。《近代中国思想学说史》出版于1947年5月，从理论上讲，援庵是有机会读到的。当然，援庵实际上会否读此类俗书，则是别一问题。

我反复研读这份"史源学实习"笔记，倾倒礼赞之余，却也发现有几个地方援庵的说法似尚有改进的余地。下面就举几个例子，略陈管见，就教于方家。

A 以不误为误之例

例一

《日知录》卷十七"生员额数"条,引了唐代贾至一段有名的奏议,这段话长三百多字,开头说的是:"夫先王之道消,则小人之道长;小人之道长,则乱臣贼子生焉……"援庵对此引文评论道:

> 本条第十三段,引"《唐书》载尚书左丞贾至议曰"云云,代宗宝应二年事。《新唐书》一一九本传不载,《旧唐书》一九〇《文苑传》有,但与所引详略不同。略者可云亭林删节,详者从何而来,应找出。《旧唐书》无选举志,《新唐书》四四《选举志》更略,《通考》二九《选举考》引亦略,《唐会要》七六所引更略。《文苑英华》七六五、《唐文粹》二八、《册府元龟》六四〇皆载全文。如讲史源,最高应用《唐文粹》,但亭林甚少用《唐文粹》及《文苑英华》,所用当是《册府》六四〇。此段亭林"《唐书》载"云云有二误:"唐书"应作"旧唐书",参用《册府》而未言。(第87—88页)

援庵认为亭林的引文出自《册府元龟》,这一看法,又见于《日知录校注》,只不过《日知录校注》里的讲法没那么斩截:"亭林所据者当系《册府》,然何以称'《唐书》载'也?"(《陈垣全集》第十五册第983页)

可惜，援庵上述判断却是错的。贾至的奏议，不见于《新唐书》本传，《旧唐书·文苑传》所载又是简本，但这并不等于说就一定不会载于新旧《唐书》的其他地方了。事实上，贾至这段话，见《旧唐书·杨绾传》，亭林节引的部分全部来源于此，栾吕全校本已注出。

这样的史源，在今天，是极容易确定了，用搜索引擎一搜即得。而在援庵之时，只能按规律、凭经验去查线索，未能遍检全书，因而致误。当然，于此亦可见援庵自信稍过的一面。

例二

针对《日知录》卷二十"古无一日分为十二时"条，援庵认为亭林的自注错了，评曰：

> 又注引《南齐书·天文志》，云始有子时、丑时、亥时；又引《北齐书·南阳王绰传》，云有景时，景时即丙时。前者原书有申时无亥时，后者有辰时无景时。（第128页）

援庵谓《北齐书·南阳王绰传》中"无景时"是对的，但说《南齐书·天文志》中"有申时无亥时"不对。《南齐书·天文志》中，不仅有子时、丑时、申时等，亦有亥时。如：

> （永明）十年十二月丁酉，月蚀在柳度，加时在酉之少弱，到亥时，月蚀起东角七分之二，至子时光色还复。

这个"亥时"非常明显，不知援庵何以失检。

例三

《日知录》卷九"藩镇"条第七段引黄震《黄氏日钞》，此段在栾吕全校本中标点为：

> 《黄氏日抄》曰："太祖时，不过用李汉超辈，使自为之守，而边烽之警不接于庙堂。三代以来，待夷狄之得未有如我太祖者也。不使守封疆者久任世袭，而欲身制万里，如在目睫，天下无是理也。"

然而援庵在课堂上的讲法却是："引《黄氏日钞》语，至'未有如我太祖者也'止。"（第32页）《日知录校注》同此，并注卷数"《黄氏日钞》四六"（《陈垣全集》第十四册第583页）。那么，援庵的讲法对不对呢？经检，亭林所引，出《黄氏日钞》卷四十六"匈奴"条，从"太祖时"到"天下无是理也"全都是黄震所说，援庵的讲法不对。不过，既然《日知录校注》已注出《黄氏日钞》卷数，援庵显然已核对过原书，为什么还会犯这个错误？我百思不得其解，这也是整本书中最令我困惑的地方。

B 出处误记之例

《日知录》卷一"卜筮"条第五段：

>石驼仲卒，无适子，有庶子六人，卜所以为后者，曰："沐浴佩玉则兆。"五人者皆沐浴佩玉。石祁子曰："孰有执亲之丧而沐浴佩玉者乎？"不沐浴佩玉，石祁子兆。卫人以龟为有知也……

援庵评论道："石骀仲无嫡子，见《礼记·檀弓下》。《史通·烦省篇》批评此段，最为有知也。"（第120页）援庵指出史源为《礼记·檀弓》，自然是对的，但后面这半句似为口误，因为《史通·烦省篇》中并没有关于石骀仲子的内容。

按，《容斋随笔》卷八"沐浴佩玉"条，先节引《礼记·檀弓》文，然后说：

>此《檀弓》之文也。今之为文者不然，必曰："沐浴佩玉则兆，五人者如之，祁子独不可，曰：'孰有执亲之丧若此者乎？'"似亦足以尽其事，然古意衰矣。

窃疑援庵授课时是将《容斋随笔》误记为《史通》了。

C 未注史源之例

依《日知录校注》的体例，只要是《日知录》引用过的史源，都会注出，所以即便出于《论》、《孟》这类常见的书，也一一注明。而其中有个别未注者，或许是援庵一时未能找出其史源。下面就举两个这方面的例子。

例一

《日知录》卷十八"钟惺"条第一段小注中引钱谦益文："钱氏谓：'古人之于经传，敬之如神明，尊之如师保……'"引文长达三百字。援庵在授课时对此有评论，略云：

> 第一段，注文引"钱氏"一大段，此钱氏指钱谦益，原作"钱尚书谦益文集"，其书在禁书之内……《四部丛刊》中有钱氏《有学》、《初学》二集，以前皆禁书，实在亭林之上。后人引钱氏之言者，多去其名……（第99页）

按，援庵于牧斋评说甚多，然于钱氏此一大段文章究竟出于何书，并未说明。《日知录校注》中亦付阙如。而栾吕全校本、张京华本同样没有注出。

事实上，牧斋此文出《初学集》卷二十九，题为《葛端调编次诸家文集序》。

例二

《日知录》卷十一"开元钱"条第一段引马永卿语：

> 马永卿曰："开元通宝，盖唐二百八十九年独铸此钱，洛、并、幽、桂等处皆置监，故开元钱如此之多，而明皇

纪号偶相合耳。"

援庵在授课时称："所引'马永卿曰'云云，马著有《元城语录》三卷，《嬾真子》五卷。"（第45页，《日知录校注》略同）。细玩援庵词意，似谓马永卿语出处当在《元城语录》或《嬾真子》中寻找。不过，终究未能确定史源。而栾吕全校本、张京华本同样没有注出。

事实上，马永卿语见于宋人姚宽的笔记《西溪丛语》卷下。

按说援庵对《西溪丛语》一书应该是很熟悉的：他曾在《火祆教入中国考》中引《西溪丛语》，并批评作者姚宽卤莽灭裂，且谓："《四库提要》杂家类存目二，论大秦景教流行中国，大半袭《西溪丛语》，不加纠正……贻误后学，不为浅矣。"不知何以于马永卿语却失之眉睫之前了。

援庵是我极景仰的史学大师，其造诣卓绝处，非固陋如我者所能梦见。不过，正所谓"圣人千虑，必有一失；愚人千虑，必有一得"，以上陬见，或不尽为谬妄。若果有一得，则必为援庵讲授笔记鞭策之功矣。

（原刊于2014年12月14日《东方早报·上海书评》）

读援庵史学名著讲义

上世纪三十年代，陈垣先生讲"中国史学名著评论"这门课，未印讲义，而留下讲稿。讲稿后经整理，编入《陈垣全集》，最近又收入《中国史学名著评论》（陈智超编，商务印书馆 2014 年 1 月第 1 版）一书，并附手迹全份。《中国史学名著评论》这本书特别收入"来新夏听课笔记"，占九十页的篇幅，为来新夏先生 1943 年 9 月至 1944 年 6 月间在辅仁大学听这门课所作笔记。听课笔记内容很丰富，可惜只记到"纪事本末"体就结束了，对比陈垣先生自己的讲稿，来先生记下的部分可能只是课程全部内容的前三分之一。

援庵先生的学问精深博大，这部难得的为初学指点门径的讲稿精义极多，自不待言。值得留意的，是在"杂家"类中，对许多笔记下了评语，如谓王楙《野客丛书》"皆摘引群书以考证其同异，辨论其是非，详明精确，在南宋唯《容斋》五笔可与对垒"，又如谓叶大庆《考古质疑》"考订详密，援引赅博，而议论精确，多发前人所未发。且行文亦极雅赡可观，视程大昌《考古编》过无不及",实可作为读杂书的一种指引。援庵先生提到的杂家著作中有几种是1949年后一直未校点整理过的,比如朱翌《猗觉寮杂记》、龚颐正《芥隐笔记》,专业的古籍出版社亦不妨考虑请人整理出版。

读"来新夏听课笔记",可发现援庵先生写作的一些轨迹。如关于《资治通鉴》的编纂分工问题,笔记记:"司马温公有三助手,刘攽两汉,刘恕三国、南北朝、五代,范祖禹唐。《四库提要》史评类云:《史》、《汉》属刘攽,魏晋南北朝属刘恕,唐、五代属范祖禹。云引邵氏《闻见录》('邵氏'二字似应置于书名号内——引者按),然《闻见录》无此语,当为根据晁说之《嵩山文集》所语,此盖误也。陈汉章尚为之辨释,益误矣。"此处提及的陈汉章观点,指陈汉章《书全谢山分修通鉴诸子考后》一文,见《缀学堂丛稿初集》。事实上,援庵先生后来发表了一篇与陈汉章题目完全相同的文章,刊于1947年2月12日《大公报·文史周刊》(后收入《陈垣史源学杂文》),所谈的观点与"来新夏听课笔记"所记者同。当然,对于这一问题,今人已有更详密的论述(如姜鹏《〈资治通鉴〉长编分修再探》一文),但我们是读了"来新夏听课笔记"才知道,原来1947年正式发表的观点,实际上在1944年的课上已经对学生讲述过了,这还是有意思的。

我们知道,援庵先生对清代学者王鸣盛印象一直不好,一有机会就挖苦讽刺,其顶点当然就是《陈垣史源学杂文》收入的那篇《书〈十七史商榷〉第一条后》。在"来新夏听课笔记"

中,也有指王鸣盛无知的地方。如讲到曾著《魏书》(已佚)的魏澹,笔记记:

> 澹字彦渊(《史通·杂说篇》),《隋志》著录澹书,下著魏彦深(避高祖讳)。《旧唐书·令狐德棻传》所载魏澹事,作魏彦,下本当空(亦避讳方法之一种),后人连排,致王鸣盛《十七史商榷》云:修《魏书》者只有魏收、魏澹,并无魏彦,原本与今本同作彦,皆误也。实则西庄不识避讳之方法也。(第95—96页)

这是讲魏澹的字"彦渊",因避李渊讳,或改为"彦深",或在"彦"后面空一格,王鸣盛不明此理,妄下雌黄了。援庵先生提到的《史通》,指《史通·杂说下》"如彦渊之改魏收也,以非易非,弥见其失矣。而撰《隋史》者,称澹大矫收失者,何哉?"两句。其中"彦渊"、"澹"并见,是坚强的证据。

关于魏澹的字,陈寅恪发表于1949年的有名文章《从史实论切韵》也谈到了,文章先引《隋书·魏澹传》,后加按语:

> 寅恪案,唐臣避高祖讳,率改"渊"为"深"……或改"渊"为"泉"……今考岑仲勉先生《元和姓纂四校记》八去声八未魏氏条引《旧唐书》壹玖叁列女传宋庭瑜妻魏氏传云:"隋著作郎彦泉之后也。"明彦深、彦泉皆避唐讳所改。可参刘盼遂先生《文字音韵学论丛》:《〈广韵·叙录〉校

017

笺》。(《金明馆丛稿初编》，三联书店2001年版，第401页)

据《陈寅恪先生编年事辑》，此文写于1948年，时间上晚于援庵先生的课堂讲授。当然，陈寅恪先生也不大可能知道援庵先生这样讲过。事实上，刘盼遂先生早就谈到魏澹字"彦渊"的避讳问题，他1926年发表于《实学》第4期上的文章《〈广韵·叙录〉校笺》中说：

著作郎魏渊　敦煌石室所出唐写本《切韵》，(陆)法言自序作魏彦渊。按《隋书》卷五十八《魏澹传》："澹字彦深（按唐臣避高祖讳改渊为深）……"此处"渊"为"澹"之误字无疑，或"渊"上夺"彦"字也……(《刘盼遂文集》，第569页)

刘盼遂先生写《〈广韵叙录〉校笺》，尚在清华学校研究院学习期间，此文后收入1935年4月出版的《文字音韵学论丛》。

我们比较三家的说法，可看出他们各有侧重，所据的史料出处也不尽一致，这才叫"英雄所见略同"。不过，现在通行的中华书局点校本《隋书》还是印着"澹字彦深"，而无校记。史学前辈们的考证结果，未能刷新后辈的认识，说起来是有些可惜的。

（原刊于2014年4月6日《南方都市报》）

"无分外之求，无不满之事"
——邓之诚复闻宥札一通

《落照堂集存国人信札手迹》（上下册），2013年12月由"中研院"中国文哲研究所出版。落照堂是学者闻宥（1901—1985）先生的书斋名，书中影印的信札绝大多数是致闻宥先生的。整理者特别说明，整理前，"所存信札共含作者一百余人与信札一千余页，整理中，剔除少数无甚干系之作者，而留存一百位，并以二十世纪四十年代末为断限，删去其以后者"。不过，我在浏览此书时注意到，下册第807页所印图版，如按目录所示，当为罗庸先生之信札，然稍加谛视，即知其出邓之诚（1887—1960）先生手笔。复查考其内容，知此札写于1954年。这样一来，就把整理者所设的两个限定都打破了。

邓之诚的函札向颇少见，而致闻宥一札，文辞茂美，内容又涉及几位学人的遭际浮沉，虽刊于书，而不见于目录，无异明珠暗投，因录其文，稍加解说，免其沉埋而已。

原札如下：

在宥先生左右：

前辱惠书，欢喜无量。溽暑万事俱废，致稽裁答，幸不为罪。

诚山中岁月，久忘尘世，稍亲书史，便可遣日。无分外之求，无不满之事。暮年萧瑟，其甘如荠。以此养生，庶不使嵇康笑人。

进之书来，述台端为之作介，求文学出版社事。诚昨得聂绀弩书，云已无问题。虽非决定，却尚肯定。亦迩来快意事也。

《湘军志》甚难觅取，幸祈作罢。《封神榜》亦非必需之书，版已久毁，便拟不求。

旧门人成恩元寄所撰，未能自树立，深为之忧；托庇高贤，更为之庆。晤时祈转告。诚近年搜求古树、桥塔、石阙以及古建筑，阆中观音阁、东湖之桂、栈道之柏，久劳梦寐。能为我各求照像数纸否？费可不计，我当任之。唯不宜强求，以此等无谓事扰人，私衷不安。若致劳神，更成罪过矣。

书此，敬问

公私多福！不尽企念！

之诚　顿首　八月二十二日

邓之诚日记记，1954年4月8日，"闻宥、浦江清偕来"。次日，"回看闻宥不值"。10日，写《赠闻宥》绝句三首，中有"荒村岁月年年改，有客新从万里回"之句。11日，"写昨诗致闻宥"。12日，"闻宥、游国恩偕来"，"过闻宥，久谈，知吴宓去年娶得少妻，近在北碚西南师范学院任教西洋史，朱宝昌尚在重庆磁器口西南高等师范学校学习，仍领原薪"。

1954年，闻宥先生时任四川大学中文系教授。4月，他从成都来到北京。考虑到他1955年即调中央民族学院任教授，此行之目的，或许不只是访友，而是兼为求职。

关于朱宝昌

邓之诚信中提到的"进之"，即日记里讲的朱宝昌（1909—1991），"进之"是朱宝昌的字。朱宝昌曾就读燕京大学哲学系，上世纪三十年代末在燕京大学任教。闻宥1933年秋至1935年夏曾任燕京大学国文系副教授，后因与郑振铎之矛盾辞职（参季剑青《1935年郑振铎离开燕京大学史实考述》，《文艺争鸣》2015年第1期）。邓之诚则是燕京老辈，三人之交集当在燕京。顾廷龙亦曾在文章中提及，在燕京大学时，"我的老师闻宥请吴世昌、朱宝昌及我喝酒"（《新岁谈往》）。

1949年后，朱宝昌相继在西南师范学院、川东教育学院、西南军区师范学院任教。关于他意图在北京谋职之事，邓之诚日记中有不少记录。

1954年7月8日日记云："浦江清送闻宥信来，知朱宝昌任教重庆杨公桥军区师范语文系，即作一字寄去。"闻宥的这封来信，也就是复信中所谓"前辱惠书"的那个"书"。

7月17日，"送朱宝昌信与郑桐荪，邀浦江清来谈朱宝昌事，希望入人民文学出版社也。"郑桐荪是清华大学理科教授，当时已退休。7月19日，"浦江清来索朱宝昌履历"。7月25日，"得朱宝昌复，并寄自传及《文学概论》讲义，即往访浦江清，不晤"。7月27日，"得朱宝昌信。浦江清来取朱《文学概论》去"。7月28日，"复朱宝昌，由航寄"。8月6日，"得朱宝昌信，即复之"。8月7日，"下午，为朱宝昌事，往访浦江清，无聊极矣！"看来，为朱宝昌谋职擘划奔走，邓之诚已经感到不耐烦了。

到8月22日，邓之诚复信给闻宥时，他尚认为，朱宝昌从四川调到人民文学出版社工作这件事，既然时任人民文学出版社副总编辑的聂绀弩已经答应了，则"虽非决定，却尚肯定"。但实际上，事情并没有那么顺利。

8月30日，"作书，以朱宝昌不携眷，告聂绀弩"。9月9日，"晨，朱宝昌自重庆来，何其速也？即住于此。"看来，朱宝昌等不及了，自己奔到北京来。9月10日，"为朱宝昌作书致聂绀弩……入夕，朱宝昌始自城中归，云：已晤聂，深怪不候调而来，虽取得离职书，而无介绍书，是脱离组织也。果不出予所料。"10月27日，"吴恩裕来，言朱宝昌文学出版社事已无望。下午，偕朱宝昌一访浦江清。"至此，朱宝昌调入人民文学出版社之事以失败告终。

不过，不久后，邓之诚就忙着为朱宝昌另觅职位了。11月27日，"高名凯来，托其为朱宝昌打听师大文学史一席"。12月7日，"高名凯两来……言朱宝昌谋师大教席得复可商"。12月24日，"晚，高名凯来，言政法学院约朱宝昌面谈，或国文一席，可望有成"。1955年1月22日，"朱宝昌往政法学院晤有关人士，教席已定局"。3月18日，"高名凯两来，言师大黄药眠有信来，决定聘朱宝昌任教，约明日往谈。此则出于意外"。3月30日，"朱宝昌得师范大学人事室通知，入城办手续报到，大约定局矣！午，挂牌而归，云：明晨上班，即迁入师范大学。忽政法聘书又至，且言：明日以车来迎。急往解释，大受责难。盖政法沮师大勿聘不得而怒，乃欲抢夺也，妙哉！"。3月31日，"晨，朱宝昌迁居德胜门外师大，自去秋来此，凡住半年零二十五日"。至此，朱宝昌的教职暂时确定，到北京师范大学当教授去矣。想想朱宝昌在邓之诚家里住了半年多，邓之诚对其可谓仁至义尽了。

不过，朱宝昌的奔波扰攘并未就此结束，他到北师大后，因"说'在某人的宴席上和胡风同桌吃过一顿饭'，结果被视为跟胡风分子有来往"，教授被降为副教授。1956年，朱宝昌响应号召"支援大西北"，远赴西安师范学院任教，1958年被定为"右派分子"，自然，这些都是后话了（参韩唯一《朱宝昌》，陕西师范大学档案馆校史人物网页）。

关于老照片

1954年4月初，闻宥抵北京，到5月8日，邓之诚日记记："闻宥来辞行。托其在成都代觅宋育仁所批《封神传》及湘绮自批《湘军志》。以初刻本《曝书亭集》、《述学》赠之。"三个半月后，邓之诚在复闻宥书中谓："《湘军志》甚难觅取，幸祈作罢。《封神榜》亦非必需之书，版已久毁，便拟不求。"看来邓之诚想找的宋育仁、王闿运批本，闻宥皆未能替他找到。

1954年8月22日，邓之诚日记记："复闻宥书，托转告成恩元为求保宁观音阁、栈道柏、东湖桂照相。"日记的日期与复信落款所写日期相同。保宁，是阆中的古称，日记中所记内容，与复信中"阆中观音阁、东湖之桂、栈道之柏"云云亦吻合。

成恩元（1917—1989），抗战初就读于燕京大学历史系。邓之诚称成恩元"旧门人"，当指此段经历。1942年，燕京大学在成都复校，成恩元再入成都燕京大学读书。1943年，成恩元在成都燕大毕业。1952年全国院系调整，成恩元随华西大学博物馆一起调入四川大学。1954年，任四川大学博物馆代理馆长。

1954年6月，四川大学历史博物馆印行了成恩元写的一本小册子《川陕省苏维埃时期的银币》，版权页写的是"一九五三年七月初版，一九五四年六月再版"。邓之诚复闻宥信中提到"成恩元寄所撰"，"所撰"指的大概就是这本小册子。《川陕省苏维埃时期的银币》是作为"四川大学历史博物馆研究丛刊之二"出版的，而该丛刊"之一"、之三"都是闻宥的著作《古铜鼓考》、《铜鼓续考》。虽然小册子上并未注明,但一望可知,《川陕省苏维埃时期的银币》的书名也是闻宥题写的。在华西协合大学,闻宥是文科的领导者,到了四川大学,博物馆的工作可能还是由闻宥来指导的,所以邓之诚复信中"托庇高贤"一语应该是指成恩元受闻宥的照拂。成恩元后来成为四川颇有名的考古学家、钱币学家,似乎也不必"为之忧"了。

五十年代,邓之诚搜集老照片之癖日深,不特广泛搜求,所费亦不赀。常与其交易的估人"像片张",在其日记中极频繁地出现。此人本名似为张勉之。

邓之诚买老照片,几乎成瘾,屡次欲戒除,而又屡次破戒。1955年11月1日,"像片张来,复有所费,皆浪费也,定绝之矣!"第二天,"与书张勉之,令其以后勿以照片来,予决意节止浪费,并书籍亦不买矣!"两周后,11月15日,"像片张来,略有所费"。12月5日,"像片张又来,无如之何也"。12月6日,"像片张来,又有所费,非本愿也"。12月20日,"像片张来,应酬一元,多文(阁)麻估来,应酬二元,吾已去三金矣!而犹怏怏,彼等盖以我为富有,吾实不富,奈若何哉!"五十年代,邓之诚著书不少,版税颇丰,收入确实较一般人高出许多,只是开销也大,故有此叹。

1956年5月8日,"偶翻所蓄旧像片,毫无所用,不过解闷,而所费已多,徒为无益,平生所为似此者多矣!若不停买,必愈困也"。又想戒除此瘾,然而终究是无用的。6月3日,"像片张来,以十三元得明信片千二百张,以六元得日本风景照片四十余张……一日之间,大有所费,可谓极秀才之豪举矣!吾何必有取于是哉?亦聊以忘忧而已!"

邓之诚为什么会如此"豪买"?仅仅着眼于个人嗜好或生活习惯,恐怕是不够的。邓之诚自己倒也说得明白,"聊以忘忧而已"。这不免使人又想起他在复闻宥信中那段说得很漂亮的话:"诚山中岁月,久忘尘世,稍亲书史,便可遣日。无分外之求,无不满之事。暮年萧瑟,其甘如荠。以此养生,庶不使嵇康笑人。"表面上似讲自己无欲无求,晚年生活过得潇洒恬淡,然而"暮年萧瑟"四字,似自比庾兰成;嵇康《养生论》中固然有"无为自得,体妙心玄,忘欢而后乐足,遗生而后身存"之类的话,可嵇康自己的命运却又似乎是一个反讽。而"其甘如荠",自然也暗含着"谁谓荼苦"的意思。

观邓之诚在日记中之言论,也许实际的情形并非"无分外之求",而是即便求也求不到;并非"无不满之事",而是即便有也以不说为妙。在外人看来,邓之诚的生活条件或许相当优越,而且并未真正受到多少冲击。但这也只是外人的看法而已。文如老人自己的内心世界究竟如何?目击世变,他竟会无动于衷吗?王右军云:"年在桑榆,自然至此,正赖丝竹陶写。"将"丝竹"二字换成"像片",是否多少也能道出邓之诚的心境呢?

闻宥、朱宝昌北上,成恩元由华西入川大,其大背景都是1952年开展的"院系调整"。它对社会上的人来说,或许是极微末的事,不过就是裁撤一些、合并一些罢了。但对大学中人而言,却不啻陵谷之变,人生的轨道全被转换了。这在闻宥、朱宝昌身上体现得特别明显，只不过，1954年的时候，他们还来不及去考虑这些。世变无穷，方兴未艾。

（原刊于2017年1月12日《南方周末》）

陈寥士的诗话与诗论

新刊《校辑近代诗话九种》（上海古籍出版社 2013 年 10 月第 1 版）一书，收陈寥士《单云阁诗话》。陈寥士，原名陈道量，字器伯，号寥士。据整理者介绍，所辑《单云阁诗话》分别载于沦陷时期的两份杂志："一九四〇年始刊于《国艺》，至一九四二年讫，凡载十七次。一九四三年又载《一般》一次。"经查，整理后的《单云阁诗话》，一七七则以前，载于《国艺》，一七八则至一九九则，载于《一般》。

不过，事实上，陈寥士的《单云阁诗话》并不只载于上述两份杂志。1942 年 10 月，《中国诗刊》在南京创刊，中国诗刊社编辑，由陈寥士任社长。《中国诗刊》从 10 月到 12 月一共只出了三期，每期都刊登署名"单云"的《单云阁诗话》；该刊同时登载署名"陈寥士"的《单云阁诗》，则此《单云阁诗话》为陈寥士所作是无疑问的。

《中国诗刊》创刊号刊《单云阁诗话》十六则，卷第二刊十五则，卷第三刊十一则，共四十二则。此四十二则，与《校辑近代诗话九种》所辑《单云阁诗话》无重复者。

　　从时间上看,《单云阁诗话》最后一次刊于《国艺》杂志第四卷第一期,是1942年上半年的事情,而《中国诗刊》创刊于同年10月,12月即终刊,刊于《一般》则在1943年了。因此,合理的推测是,《单云阁诗话》写作及刊载的次序为:《国艺》、《中国诗刊》、《一般》。从内容上看,亦有支持此推测之证据。《校辑近代诗话九种》所辑《单云阁诗话》第四则（载于《国艺》第一卷第一期,1940年1月15日出版）云:"苍虬诗'鸡鸣一何悲,众生不同晓',又有牡丹诗'睡足出严妆,午韵不如晓',二'晓'字甚警。"《中国诗刊》卷第二（1942年11月5日出版）所载《单云阁诗话》第一则云:"余谓陈苍虬,可以称为'陈三晓'。因其集中有三'晓'字,至为警策。其一,《鸡鸣寺怀朴生丈及四弟》云:'鸡鸣一何悲,众生不同晓。'其二,《晨在崇效寺看牡丹》云:'睡足出严妆,午韵不如晓。'其三,《寄怀陈师傅弢庵先生即题听水图》云:'太白何睒睒,独与残月晓。'"对比可知,在两年多的时间里,从"二晓"到"三晓",作者有了新的认识,改写了之前撰写的内容。

　　《中国诗刊》载《单云阁诗话》,所评古人有顾炎武、唐彦谦、史念祖、倪岳,毛晋、渐江等,所评近代诗人则包括王式通、夏庆绂、谭献、沈尹默、汪兆镛、金兆蕃、张謇、齐白石、陈曾寿、陈锐、赵熙、缪荃孙、杨寿枏、郭则沄等。《单云阁诗话》所存掌故及评语自有其价值,不过,从总体上看,以摘句为主,作者的诗学主张隐而未彰,阐论似嫌太少。

诗话之外，陈寥士还发表过诗论若干篇。我未专门收集过，只列闻见所及者如下：《从全唐诗说到天一阁秘籍》（载《逸经》1937年5月号）、《王湘绮诗及其说诗的一斑》（载《作家》1941年第1卷第2期）、《海藏楼诗的全貌》（载《古今》1942年第7、8期）、《诗的味外味》（载《人间味》1943年3月号）、《双照楼主人之父汪玉叔先生诗及事略》（载《申报月刊》1945年复刊第4卷第4期）。这些文字也许于诗不无所见，但谈不上精深，像《海藏楼诗的全貌》一篇，文章甚长，而精义无多。

在我看来，陈寥士一生诗学的最高造诣，并非体现在《单云阁诗话》及散篇文字中，而是体现于晚年参与撰写的《宋诗选讲》一书。

《宋诗选讲》，署"陈伯谷著"，1963年由香港的上海书局出版，后有重印本及台湾翻印本。当时《大公报·艺林》周刊的编辑陈凡为该书作序，称"书里所收的文章，绝大部分都是在《艺林》周刊上陆续发表过的"，又说："《宋诗选讲》在《艺林》上发表时，原名《宋诗染鼎》，这次出版时，为了更求通俗，改用今名。作者陈伯谷先生，其实是两个人合用的笔名，两位都是老诗人；其中一位又是书家，另一位则曾经家藏万卷以上，都是在诗海浸淫过很久的老人了。"

2013年8月，后人整理的潘伯鹰著《冥行者独语》出版，内收《宋诗染鼎》谈杨亿《汉武》、晏殊《寓意》的两篇，使一般读者有机会知道共用"陈伯谷"这一笔名的两位"老诗人"中兼为"书家"的那位就是潘伯鹰。当然，2010年3月，《宋诗染鼎》谈杨亿篇的誊抄稿就曾在拍卖会上出现过，我是在那之后知道潘伯鹰为《宋诗选讲》作者之一的。

2012年2月，陈寥士之孙陈思同先生在网络博客上贴出文章《祖父与〈宋诗选讲〉》，其中讲到："1960年，上海潘伯鹰先生应香港《大公报》总编陈凡先生之约，为该报副刊《艺林》撰写专栏文章，潘伯鹰以陈伯谷为笔名（陈伯谷就是祖父和潘伯鹰的姓名合成的），在写第一篇《汉武》时，就向陈凡推荐祖父续写，陈凡同意了，让祖父写几篇看看，祖父一蹴而就，很快完成数篇寄出，陈凡阅后大加赞赏，立即决定采用，从此祖父开始了长达数年的专栏写作。"

陈凡说陈寥士"曾经家藏万卷以上"是属实的，陈寥士的藏书情形，可参考李军先生《变风变雅，朱印蓝印——四明藏书家陈寥士事迹稽略》（刊《天一阁文丛》第八辑）一文。

《宋诗选讲》的两位作者分别为潘伯鹰、陈寥士，可其分工情况，尚难确知。从陈思同先生的说法推断，《宋诗选讲》的创作主力是陈寥士，而潘伯鹰写得较少。从我读《宋诗选讲》的体会来说，情况也是如此。不过，潘伯鹰是否只写了已收入《冥行者独语》的谈杨亿《汉武》、晏殊《寓意》的两篇呢？我认为未必。

《宋诗选讲》讲黄庭坚的一篇提到："潘伯鹰《黄庭坚诗选》导言，对于黄诗分析得很精细。他举出黄诗的特点如下：……"接下来所列一、二、三、四各点，均出自潘伯鹰选注《黄庭坚诗选》（古典文学出版社1957年版）。之后又谈黄庭坚《次韵题西太一宫壁》,所引任渊注,亦见《黄庭坚诗选》该首注释。我们知道,潘伯鹰在用笔名写的文章里常提及自己的本名,自赞自誉的例子亦不少。因此,我疑心《宋诗选讲》讲黄庭坚的这篇出自潘伯鹰的手笔。试想若陈寥士来写黄庭坚,总未必肯照抄友人的结论罢。

杨亿、晏殊、黄庭坚而外,我猜测写陈师道的一篇,也是潘伯鹰写的,然无确证,只是从文风上推测而已,故略去不提了。两位作者文风不尽相同,大体说来,潘伯鹰的文字平实恳切,多围绕所选的一首诗展开,而陈寥士则喜欢摘句,较多发挥,常荡开一笔,上下古今。

《宋诗选讲》中较有把握确定为陈寥士所作者有两篇,一是谈司马光的,一是谈晁冲之的。谈司马光一篇中云:"我曾经到山西省夏县去展望过司马光的坟墓和祠堂,又读苏轼撰书的神道碑,不禁再三唏嘘太息。"夏县,距离运城很近。据潘益民《陈方恪先生编年辑事》,1953年,"山西省教育厅来南京征招中等学校教师,在家无业的陈道量主动报名参加……抵晋后,被分配在省立运城地区师范学校任语文教师"。1959年,"因右派问题,年已六十岁的陈道量被运城师范学校辞退,怅然回到南京。其夫妇和儿子陈孝祚均无工作,靠儿媳在小学任教的几十元工资和出售家藏古籍善本维持全家七口人生活"。潘伯鹰生平未履山西之境,因此,谈司马光的这篇只能是陈寥士所作。

谈晁冲之一篇中云:"四十年前,慈溪冯君木先生选宋人诗为《萧瑟集》,他曾指出二晁是宋诗的骨干。"冯开所选《萧瑟集》为罕僻之书，非有特殊关系者不见得会引及。事实上，陈寥士正是冯君木的弟子。这一点，他在《单云阁诗话》中曾不止一次道及，另外不妨再补充一个少见些的证据：1942年10月《中国诗刊》创刊号有冒孝鲁《次和寥士见赠》一诗，开头两句是"楼高百尺卧元龙。心折回风一老翁（自注：君为慈溪冯君木先生入室弟子）"。此诗后收入《叔子诗稿》，但自注一句被删去了。谈晁冲之的这篇征引师说，当为陈寥士所作。

再从文辞、用语角度来考察。《宋诗选讲》谈魏野的一篇云："七律以高调为正格，这种高调的造诣，不要说在隐逸诗人中绝无仅有，就是其他的人，没有浩荡而悲壮的胸襟的，也决不能有这种吐属。"对比《古今》杂志所刊《海藏楼诗的全貌》一文中的说法："海藏主张律诗全首用高调，我以为他的七律，高调为多。"同用"高调"二字。

又如《宋诗选讲》谈王安石的一篇云："从来登大位而诗有蔬笋气的，以他为首屈一指。"对比《人间味》杂志所刊《诗的味外味》中的说法："达官诗而有蔬笋气，惟有王荆公。"同用"蔬笋气"二字。

倒不是说旁人论诗就完全不会用"高调"、"蔬笋气"这类词了，只是在确知《宋诗选讲》只有两位作者的前提下，我们有理由认定谈魏野、王安石的两篇亦为陈寥士所写。

以司马光、晁冲之、魏野、王安石诸篇为依据，可总结出陈寥士文笔之特征；复以此特征揆诸书中各篇，可推断出为其所撰者尚有甚多。此处不再一一详述。

《宋诗选讲》的选目颇有特色，如诗人魏野，见于陈衍《宋诗精华录》，然钱锺书《宋诗选注》、金性尧《宋诗三百首》、钱仲联《宋诗三百首》等较有名的近人选本均未采及。《宋诗选讲》的通例是每位诗人只选一首或一题，全书共选四十人，经与《宋诗精华录》比较，有二十四题未选入《宋诗精华录》。

书中选魏野《登原州城呈张贵从事》一首，即不见于《宋诗精华录》，而在解说时，陈寥士又摘句五言十九联、七言六联。从这些地方不难知道，作者所写虽为一篇短文，但必定是在通读整本诗集的基础上草就的，心得之深，非一般选本所及。

陈寥士此时说诗，解悟已超过四十年代，有时貌似常语而有至味。如王安石，选的是有名的《明妃曲》二首，开头两段说：

> 诗中有必要的三元素，就是"此时"、"此地"与"有我"也。"我"和"时间"、"空间"是绝对不可分割的。同一诗题，作者千万，何以内容各不相同呢？因为时代的不同，地位的不同，而作者的秉受和感想，就完全不同了。假使有"时"有"地"而没有"我"，就成为没有灵魂的东西。置之甲集可，置之乙集亦可。咏这个可，咏那个亦可。赠你可，赠他亦可。那就何必要这个作品呢。

> 古来作明妃曲的很多，即如欧公所作，极为自负（指欧阳修《明妃曲和王介甫作》——引者按）。但你自己说好，不能强天下人都说你好。譬如曾南丰《明妃曲》云："丹青有迹尚如此，何况无形论是非。"便能道诸家所未道。王安

石诗，好为自己写照，如咏北陂杏花云："纵被春风吹作雪，绝胜南陌碾成尘。"这一类例子不少，而尤其是《明妃曲》，显著地为自己写照，写得十二分深刻。以汉帝与神宗相比，以明妃与自己相比。若在他人，无此感想，便不伦不类。

诗人当各有其吐属，本也是常识，但陈寥士此番解说，切合原作，而又能让读者领会这一首诗之外的东西，便觉有味。

也许有人初读《宋诗选讲》，会以为与时下鉴赏文章无异，平平无奇。我反复读此书，感想却不同。大胆一点说，《宋诗选讲》应该是最好的宋诗读本了，不仅比《宋诗三百首》、《宋诗鉴赏辞典》之类书好，甚至比钱锺书的《宋诗选注》好。《宋诗选注》中俏皮话很多，但对诗的作意、作法，解说甚少，初学无由悟入。而潘伯鹰、陈寥士则能将诗人的解悟心得注入《宋诗选讲》，令此书自有一种沦肌浃髓的透彻。潘、陈分别于1966年、1971年谢世，他们在人生最后的艰困之际，留下这样一部精粹的解诗之作，是值得后人珍重的。

（原刊于 2013 年 12 月 15 日《东方早报·上海书评》）

青年钱锺书的法文读物
——以《钱锺书手稿集·外文笔记》前三卷为例

据整理者介绍,《钱锺书手稿集·外文笔记》前三卷为钱锺书于1935年至1938年间在英、法留学时所记。算起来,那时钱锺书是二十六岁到二十九岁,年纪尚轻,而他对英、法两门语言的掌握却已极纯熟,这一点,从他摘录的文字内容以及他用英文、法文写下的札记批语很容易就能看出来。

本文考察的对象,是《外文笔记》前三卷中出现的法文书。首先,将开列详目;其次,将对《外文笔记》编目的相关疏漏稍加说明。再次,将谈谈《外文笔记》所体现的钱锺书的阅读范围及摘录特点;第四,将说明其中几部书与钱锺书此后著作——《谈艺录》、《管锥编》——的关联;最后,将选介钱锺书针对这些法文书写下的英、法、中三种文字的批语。

一、详细书目

《外文笔记》前三卷抄录的法文书一共有61部——由于《外

文笔记》现有目录颇多疏漏，现在只能暂时依照我个人的统计数字。这个统计数字，并不包括那些零星摘录，比如拉马丁的名诗《湖》，比如几段未注出处的古尔蒙的评论，比如从法文报纸上剪下来的片段，而只包括那些正式记录了书名、作者的书。

我将 61 部书分为四类，每一类下，按在《外文笔记》中出现的先后排序。

思想宗教类 10 部：Émile Meyerson《论思想之发展》、André Lalande《进化论者的错觉》、Henri Delacroix《语言与思想》、Liviu Rusu《艺术创造论》、朱利安·本达《Belphégor：谈今日法国之美学》、瓦莱里《死物》、古尔蒙《拉丁神秘主义者文选》、勒南《耶稣传》、Antoine de Rivarol《全集（第五卷）：思想、论文与警句》、古尔蒙《理念的文化》。

语言学习类 1 部：J. G. Anderson《正确用词》。

文学批评类 15 部：《古尔蒙文选》、Pierre Martino《巴那斯派与象征派》、梵第根《比较文学论》、Fortunat Strowski《十九世纪到二十世纪的法国文学画卷》、丹纳《拉封丹及其寓言》、《龚古尔兄弟日记》、Henri Massis《评判集》（第二卷）、John Charpentier《抒情诗的演化》、布吕纳介《法国古典文学史》、Louis Petit Julleville《法国语言及法国文学史》、Maxime du Camp《泰奥菲尔·戈蒂耶》、Gustave Larroumet《文学研究及艺术研究》、保尔·布尔热《研究与肖像》、Émile Faguet《十九世纪》、维尼《诗人日记》。

文学作品类 35 部：Marcel Prévost 著 *Marie-Des-Angoisses*、

Victor Marguerite《伙伴》、Edmond About《残耳人》、都德《达拉斯贡城的达达兰》、皮埃尔·洛蒂《冰岛渔夫》、法朗士《波纳尔之罪》、博努瓦《大西洋岛》、缪塞《作品选》、拉封丹《寓言集》、巴尔扎克《都兰趣话》、博马舍《塞维利亚的理发师》、博马舍《费加罗的婚礼》、拉比什《眼中尘土》、Edmond About《山大王》、Henri Murger《波希米亚生活场景》、Paul Scarron《滑稽小说》、法朗士《伊壁鸠鲁的花园》、Marcel Prévost《半处女》、Henri Lavedan《美好的星期日》、巴尔贝·多尔维利《魔怪集》、都德《不朽》、古尔蒙《卢森堡之夜》、莫伯桑《泰利埃公馆》、龚古尔兄弟《热曼妮·拉瑟顿》、Jérôme et Jean Tharaud《野马》、泰奥菲尔·戈蒂耶《弗拉加斯上尉》、法朗士《贝热雷先生在巴黎》、夏尔·诺迪埃《魔幻故事集》、奈瓦尔《西尔薇娅》、福楼拜《布瓦尔与白居谢》、福楼拜《圣安东尼的诱惑》、法朗士《苔依丝》、雨果《巴黎圣母院》、Victor Marguerite《假小子》、Charles Monselet《大吵大闹的女人们》。

二、编目疏漏

《外文笔记》的目录编制，工作繁钜，偶有疏忽不周，可以谅解。

编目遗漏的例子，如，第 2 卷目录标示，从第 14 页到第 39 页皆为法文书 André Lalande 著 *Les Illusions Évolutionnistes*，而事实上，有两部书漏掉了，一是从第 29 页开始的 Henri Delacroix 著 *Le langage et la pensée*，一是从第 32 页开始的 Liviu Rusu 著 *Essai sur la création artistique*。

再如，第 2 卷目录标示，从第 518 页到第 535 页皆为《龚古尔兄弟日记》，而事实上，从第 533 页开始已经是另外一本书，即 Paul Scarron 著 *Le roman comique*。

又如：第 3 卷目录标示，从第 287 页到第 289 页皆为龚古尔兄弟的小说《热曼妮·拉瑟顿》，而事实上，就在第 287 页的下端，已在摘抄另一部作品，即 Tharaud 兄弟俩写的 *La jument errante*。

还有另外一种情形，是目录上只标示了法文著作，而事实上，其中还掺杂着英文著作。比如，按目录，《外文笔记》第 1 卷第 447 页到第 449 页为 Victor Marguerite 著 *Le Compagnon*，但实际上，第 448 页到第 449 页摘抄的是英文小说 *The Birds on the Rocks*，为编目者所遗漏。

还有一些时候，钱锺书只是抄了个书名，也许是为以后查考、采买之用，编目者也把这书名编进了目录，似乎并无必要。具体名目就不在此胪列了。

三、阅读范围及摘录特点

浏览一下上述 60 部书的标题，我们不难发现，其中除了一部《耶稣传》略有些史著的意味，整个书目中是没有历史书的。其实非但法文书的情况如此，《外文笔记》的前三卷中一部历史书都找不到。可见，青年钱锺书对史学毫无兴趣，当然，这一不感兴趣也几乎贯穿了他的一生。

此外，法文书里，严格意义上的哲学书也没有。瓦莱里、里瓦罗尔（Antoine de Rivarol）的两本，可能还是当成随笔来读的。

钱锺书对文学批评最有热情，古尔蒙、丹纳、马西（Henri Massis）、布吕纳介、法盖（Émile Faguet）等都是名重一时的大批评家，他的文艺观念受这批人的影响其实很深。

文学作品中，许多是名著，不过也有些只好算是流行小说罢，比如带有强烈猎奇色彩的《山大王》、甜俗的《波希米亚生活场景》（后来被改编为歌剧《波希米亚人》）以及曾轰动一时的《假小子》等。

钱锺书对文学作品的摘录，往往别出心裁。比如法朗士的《波纳尔之罪》（《外文笔记》第1卷，第483—4页），钱锺书既没有抄学究炫学的段落，也没有抄催人泪下的话语，而是抄了些不无讽刺性的金句。比如小说里，学究波纳尔先生回忆自己年轻时也讥嘲过别的学究，他说：Petit-Radel est un sot, non pas en trois lettres, mais bien en douze volumes. 在郝运的汉译本中，钱锺书抄的这一句被译为："珀蒂-拉代尔是一个傻瓜，不是两个字的傻瓜，而是十二大卷的傻瓜。"（《法朗士小说选》，上海译文出版社1992年4月第1版，第136页）原文里 sot（傻瓜）一词，由三个字母组成，所以法朗士实际上写的是"不是三个字母的傻瓜"，郝运为了适应中文，稍稍做了变通，改"三"为"两"，出来的效果似乎略逊原文。紧接着，钱锺书又抄了一句：Je vais voir si Dieu gagne à être connu，并用中文附注六字——"贵妇临死之言"。这话其实是一位不敬神的老侯爵夫人在临终前讲的，郝运的译本里译作："我很快就要看到，天主在他被认识以后是否会给人印象好一些。"（《法朗士小说选》，第 145 页）这样译，好像就有些笨了，且有"未达一间"之感。原意是说：我倒要看看，当面拜识，上帝给人的感觉会不会改善一点。

钱锺书是个 wordsmith（摆弄文字的巧匠），他读文艺作品的关注点也体现在这些摘抄中了。

四、与《谈艺录》《管锥编》之关系

《外文笔记》中摘抄的内容，有不少后来成为《谈艺录》、《管锥编》的引文来源。

如《谈艺录》第四则谓："法国 Brunetière（即布吕纳介——引者按）以强记博辩之才，采生物学家物竞天演之说，以为文体沿革，亦若动植飞潜之有法则可求……André Lalande：*Les Illusions Évolutionnistes*，vii：'L'Ass[i]milation dans l'art' 及 F. Baldensperger: *Études d'histoire littéraire*, t.I, Préface, 一据生物学，一据文学史，皆抵隙披瑕，驳辨尤精。"（《谈艺录》（补订本），中华书局 1984 年 9 月第 1 版，第 36 页）这里提到的 André Lalande 的书，就是《外文笔记》里足足抄了十五页的《进化论者的错觉》，专门驳布吕纳介的段落亦在其中。《谈艺录》的这一则，写作时间一定较早，记录的应该是读完此书不算太久时的感想。

《谈艺录》、《管锥编》分别引用过古尔蒙编著的《拉丁神秘主义者文选》一次。《谈艺录》补订部分里说:"余尝见中世纪一教士(Fulbert)所撰《贞洁进阶》诗,以醒时见色闻声而不动心等分为五级,以眠无亵梦为最高层,非人力所能臻,必赖基督垂祐,庶造斯境。"(拉丁原文略。《谈艺录》(补订本),第453页)《管锥编》则在注释中引及 Oden de Cluny 之语(《管锥编》第三册,中华书局1986年第二版,第1005页)。这两位教士的话,俱见《外文笔记》所抄《拉丁神秘主义者文选》部分(分别见于《外文笔记》第2卷,第113页及第111页)。我猜,钱锺书晚年撰写《管锥编》、补订《谈艺录》之际,一定重读了青年时期所录的这本外文笔记,才会把相关的内容写进书里。

《管锥编》中云:"法国文家高谛叶(Gautier——即戈蒂耶,引者按)自夸信手放笔,无俟加点,而字妥句适,有如掷猫于空中,其下堕无不四爪着地者。"(法文原文略;《管锥编》第二册,第548页)注释里写,这段轶事出自龚古尔兄弟日记。我们查《外文笔记》,果然在抄录龚古尔兄弟日记的部分找到了(见《外文笔记》第2卷,第520页)。

《管锥编》中云:"李伐洛(即里瓦罗尔——引者按)曰:'目为心与物缔合之所,可谓肉体与灵魂在此交代。'"(法文原文略;《管锥编》第二册,第715页)所注出处,恰好是《外文笔记》中抄录的那本里瓦罗尔《全集(第五卷)》(见《外文笔记》第2卷,第605页)。不仅如此,我们在《外文笔记》抄的此段法文后，还看到钱锺书用中文写的"孟子"二字。而在《管锥编》引及李伐洛之前，也刚好引了《孟子·离娄》所谓"存乎人者，莫良于眸子"。从这种地方，可以见出钱锺书思考方式的某种一贯性。

可以想象，在钱锺书的后半生，身处没有太多外文书可读的环境，他一定不止一次重温过早岁抄录的外文笔记，并在撰作时取资于此。

五、批语拔萃

在《外文笔记》中，钱锺书多数时候只是抄书、摘句，并不作评论。偶尔，兴致来了，也会写一点评语、批语。有的写在末尾，有的批在书眉。这些评语、批语，有用英文写的，也有用法文写的，间或也写中文，不过中文通常要简省一些。

钱锺书读朱利安·本达《Belphégor：谈今日法国之美学》，抄了六页，在末尾写了一段英文总评：

Salutary attacks on the abuse of Bergsonism. Too much arguing by categories, like Jewry & Feminine Soul. Neither refutation of the Bergsonian esthetique, nor criticism of the works of art producer on the principles of such an esthetique, but simply exposition and condemnation (like Babbitt) with the result that one is always tempted to ask: "Why not?" For the rest, see marginalia.（见《外文笔记》第 2 卷，第 54 页）

参考译文：对柏格森主义泛滥的有益抨击。论说时过多使用诸如"犹太性"、"阴柔灵魂"之类的范畴。既非对柏格森美学的反驳，又非对以该美学为原则进行艺术创作的作品的具体批评，而只是（像白璧德那样的）阐述及谴责，其结果就是，让人总忍不住想问："为什么不对呢？"此外各点，参眉批。

钱锺书给这本书加了不少批语，都是用英文写的。针对其中一点，还用了强烈的说法：It will never do!（这样绝对行不通！）结合总评及批语，我们或许可以得出结论，钱锺书对本达此书评价不高。

读完法朗士有名的小说《苔依丝》，钱锺书用英文写了两行评语：

The best of France's novels as a novel. Still irrelevant matters like the discussion "le Banquet", also too sadistic. （见《外文笔记》第 3 卷，第 306 页）

参考译文：作为小说，是法朗士的最佳作品。不过还是有些与主题无甚关联的内容，比如"会饮"一章的讨论，而且虐待狂的意味未免过于强烈。

《外文笔记》前三卷当中，法朗士的小说一共出现了四回，数量最多。看来,钱锺书评价最高的,还是最后读的这本描写沙漠苦修士与名妓灵肉挣扎的《苔依丝》。钱锺书嫌它"too sadistic",可谓一针见血。

《外文笔记》前三卷里,法文批语要少一些,这里只举两处。钱锺书读 André Lalande《进化论者的错觉》,在讲"道德之同化"的部分后面加法文眉批:

Il me semble que l'auteur n'a pas su L'Evolution & l'ethique de Huxley, dans lequel le même thèse est soutenu. (见《外文笔记》第 2 卷,第 27 页)

参考译文:窃惟著者似未知赫胥黎《天演论》中已揭此说。

又如,钱锺书读 Liviu Rusu《艺术创造论》,作者提出一观点,谓自然的对象都是给定的(donnés),而艺术的对象都是创造出来的(créés),钱锺书显然不同意这一观点,加了一句法文眉批:

Mais donnés à l'égard du spectateur!(见《外文笔记》第 2 卷,第 33 页)

参考译文:可是,(那些艺术的对象)在观者眼中却是"给定的"!

《进化论者的错觉》出版于1930年，《艺术创造论》出版于1935年，距钱锺书阅读之时都很近。钱锺书读这些新的理论书，显得很较真，似乎忍不住要与之辩驳。

中文批注也散见于《外文笔记》，但有一点应引起注意，那就是，有些批语应该是钱锺书后来补入的，而非写于抄录当时。比如《外文笔记》第2卷第89页下方批注的"Histoire d'un Merle Blanc：讽刺文人，一merlette以粉自涂，谬托同志，结婚，一日吟诗，滴泪粉去，本相毕现"云云，明显是晚年的笔迹，不可认作早年批语。

这里只介绍一段可确定为早年记下的中文批语。1922年，法国作家Victor Margueritte出版小说《假小子》(*La Garçonne*，或译《单身姑娘》)，故事讲述一个年轻姑娘得知未婚夫欺骗了自己，就下决心要过独立的生活，当然，过这种生活，性伙伴的数量是不能太少的。小说中颇多情色描写。钱锺书读了这部小说，只抄了寥寥几句，然后写下批注：

Moral Discussions & immoral descriptions：（1）男人在戏院中手淫女人 P.80（2）破瓜 P.91（3）杂交野合，阴中有col virginal，不能生育，延医，二手淫之 P.165-175（4）玻璃房子（chambre de glaces）女子狎妓同性交 P.199-201。（见《外文笔记》第3卷，第308页）

钱锺书对文学作品中的情色描写，是一向留意的，这不过是又一个例证而已。胡文辉先生曾写过一篇《钱锺书所谈巴黎风月考》（后收入《人物百一录》），当中就谈到了"玻璃房子"的问题。现在看起来，钱锺书所谈"风月"，未必出于亲历目验，可能只是看书看来的而已。

（原刊于2014年7月20日《东方早报·上海书评》）

集外的杨周翰先生

在杨周翰、许国璋、王佐良、周珏良、李赋宁这批毕业于西南联大、1949年后渐次成为英文教学、研究名家的学者当中，论学问之邃密，杨周翰（1915—1989）先生或许要排在第一位。像王佐良先生，自然也是有学问的，但他后来所做的主要是"接引后学"的工作，能得初学者的欢心，而他的中文著述中值得拿给外国同行看看的，似乎并不多。杨周翰先生治英国文学，全面且深入，十六、十七、十八世纪文学尤所究心，他的《十七世纪英国文学》一书，将繁难的材料从容含玩，以平易之笔出之，不愧名著，时至今日，仍无可取代，无从跻攀。在比较文学领域，杨周翰也是中国极少的几位差堪与钱锺书先生并论的有成就的学人之一。

2016年4月，上海人民出版社印行六卷本《杨周翰作品集》，将杨周翰先生的主要著译加以收集、重版，便于普通读者检视，这是值得欢迎的。当然，既非"全集"，对零散的文章、译文未加理董，也就可以理解了。只不过单看六卷本《杨周翰作品集》，对杨先生的学术生涯似不易形成较完整的、渐进式的概观。在此，试以不见于《杨周翰作品集》及《忧郁的解剖》（天津人民出版社1998年版）两书的文章、著作、译文为例，稍稍勾勒杨周翰先生从上世纪四十年代中期到六十年代中期学问变迁嬗递之迹，以期对这样一位出色的外国文学学者增进一些了解，同时也寄望对中国现代知识分子之学行、际遇可窥豹一斑。

一、为《世界文艺季刊》撰稿

1945年，杨周翰三十岁，六年前从西南联大毕业，留校任助教。这时的他，好像还是一位写诗、译诗、评诗的"文学青年"。

《世界文艺季刊》于1945年8月在重庆推出创刊号，稿件自然是事先准备好的，既然在战时，一切从简，纸张、排版都糟得很——卞之琳的名字在目录中被排成"卞琳之"，第二期又排成了"卡之琳"。《世界文艺季刊》社社长杭立武，当时任教育部次长，想来是挂名的。主编者杨振声、李广田，都是西南联大的教授。撰稿阵容中有不少西南联大的教员，杨振声、李广田、卞之琳之外，尚有冯至、陈祖文、杨周翰、王还（杨周翰夫人）等。

杨周翰在《世界文艺季刊》创刊号上发表了一篇颇长的诗论《路易·麦克尼斯的诗》（近十二页）。路易·麦克尼斯（Louis MacNeice, 1907—1963）是著名的爱尔兰现代诗人，曾与奥登合著《冰岛书简》，他自己最有名的诗集为《秋天日记》。到今天，翻译成中文的路易·麦克尼斯的诗，也才有零散的几首。著文评介者寥寥（可参拙文《好诗人未必会写信》，2011年5月8日《东方早报·上海书评》）。杨周翰先生的诗论，征引广泛，观点明确，对当代英语诗人的作品如数家珍，是达到了当时欧美评论者的水准的。如他对麦克尼斯、奥登诗艺之比较，可见其体悟之深细：

> 他的累积力则可与奥登媲美。他能集聚安排一大堆相关或不相关的物件或意象，成为灿烂的展览，这些的联系不是一根硬挺的竿子而是个流动的东西，显示作者的笔的灵活。他的用韵之轻易也如奥登，有时流于打油诗的品格。他和奥登还有相似之点：同为中学教员、同学，同用学校生活和儿童时代的意象在诗里。不同的地方是奥登把他的童年和学校时代溶解到诗里，他写诗的时候，他又重生活那一段时间，它成为他的人格的一部分。麦氏则较为成熟，他把它投射到诗内，他站在它的外面，他回顾、回想，但它不是他的一部分，它是另外一件东西。

《世界文艺季刊》第一卷第三期（1946年4月），杨周翰提供了分量最重的两篇稿件，一是文章《论近代美国诗歌》，二是译文《近代美国诗选译》，从第一页一直排到第七十六页，占据了当期杂志五分之二的篇幅。《编辑后记》中说："……因为先有了杨周翰先生的《论近代美国诗歌》，我们便又请杨先生于百忙中给翻了三十首诗,这样,我们对于近代美国诗就有了一个概括的认识,而且,杨先生的工作做得那么精细而审慎,这是值得我们敬佩而感谢的,所以虽然占去了相当多的篇幅,然而这很值得。"

《论近代美国诗歌》是通论式的文章,从惠特曼一路讲到哈特·克兰(Hart Crane,1899—1932)。在我看来,这篇文字与众不同之处在于较详细地评价了埃德加·李·马斯特斯(Edgar Lee Masters,1869—1950)、斯蒂芬·文森特·比内(Stephen Vincent Benét,1898—1943,杨先生译作"贝内特",发音不确)两位诗人,而他们在文学史里是常被忽略的。

在《世界文艺季刊》第一卷第四期(1946年11月)上,出现了署名"周翰"的两首诗:《太阳照着》和《Sestina》。杨周翰先生是写诗的,他四十年代的诗作也曾见于别的书,这两首无疑是他的作品。据我看,他的诗主要受 T. S. 艾略特以降的现代诗的影响,譬喻、意象着力求新,读起来未免佶屈聱牙。如《太阳照着》的后两节写道:

在冷淡、压抑和不公正底
习惯的重量下人们带着憎恨
像一只手表,或者随着古人
呼喊空虚呀,一切都是空虚;

人们不感觉使他人痛苦的痛苦,

因为是野风里有毒的草，

空中的微语是唯一的向导，

残酷是空虚底愚妄的坟墓。

《Sestina》是一首仿照西方六节诗体（sestina）写成的神话诗，主角是希腊神话中的那喀索斯（Narcissus，杨先生诗中写作"拿西色斯"）。六节诗格律，诗分六节，每节六行，最后有一个三行的结句。杨周翰的诗是严格按照这一程式写的。上世纪三十年代起，诗人庞德、奥登等开始复兴六节诗这一古典诗体，显然，杨先生也是受了他们的影响，只是模仿的痕迹太重了些。

治西方文学者爱写诗，似为通例，不过杨周翰的诗好像不如同时代的穆旦、吴兴华所作的。摹拟过多，熔化未尽，也许是原因。这以后，杨先生好像就不再写诗了。

二、翻译苏联学者著作

事实上，杨周翰的两首诗在杂志上刊出时，他本人已不在国内。

杨先生后来在回忆文章《饮水思源——我学习外语和外国文学的经历》一文中写道："我因叶公超先生的推荐获得英国文化委员会的奖学金，1946年秋到英国，学习，被分配到牛津大学王后学院……牛津大学毕业之后，我又去剑桥大学工作一年，为大学图书馆汉籍编目……1950年末我回到北京，在清华大学教了两年英语。1952年院系调整，我调到北大。头两年仍教英语。当时一边倒学习苏联，搞了一个'活用字'，从一篇完整的文章里抽出十来个单词作练习，一篇完整的文章丢在一边，真是买椟还珠，愚蠢之至。后来就教文学，编文学史，也是学习苏联。"

在"一边倒学习苏联"期间，杨周翰翻译了不少苏联学者的文章、著作，其中主要是关于英国文学的。

有一份杨周翰译《苏联大百科全书》"英国文学"条目的油印本留存下来。当时，国内各家出版社纷纷摘译《苏联大百科全书》，出版了许多小册子，但其中并没有"英国文学"这一册，应该是没有公开出版过。此油印本为北京大学西语系"内部参考"用书，共38页，末尾署"杨周翰译 一九五四年十一月七日"。油印本中的内容今天或许再没有阅读的必要，但这件印刷品本身，倒将杨先生初到北大时所做工作的性质反映出来了。

1955年，《译文》杂志第7期刊出杨周翰译的苏联学者P. M.萨马林的文章《巴尔扎克和十九世纪三十、四十年代的法国工人运动》。1956年，杨周翰译的苏联学者Е. Б.杰米施甘的文章《雪莱评传》，分上、中、下三次在《文史哲》杂志第6、7、8期连载。

到了1958年，苏联学者伊瓦肖娃《十九世纪外国文学史》（第一卷）中译本由人民文学出版社出版，封面署"杨周翰等译"。其实这个"等"里不乏名家，朱光潜、李赋宁、王岷源这些人都参与了翻译。杨周翰先生则译了书中"绪论"、"综述"、

"英国文学"三部分，篇幅加到一起有三百多页，的确是出力最多的。这本书虽然也是按苏联那套教条写的，但内容尚称充实，不同于纯粹的叫嚣。

此外，杨先生还承担了一点进步文学的译介工作。1955年9月，作家出版社出版的英国作家詹姆斯·阿尔德里奇的长篇小说《海鹰》，写的是"郭开兰译　杨周翰校"。

三、为《西方语文》写书评

以今天的眼光看，那些苏联学者的文字由杨周翰先生来译，属于"浪费人才"了。1957年到1958年间，杨先生做的较有价值的事之一，是为《西方语文》杂志写了两篇书评。

《西方语文》1957年6月创刊，由北京外国语学院主编，创刊号的作者阵容堪称"豪华"：朱光潜、范存忠、岑麟祥、李赋宁、郭麟阁、鲍文蔚、王佐良、水天同、初大告、杨周翰、吴兴华、巫宁坤……此后数期中，撰稿人还包括罗念生、许国璋、林同奇、周珏良、戴镏龄、徐燕谋等。可以说，《西方语文》是体现了中国上世纪五十年代西方语言文学领域最高水准的杂志，而其中尤其有特色的栏目就是书评。

第1卷第1期的书评共五篇，其中有这样的三篇：杨周翰《方重译〈坎特伯雷故事集〉和〈特罗勒斯与克丽西德〉》、吴兴华《戴镏龄译〈浮士德博士的悲剧〉》、巫宁坤《卞之琳译〈哈姆雷特〉》。这真是"名家评名家"，涉及的内容又那么重要而有深度。更难得的是，这几篇书评均辞锋凌厉，在赞许新译本的同时，不留情面，指摘了相当多的翻译错误以及处理失当的地方。这种高水平的书评，读了令人神旺又神往，因为此一欧陆式的专家批评传统在中国失落已久，值得特别拈出。

杨周翰先生在他的书评中写道："对译文本身，评者作了一部分的校对，觉得译文总的说来极其忠实，而且能够达到'雅'的地步……但是对译文还有一些疑问和意见。提出来和译者和读者商量。"首先，他指出方重先生的译本中有因不辨中古英语与现代英语词汇"貌合神离"之处而致误者，比如乔叟用 piled 形容胡须，方先生译为"成堆的胡须"，"但实际上它是通行英语中的 peeled"，是胡须稀疏的意思，方译本刚好把意思弄反了。杨先生又指出方译本里有些"漏译的地方"——其实恐怕还是理解不到位——他的一小段解说特别精彩："乔叟讽刺僧侣是很无情的，不惜用最恰当的、富于'泥土气'的词汇，他说教会把能传种的好货色都收买去了，只剩了我们世俗人个个是干瘪虾米。原文 al the corn / Of tredying 中的 tredying 一字漏去，只译成'宗教把顶好的人都给搜光了'，便失去乔叟的深刻大胆的讽刺。"

在1958年3月《西方语文》第2卷第1期上，杨周翰先生发表了第二篇书评——《徐燕谋编〈大学四年级英语课本〉上册》。教科书的评论相当难写，杨先生的文章倒方方面面都评得细致而中肯，只是对内容的挑剔已带有那个时代的特征，比如他写道："……普罗米修斯从天上窃取火种除了使人类能制造工具征服自然以外，最后作者（Bulfinch）还特别提到用火铸钱经商。恐怕原来神话并没有这条而是出于作者的附会，似乎有把资本主义制度永恒化的倾向，而编者在注解中并未加以批判。"前面说的有道理，后面这条尾巴似乎是可以不加的。

到了1958年8月，《西方语文》第2卷第3期推出一组"笔谈"文章，总题为《一定要把社会主义的红旗插在西语教学和研究的阵地上！》，冯至打头，杨周翰也是作者之一。杨先生在文章中写道："《西方语文》自从创刊以来，已经出了五期，其中有些文章对西语教学起过很良好的作用……但是由于编辑思想倾向于资产阶级办刊物的那一套办法，因而使刊物走上错误的道路。由于迷信'专家路线'……许多文章徒然炫耀资料、'才学'，但不切合实际。由此，引起了读者的疑问：'《西方语文》究竟为谁服务？'"接下来，杨先生以李赋宁先生《乔叟诗中的形容词》一文为例，指出："文章的作者也许企图通过这一类的文章来达到国际水平。但是我觉得只有先能满足我们此时此地的需要的文章，为人民服务的文章（即使资料罗列得不多），才能达到国际水平。不能想象一篇文章达到了国际水平而对我们却一点用处没有。追随资产阶级治学的老路，那只是死路一条。"我们若将这篇笔谈短文与杨周翰先生自己谈乔叟的那篇书评对读，应该会很有趣罢。

事实上，这一期《西方语文》几乎是"批判专号"了，李赋宁、王佐良、许国璋都受到专文批判，王佐良自己还写了一篇《这是什么样的学问？》，批判了鲍文蔚、吴兴华、许国璋等人,尤引人注目的,把自己写的《读蒲伯》也连带批判了。

这以后,杨周翰先生的文字就没在《西方语文》上出现过了。到1959年9月,《西方语文》刊名易为《外语教学与研究》,"西方语文"几个字或已不合时宜。

四、译注十八世纪英国文学

因为《十七世纪英国文学》这部名著,我们现在对杨周翰先生在十七世纪文学上的造诣印象最深刻,但实际上,杨先生在十八世纪文学方面功力也非常深,做的译介工作同样不少,这部分工作主要是于上世纪五六十年代完成的。

1956年6月,作家出版社出版了十八世纪英国剧作家谢立丹的作品《情敌》,署"周翰译"。1961年11月,上海文艺出版社又出版了杨先生翻译的十八世纪英国小说家斯末莱特的长篇小说《蓝登传》。这两部已见于《杨周翰作品集》,姑略去不谈。

五十年代外国文艺理论著作译介的高峰出现在《文艺理论译丛》这一系列出版物上,其中不少译作的水准今天仍未能超越甚至未能达到。在《文艺理论译丛》1958年第1期上,有杨周翰先生选译的十八世纪英国小说家菲尔丁的文字,题为《关于现实主义创作的理论》。杨先生在译者后记中写道:菲尔丁"和以前或同时代大多数作家不同,他自己有一套比较完整的创作理论。这些言论绝大部分用小说的序言,或小说每卷的首章的形式发表,每篇自成一篇独立的短文"。这组译文实际上多选自《约瑟夫·安德路斯》、《汤姆·琼斯》两部长篇，外加一篇菲尔丁在周报上发表的杂文。菲尔丁的两部长篇，有王仲年、张谷若、萧乾等的译本，取来与杨先生的译文对照，或许是有意思的事。杨先生对菲尔丁的创作理论一直关心，后来他写的一篇短文《菲尔丁论小说和小说家》（收入《攻玉集》），即是上述翻译工作的延伸。

《文艺理论译丛》1958年第2期刊出了杨先生翻译的古罗马诗人贺拉斯（当时译为贺拉修斯）的名篇《诗艺》。杨先生所译奥维德《变形记》、塞内加《特洛亚妇女》亦于1958年出版，均见于《杨周翰作品集》。可见杨先生在这几年是英国、罗马两头并进的。

值得留意的是，《英语学习》月刊1962年第5期刊出了一篇杨周翰注释、解说的《菲尔丁：〈论帽子〉》，系从菲尔丁小说《大伟人魏尔德传》中撷取一段原文，加上详尽的注解，并附一篇解说。杨先生在解说中写道："这里选的是小说中比较著名的一章，写他（指魏尔德——引者按）的党徒们因为所戴的帽子式样不同，分为两派，彼此争吵……帽子的寓言的主旨无非是用帽子来暗射英国统治阶级两个政党——辉格党和托利党的政纲原则。两党原则虽然表面不同，而实质则一，即以此为幌子，更便于对人民进行掠夺。"

似乎从这里，杨周翰先生又开始了注释、解说英文原著的工作。1962年10月，《英美文学活叶文选》系列由商务印书馆推出，第一回就一并推了十三种。它是王佐良、李赋宁、周珏良主编的英语读物，均采取题解加详注的形式。该系列注解，水平甚高，后来汇总为《英国文学名篇选注》一书，广受推崇。1962年10月出版的《英美文学活叶文选》第11期，为杨先生注解的谢立丹《造谣学校》选段，1963年6月出版的第28期，为杨先生注解的托玛斯·葛雷《墓园挽歌》，1963年8月出版的第24期，则为杨先生注解的约翰·班扬《天路历程》选段。

菲尔丁、斯末莱特、谢立丹、托玛斯·葛雷，皆为英国十八世纪的经典作家、诗人，不难看出，杨周翰先生这一阶段工作的侧重所在。

五、编写文学史与批判外国文学遗产

许多人，包括我，第一次知道杨周翰这个名字，是因为他与吴达元、赵萝蕤主编了《欧洲文学史》；这本文学史作为大学教材，流传相当广。但绝大多数读者看的都是1979年出版的《欧洲文学史》上下册，未必知道《欧洲文学史》上册其实在1964年就推出了。

《欧洲文学史》上册，人民文学出版社1964年1月初版，1964年8月第二次印刷时做了局部的修改、订正。参与编写的学者很多，三位主编之外，还有冯至、朱光潜、闻家驷、田德望、罗念生、戈宝权、李赋宁、盛澄华等三十多位。具体到何人执笔撰写了哪些章节，现已无法细考，从专长、视野、趣味等角度推测，关于莎士比亚前后的剧作家的内容，也许是杨先生执笔的。

杨先生说"编文学史，也是学习苏联"。他在同一文章中反思道："学习苏联，强调文学作为社会现象是对的，这一点在我过去的教育里是被忽视的，因此得到纠正。但把文学和阶级斗争直接联系起来就变成简单化；强调人民性过了头，有的重要作家就不入流。这种方法实际上没有能把文学史作为一个完整的客体来研究，而是带着一种非常狭隘的宗派观点来看待文学遗产的……"事实上，这么多年过去，他参与主编的《欧洲文学史》仍是立得住的，这已是很不容易了。

怎样看待文学遗产才算正确呢？1964年6月7日，《光明日报》"文学遗产"栏目登出杨周翰先生的文章《批判地对待外国文学遗产》。这是一份极重要、极具代表性的文献，也是他的语汇、论调与此前及此后分裂得最彻底的一篇文章。

杨先生在文章中提出："……要正确地继承，必须首先进行分析批判，只有批判得彻底，才能吸收其中养分，真正做到古为今用，外为中用。资产阶级的文学总是蜜和毒掺和在一起的，不加分析，囫囵吞下，毒素在我们身体系统里必然起主导作用，结果只可能是中毒。"文章强调要从阶级的、历史的观点看待文学遗产，须破除对洋教条、洋习气的迷信，指出了资产阶级进步作家的局限性，认为对他们的价值观、爱情观都需要进行阶级分析。作者写道："这里也存在着一个谁战胜谁的问题。毋庸讳言，资产阶级进步作家的作品再好，也不可能在其中找到无产阶级的英雄或无产阶级的理想。资产阶级的世界观和无产阶级的世界观是没有共同之处的。在对待资产阶级文学遗产的问题上，只可能用无产阶级的世界观来改造它……"

杨周翰先生当时所下的一些结论，假若我们心平气和细加寻思，其实还是有道理的，比如他说："西方的进步文学，从文艺复兴起，说得夸张一些，可以说是一部资产阶级内部无权的中下层和上层统治阶层之间的矛盾斗争的历史。……到了十八世纪以后，这些中下层的英雄们就亲自出现在作品中，形形色色的冒险家、商人、医生、牧师、仆役、家庭教师、音乐师，总之各色各样的'小人物'，成为作品中的英雄。作者为他们的受屈辱的地位鸣不平，反对压迫者，但他们主要为了个人幸福而奋斗，并不想革命或推翻资本主义制度，往往不能从实质上揭发资本主义制度。他们的进步性，只是相对于当时的反动作家而言……我们决不能把他们和他们那时代的劳动人民混为一谈，二者之间虽有一定联系，但他们的区别还是根本性的。"

当然，将这样的文字与他二十年前评麦克尼斯、奥登的论文对照一下，不能不令人有今昔之感，尽管我们并没有今不如昔的意思。

在文末，杨周翰先生表示"我们正处在'一个新的、伟大的社会主义的文艺复兴'运动中"。他可能还没有想到，接下来，他的生命将出现一大段空白，就像火车驶入一条长长的隧道，车上的人都停下手头的东西，在那儿等待什么到来。

（原刊于 2016 年 6 月 9 日《南方周末》）

王佐良的"历史问题"

1939年,二十四岁的王佐良毕业于西南联合大学,留校任教。1945年,抗战胜利,王佐良随清华大学复员回北平,继续执教。在这六年时间里,王佐良绝大多数时间待在昆明。当时通货膨胀严重,昆明的生活相当艰苦,王佐良在1990年赠夫人的长诗《半世纪歌 赠吟》中写道:"战争在进行,物价在飞腾,/为一点糙米我常排在长队中,/大学里工作重,而我还加外活,/有一阵我的兼差有六种。"(《王佐良全集》第十一卷)那么,除了在西南联大教书,王佐良还干过哪些"兼差"呢?

今年偶然得到一份王佐良写于1968年12月18日的证明材料,全文共六页,用蓝色钢笔工整书写,几乎无涂改。经与王佐良晚年若干手迹对照,可以认定确为其亲笔。这份材料在一定程度揭示了王佐良在昆明所做部分"兼差"的性质。

一

该材料由四部分组成,分别是:一、关于译训班;二、关于蒋匪第五军;三、关于西南干训团;四、美军在昆明的机构。

"译训班"指1941年为配合在华美军工作而成立的译员训练班。据《国立西南联合大学校史》,1941年10月,军事委员会战地服务团译员训练班在昆明成立,主任为黄仁霖,实际负责人为联大教师,其中吴泽霖为副主任,樊际昌为教导主任,戴世光、鲍觉民主管训练业务。至抗战结束,训练班共办了十一期。

王佐良在"外调材料"中这样写"译训班":

> 这个译训班设在昆明西北郊,主要负责人是吴泽霖、戴世光、鲍觉民等(吴现在中央民族学院,戴在人民大学,鲍在天津南开大学)。训练是短期的,大约八周一期。课程以英语为主,英语课着重实用,有会话课,另外也教一些军事用语和时事名词,其目的在使学员能在经过短期训练之后担任美军中的翻译(主要是口译)工作。
>
> 学员是国民党教育部从各大学征调来的大学生,各系都有。毕业后分配到在云南和其他地方的美军各部内担任翻译工作。他们穿布制服,有国民党的军训教育管理他们。
>
> 英语课的教材是由几个教授编写的,当时西南联大外语系有赵诏熊(现在北大)、胡毅(现在石家庄河北师

大)、陈嘉(现在南京大学)等教授在那里教课。我同杨周翰(现在北大)也在那里教课,但那时我们两人是西南联大外语系的教员(这是西南联大特有的比助教高、比讲师低的一级教师职位),我只是根据现成教材上课,不管其他事情。

译训班学员许渊冲后来回忆:"训练班就在我们大一上课的昆华农校,班主任是黄仁霖上校……教务长是联大社会系吴泽霖教授……"(《追忆逝水年华》)此外,许渊冲还提到赵九章、皮名举、温德等西南联大教授曾在译训班授课。目前,对译训班研讨最深入的,恐怕要数闻黎明《关于西南联合大学战时从军运动的考察》(《抗日战争研究》2010年第三期)与左平《抗战时期盟军中的中国译员》(《社会科学研究》2013年第一期)两文,但闻文列举了十八位曾为译训班授课或讲演的西南联大教授,其中却没有赵诏熊、胡毅、陈嘉的名字,当然更不会有王佐良、杨周翰的名字。王佐良所写材料无疑可补史料之阙。

至于王佐良提及译训班学员"有国民党的军训教育管理他们",则有当年的学员记述可以证实。西南联大学生张祖在抗战胜利后不久回忆:"在译训班,我们被训了六个星期,每天除了读英文记生字而外,早晚教官都要我们对我们的'神明英武'的领袖祝福致敬:'蒋委员长万岁!'我们必得举起手跟着喊。"(《"翻译官"》,收入《联大八年》)

二

王佐良所写材料中记述的军事情况，今日看来，有些已属常识，就不一一抄录了，仅将相对重要的内容摘选如下：

当时（一九四三年）美军在昆明设立了两个训练中心，一个是步兵训练中心（ITC，即 Infantry Training Center），一个是炮兵训练中心（FATC，即 Field Artillery Training Center）……蒋方的西南干训团相应地设置了步兵训练大队和炮兵训练大队。

炮兵训练大队设在昆明东郊外乾海子，这也就是美军炮兵训练中心（FATC）的所在地。

……

在美军方面，共有官兵四五十人在担任训练工作。他们的头子叫做华德士（J. J. Waters），他在一九四三年的战时军衔是准将（Brigadier General）。他的副手是安斯鲁上校（Col. Enslow），副官（adjutant）是普莱斯中校（dt. Col. Frank Price）。

……

在那里的翻译有两类人。一类是美军方面雇用的中国人，如我和杨周翰（我们两人都是由美军向西南联大借用的，我担任华德士的秘书，我走后此职由杨周翰继任），人数较少，总共只有三四人。另一类是重庆派来的翻译官，这类人人数有二三十人之多，他们都是年轻大学生，曾在重庆受国民党军委会外事局的训练，后来也归外事局领导。他们一般担任美军官兵在课堂或操场上课时的翻译。他们之中有一个人叫做陈华伟，原是交通大学的工科学生，在我与杨周翰都离开之后由他担任了华德士的翻译。

……

以上说的情况限于一九四三年三月至九月，亦即我自己在那里担任翻译的时期。我刚去时，即一九四三年三月间，炮兵训练中心正在草创时期，乾海子的营房还未修好。第一期训练是在一九四三年四月或五月才开始的。

王佐良、杨周翰曾担任美军炮兵训练中心长官华德士的翻译，此事不见于其他文献。而关于华德士其人，黄裳先生曾在《关于美国兵》一书中加以刻画："在昆明，炮兵学校，美方最高指挥官，华特斯准将有一天召集我们训话了。此公是一个五十余岁的小老头子，威仪严肃，口齿清晰……他后来又说了一个笑话说 F. A. T. C.（Field Artillery Training Center），即炮校，有人说是'Foolish Americans Training Chinese'（美国傻子训练中国兵），赢得满堂大笑……那一次大家的印象都是说这老头子太神气活现了。其实我是颇喜欢他的……"黄裳1944年1月被征调为译员——他也是从重庆来的，原是交通大学的工科学生。

美军在昆有一个总部，在一九四三—四四年间，这个总部的负责人是窦恩（Frank Dorn），此人是原美军在华总司令史迪威（Joseph Stilwell）的亲信，会说中国话。他原来的军衔是上校，后来升成准将。他的职务是美军在华总部的副参谋长。

王佐良提到的窦恩，在迈克尔·沙勒《美国十字军在中国（1938—1945年）》一书中被译为"多恩"，史迪威曾命他制定暗杀蒋介石的计划，"多恩认真负责地设计了一个破坏蒋的飞机的计划"，虽后未实施，但亦可见其确为史迪威的心腹。

第五军在一九四四年开始有一个伞兵团，又名"鸿翔部队"，由美军派教官训练。一九四四年冬，第五军曾通过昆明《扫荡报》社要我代邀几个美方人员（美国新闻处处长文生、美军新闻联络官希伯特中校等）去同一些中国记者一起参观这个伞兵团，杜聿明本人及该团团长李某（少将）、副团长简立（上校）都出来招待，美军教官也有人在场。

王佐良提到的伞兵团团长李某，指李汉萍。王佐良在《自由导报》1945年第5期发表随笔《试论一个美国兵》，开头云："有一次，一个美国的中校对我说：'经过了这次战争，我们怕不见得会成更好的朋友。'"（《王佐良全集》第十一卷）不知这个中校是否即指美军新闻联络官希伯特中校。

三

如果说王佐良在战时充任美军翻译、为译训班上课还算是相当平常的事,那么他谈到的国军第五军通过《扫荡报》找到他,由他代邀美国新闻官员及中国记者参观杜聿明部的伞兵团,就显得有些不同寻常了。假若王佐良只是普通教员、普通译员,会有这么大的本事、这么大的面子吗?

在王佐良逝世六年后出版的《王佐良先生纪念文集》中,王意等撰《王佐良的生平和他的事业》一文,曾有两句提到王佐良的战时经历:"和当时中国所有热血青年一样,他也积极参加了抗日救亡工作……协助盟国在中国的军援工作。1944年7月至1945年8月,他曾兼任军委会宣传处昆明办事处主任……"王佐良在材料中所述安排参观伞兵团一事,发生于"一九四四年冬",恰好在"1944年7月至1945年8月"期间,也就是说,是在他兼任国民政府军事委员会国际宣传处昆明办事处主任期间。

2015年,王佐良之子王立发表《王佐良〈今日中国文学之趋向〉与抗战英文宣传册》(《中华读书报》2015年5月20日、6月10日)一文,介绍了王佐良用英文撰写的宣传材料《今日中国文学之趋向》(*Trends in Chinese Literature Today*)。该材料出版于1946年4月,出版单位是The War Area Service Corps, National Military Council,即国民政府军事委员会战地服务团。王立的文章发表时且附有抗战中王佐良执行公务的照片一张,注明:"1945年1月,王佐良代表军委会国际宣传处在昆明看望聂耳的母亲……"

事实上，训练译员、编印宣传报刊、小册子，都在军事委员会战地服务团的职责范围内。王佐良最初参与的译训班就是"军事委员会战地服务团译员训练班"。而国际宣传处则是国民党的对外宣传部门，隶属于国民党中央宣传部，国民党中央宣传部副部长董显光督导该处事务，曾虚白任处长。战时，国际宣传处总部在重庆，并在世界上十余个关键城市设办事处。

王佐良为何有机会为国际宣传处工作？我猜测，叶公超或许是居间介绍者。1938年5月，叶公超任西南联大外文系主任。此前，叶公超给王佐良上过课，对其不无奖拔，如王佐良的联大同学李赋宁回忆："叶先生称赞我班同学王佐良的英文写得自然流畅。"（《学习英语与从事英语工作的人生历程》）王佐良留校后，叶公超就成了他的上司。1941年，叶公超从政，任国际宣传处驻马来亚专员。1942年2月，叶公超回国至重庆，旋任国际宣传处驻伦敦办事处主任（《曾虚白自传》中有对叶公超在伦敦办事处工作情况的记述）。以前的老师、之后的上司，投身外交，顺便给得意门生之一介绍个在自己所属部门里兼职的工作，似乎顺理成章。

抗战胜利后，王佐良即辞去在国际宣传处的兼职，回清华大学任教。按说王佐良只是短暂出任国民党基层官员，为时一年而已，但这段经历还是对他此后的学术生涯发生了影响。

1947年，王佐良考取中英庚款公费留学，赴英国牛津大学读研究生。1949年学成回国，照理他应返清华大学继续执教，但实际上是去了北京外国语学校（后改北京外国语学院，今北京外国语大学）。王佐良对清华一直有依恋之情，后来也长期住在清华校园内，1986年出版的文集《照澜集》即以清华照澜院为题。王佐良曾在《想起清华种种》一文中说："后来我转入别的学校工作，但是我心里始终保持着一种清华做学问的标准。"（《中楼集》）言若有憾。

曾任西南联大教务长、后任清华大学图书馆馆长的潘光旦在1949年9月16日的日记写道："佐良自英归，来访，渠原为此间专任讲师，政局蜕变后，据闻因其前在昆明时曾兼任国际宣传处工作，续聘发生问题，谈次劝其宜就当时兼任之工作性质与进退经过作一书面说明，续聘问题所关者小，不清白之嫌疑将妨碍前途一切为国家服务之机会，则所关殊大也。"（《潘光旦日记》）

远在美国耶鲁大学的夏志清在1949年10月24日致夏济安信中提到："王佐良听说因前在国民党服务，清华不要他。"（《夏志清夏济安书信集［卷一］》）夏志清或许是从王佐良的同学李赋宁那里得知这一消息的，当时李赋宁也在耶鲁留学。

夏志清的一句"清华不要他"，倒是直白地道出真相。

王意等撰《王佐良的生平和他的事业》中提及王佐良的"历史问题"对他的影响："在共和国历史上'史无前例'的动乱期间，同许多同时代的专家学者一样，王佐良自然难逃一劫。抗战期间的一段经历使他又一次蒙受'历史问题'的审查，尽管有关事实早已在建国初期就已经澄清了；他在英语界所处的位置更使他'理所当然'地被打成所谓'反动学术权威',先是抄家批斗,继而发配到'干校'接受教育。"王佐良自己在《半世纪歌 赠吟》一诗中写道:"等到各种运动来到头上／我照例成为对象和罪人……"

事实上,不要说在国民党国际宣传处任职是"历史问题",就连战时当过译员也有问题。清华大学校长梅贻琦的儿子梅祖彦是从西南联大被征调为译员的,他说:"翻译员的工作,我一共去三年……解放以后,因为这件事情,受到不少的指责,等到搞运动以后,就更厉害了。"(张曼菱《西南联大行思录》)当然,以今日的眼光看,这些都是不成问题的问题。

(原刊于2017年11月23日《南方周末》)

记黄裳旧藏《史迪威资料》

近来回顾抗战的文章见了不少，让我想起自己以前买的一本旧书。书的封面全无装饰，只是印着"中华民国史资料丛稿 译稿 第二辑 史迪威资料 〔美〕约瑟夫·W.史迪威等 瞿同祖编译 中华书局1978年2月"，并于封底注明"内部参考 注意保存"。这是特殊时代的产物。书中编译的材料，以今日的眼光看，是毫无珍罕可言。其中收集的资料出自白修德整理编辑的《史迪威文件》、芭芭拉·W.塔奇曼著《史迪威与美国在华经验》及《史迪威在华使命》、《史迪威指挥权问题》，而倚重的是前面两种，这两种后来国内的不同出版社译介过好多回，可谓屡见不鲜了。虽说是"内部参考"，可是实际印量应该很大，现在在旧书网上随便就能找到，价钱也便宜。

我手上的这本《史迪威资料》稍稍与别不同的地方在于它是黄裳先生的旧藏。在扉页上有蓝墨水钢笔写的字迹，"黄裳 一九七九.十一.十九"。书的正文最后写着"1979/11/22晨读毕"，换了一种蓝色圆珠笔。看来黄裳先生得到此书后很快就读完了。书中批注不少，共有十几处。有些批注，很简单，如印度的地名拉姆加尔，黄裳先生加注"兰伽"；利多，加注"雷多"。这些是黄裳以往在文章中用惯的译名，比如他以前就写过一篇《兰伽书简》，发表于1948年1月的《中国作家》杂志第二号（现已收入《来燕榭集外文钞》）。还有些批注，价值就要大一些，对了解黄裳先生的生平及思想或许都不无助益。

《史迪威资料》记1944年9月史迪威去桂林视察，"9月14日，桂林。中午〔到达〕。派人召请张发奎〔防御广西的中国司令官〕……张〔发奎〕说他能守桂林三个月……"在黄裳先生的《关于美国兵》中有一段相关的记述："桂林围城战前两天，史迪威将军飞来了。在飞机场问张长官发奎'有没有把握守三个月？如果有把握，我尽力把所有的武器弹药从空运运来。'张长官痛苦地想了一下，说：'可以。'史迪威将军马上飞走了，空运的武器来了，七五山炮的炮弹足够十万发。然后结果守了没有十天"。

紧接着上引史迪威日记的一段是："废品〔美国基地装备〕今天全部运出桂林。今晚炸毁各场所；撤退所有我们在前方的各组人员。"黄裳先生在此加了句批注——"此时我去桂林"。他真是历史的见证者之一，尽管并未站在历史舞台的中央，但到底见识过风云是怎么叱咤的。当然，作为美军翻译官，黄裳先生当时在桂林没待许久就飞去昆明了，1944年10月又从昆明飞往印度。

《关于美国兵》中关于史迪威的记述还有两段，一段是说：

"战时在中国的几位美国将军,如史迪威、魏德迈,全是因为曾在中国住过若干年,对中国似乎稍有认识,才因缘时会,升为上将,固然他们本身也很有能力,如史迪威将军就是一个能干的统帅。听说他的中国话说得真是颇为地道。而且也真能深入军中,能够了解小兵的疾苦。"另一段则说:"可惜得很,我没有机会见到这位将军。不过他的故事是已经传遍了中国驻印军中了的。"之后讲了两则史迪威的轶事,以见其平易近人、忠于所事的作风。黄裳先生的文章里写道:"如果要学一下太史公的笔法,真可以这样说有'名将'风。"

后来,在"文革"中,《关于美国兵》一书受到审查者的批判,其中的一条罪名就是"吹捧史迪威等美帝头目"。在那样的年代里,觉得是吹捧,好像再自然不过,而且照黄裳先生文章中的讲法,他是连史迪威的面也没有见过的。

总的来说,黄裳先生以往对史迪威的看法似乎是相当不错的,认为他有将才,且有名将之风。

不过,从《史迪威资料》的批注看,黄裳先生对史迪威可能有了新的认识。1943年10月,史迪威与蒋介石的矛盾已经激化,他看似尚奢望着借助宋美龄、宋霭龄之力,缓和跟蒋介石的关系。史迪威与这两个女人订立了一种类似攻守同盟的约定,如果不是读他自己的日记,后人简直有点难以相信这种事情居然当真发生过。《史迪威资料》里有10月17日的史迪威日记:

梅(指宋美龄——引者注)打电话要我八点去。埃拉

（指宋霭龄——引者注）在那里。她们是一对斗争者。埃拉说仍有机会收拾局面……她们谈到"中国"，责任，等，要求我忍耐到底。埃拉说如果我们此举成功，我的地位将比以前更为强大。"你的星在升起"。她们想我做的是去见花生（史迪威使用的蒋介石绰号——引者注）……我犹豫了很久，但她们极力主张，我终于同意了。梅说我们现在就去。去后，装模作样了一番，花生尽力作出和解的表现。

对这一段，黄裳先生加了批语："史迪威被宋美龄弄于股掌之间。"

同一天，史迪威与蒋介石表面上和解了，宋霭龄还恭维史迪威，"她说我将非常强大，而他们将大吃一惊地发现他们不能把我排挤掉"。史迪威在日记里写下了饱蘸深情的一笔："经历了这场扰乱后，我感到自由自在……既无遗憾，也不内疚。有庄严和光荣的感觉。"对于史迪威的这段内心独白，黄裳先生批了四个字："愚不可及"。

史迪威可能是一位好将军，但或许算不上一位优秀的政治家，尤其是在外交上面。他直来直去的作风，显然得不到中国官场那些一贯虚与委蛇的角色的衷心欢迎。黄裳先生读到书中记述的这些史迪威的天真举动，不免觉得可笑亦复可怜了。

自然，一方面，是放一双冷眼去看，另一方面，也对史迪威的遭际抱有一定同情。1944年10月，赫尔利向艾森豪威尔总统说，他深信有办法让蒋介石继续抗战，但这个任务已不可能由史迪威来完成。黄裳先生在这一段边上写道:"赫尔利出卖了史迪威。"

1944年10月19日,史迪威被"召回",22日就飞离了中国。1945年,史迪威得到新的任命:"6月18日,麦克阿瑟问他愿否担任他的参谋长。'告诉他"不",合乎我心意的是野战司令官。'麦克阿瑟问他是否不顾他的四星军衔,愿意指挥一个军。史迪威回答说,为了和部队在一起,他情愿指挥一个师……"对此,黄裳先生的批语写道:"史迪威与巴登基本类似。"

这里的"巴登",就是我们现在常说的"巴顿将军"。乔治·巴顿一生戎马,跟史迪威一样,享受战场上的生活,只要能带兵打仗就好,军衔、职位的高低哪有那么重要?黄裳先生的这一批语是有见地的。

值得一提的是,二战结束后,1945年12月21日,巴顿在欧洲遭遇一场车祸后逝世,享年六十岁。而史迪威,1946年10月12日,因患胃癌并转移到肝部,在旧金山莱特曼陆军医院逝世,享年六十三岁。两个人都是在离开战场后不久就去世了,莫非正说明他们的人生其实是属于战场的?

印象中,黄裳先生甚少在文章里对政治人物作出评价,好像也不曾写过专门谈抗战将领的文字。他在《史迪威资料》上的批语倒多少反映了他对政治的关注。本来,他也不是一个与政治完全隔膜的人,就算不写出来,心里也像明镜儿似的。

(原刊于2015年9月12日《文汇报》)

附记：

此文刊出后，陆灏先生赐函，信中抄录了黄裳先生1979年11月19日、11月22日的日记。现转录于下：

九时许出游，在华侨商店买中华牌香烟。到古籍书店楼上，得《中华民国史资料丛稿》两种：（一）黄炎培日记；（二）史迪威资料，皆可读。又得《辛亥革命前后》一册。盛宣怀的文件集也。到新华书店买《外国文艺》一册，归。

读毕《史迪威资料》，颇有兴趣，主要是因为这段生活，我也比较熟习。史迪威这样人的性格与欧洲战场上的巴顿好像也有些相似之处。此书所提供的一些原始资料，对描写像蒋介石这样的人物，是大有帮助的。这样的人看来也极有典型性，一直到今天也还有参考价值。

夏志清少作考

1945年5月,在沦陷区的上海,《小天地》杂志第五期登载了一篇小品文,题为《肚脐》,署名"文丑"。数年前,我浏览杂志时读到此文,当下大惊,觉得文章工巧剔透,书袋掉得极有功夫,作者绝非凡品。《小天地》的主编是周班公,杂志末尾的《编后》说:"文丑先生是用极明净的目光写了这一篇《肚脐》的,极见一种学者的风度,因知读书人究竟不同,吐属名隽,言之有物,《小天地》能够得到这样的好文章,是《小天地》的荣幸。"周班公到底是懂得文章之人,说得很有分寸。

《肚脐》开篇写《三国演义》里肥胖的董卓死后,"看尸军士以火置其脐中为灯,膏油满地",接下来引《浮士德》第二部中梅菲斯特的话"灵魂是很欢喜住在肚脐中的,你们要留神,不让她从那里溜了出去",并附德文原文,跟着谈《旧约》的《雅歌》中对肚脐的赞美——"你的肚脐如圆杯,不缺调和的酒",可是马上又引述法国批评家古尔蒙(Remy de Gourmont)的轶事,说古尔蒙读了 Ledrain 依希伯来原文翻译的《旧约》法译本，才知"圆杯"之喻，形容的不是肚脐，而是女人的阴户。最后提及作者自己的经验，大学里一位虔诚的女传教士用英文念《约翰福音》里"信我的人，从他腹中要流出活水的江河来"，"她会把'腹'belly擅自改读'心'heart"，好像不这样就"有损宗教的纯洁性似的"。

在不到两千字的小品里，征引了这么多偏僻的材料，而又安排得极有理致，放眼沦陷区的文坛，谁有这样的学问、笔力？一时真想不出答案来。

2013年12月，我立意勘破此"谜"，这才注意到1944年10月《小天地》杂志第三期上还有一篇署名"文丑"的文章，题目是《文学家与同性恋》。此文篇幅较《肚脐》长，质量却要逊色些，不过文中引述的王尔德、惠特曼、纪德、约翰·考珀·鲍依斯（John Cowper Powys）等人的材料，除了王尔德的，当时皆非易见，作者博览群籍是无可疑的。

"文丑"似能驱遣英、德、法三种语言的材料，身在沦陷区的文人学者，符合这一条件的，实在寥寥无几。从文风上，先可排除钱锺书、李健吾的可能性：钱先生文章更恣肆，李先生文笔更散漫，均与"文丑"富理性的文风不类。我又通读了傅雷、宋淇这两位通英、法两种语言的评论家的几乎所有文章，发现他们的用词、造句在许多细节上跟"文丑"的仍有差别。

《文学家与同性恋》结尾写："前一两星期我在小报上却看到同性恋的粗俗面：大世界地方有一个老人引诱了两个十四五岁卖市民证套的孩童……"《肚脐》中也提到"上海目下缺乏明

亮的灯光"，说明作者写这两篇文章时人就在上海。文章分别发表于1944年秋和1945年春，这样一来，1943年11月就离沪的夏济安的可能性也给排除了。

我想起，上世纪四十年代前半期，夏志清先生一直生活在上海沦陷区，遂找出他的几篇回忆文章重读，希望能有线索。继而将手边能觅到的他的著作全读了一遍，居然给我发现，原来这个"文丑"正是夏志清先生的笔名。

《肚脐》开篇即引《三国演义》中不大经人道及的情节，可见作者极熟《三国》。夏志清的回忆文章《读、写、研究三部曲》讲他九岁第一次读完《三国演义》，"此后三年，每年暑假重温一遍，一共读了四遍。年轻时记性好，《三国》算是读得烂熟了。"（《岁除的哀伤》，江苏文艺出版社2006年9月第1版，第12页。以下引此书均为此版本；引他书，亦只于第一次引时注明版本。）

《肚脐》引《浮士德》，并附德文原文，证明作者有德文的修养。夏志清1942年6月毕业于上海沪江大学，他在《红楼生活志》中回忆："我德文在大三那年读了一年……毕业后，在家里自修，修到某一程度后，就专读名著：歌德、海涅的诗，席勒的诗剧。最后决定……非把歌德《浮士德》上下部读通原文不可。就这样的英、德对照的读下去。有一段时间日里读《浮士德》，晚上读但丁《神曲》（当然是英译本），这样醉心欧西古典，自感非常得意。"（《谈文艺 忆师友》，上海书店出版社2007年4月版，第14页）

《肚脐》中引古尔蒙（文中称"郭蒙"）一节，经我查考，内容出自古尔蒙的笔记类著作 Epilogues 第367章，该书出版于1913年。我原想，引这么偏僻的书，《肚脐》作者一定通法文的，可夏志清明明在回忆文章里说他是后来到了耶鲁大学才学的法文，岂非矛盾？多亏又仔细读《肚脐》原文，发现有一句是说："在一九一三年他读到了 Ledrain 氏忠实希伯来原文《旧约》的法文新译本。"我翻阅 Epilogues 法文原著，知道了这第367章其实是1907年7月15日记下的内容，并不是1913年的事情。也就是说，《肚脐》作者读的一定不是法文原著，否则不致有此误会。再去查找，就注意到有一本英译的《古尔蒙选集》(*Remy de Gourmont: Selections*)，由 Richard Aldington 翻译，里面恰好选了谈 Ledrain 译《旧约》的这一章，前面还注明"FOURTH SERIES 1913（第四辑，1913）"字样（Chatto and Windus 书局1928年版，第142页）。我猜，《肚脐》作者所读应该就是这个版本，所以才误以为古尔蒙是在1913年读的那本《旧约》法译本。夏志清在《劝学篇——专复颜元叔教授》中提到过古尔蒙，说诗人艾略特"读了法国诗评家古尔蒙，从此对西蒙斯的'印象主义'大表不满"（《谈文艺 忆师友》，第86页）。他在《红楼生活志》一文中曾写道："我既私淑艾略特为我的老师，他文评里讨论的作家，我尽可能去读他们。"（《谈文艺 忆师友》，第15页）艾略特推崇古尔蒙，夏志清便去找古尔蒙的书来读，似乎顺理成章。

《文学家与同性恋》最后一段引小说家鲍依斯著作："思

想有独到处的小说家鲍依斯（John Cowper Powys）在他的自传里，记载过他中学读书时的一段事实。"接下来就叙述鲍依斯当年上游泳课时，目睹"肌肤皎白的美少年"而魂不守舍之事。夏志清有一篇写于1973年的《文学杂谈》云："约翰·柯伯·坡易斯（John Cowper Powys）的名字，对《中外文学》读者来说，不会太熟悉……我大学毕业后，读过坡易斯两本书，对我自己的文学修养很有影响……我读的第一本是《修身之意义》，跟着读了他的自传，两书文体皆很吸引人，后书文句长而rugged，节奏极complex，自成一体。"鲍依斯不算有名的小说家，读过他的自传的人当然更少了，在上世纪四十年代的上海，细细读过鲍依斯英文自传的又会有几人呢？

《文学家与同性恋》一文中重点介绍了纪德为同性恋辩护的对话体著作《柯利同》，并对其论点作了逐条批驳，说得入情入理，是这篇文章里较精彩的段落（以今日观点看，同性恋自无问题，但纪德的说法漏洞实在太多）。夏志清后来在文章里谈同性恋，似有两次，一次是说他注意到英国诗人丁尼生好像是同性恋者（《岁除的哀伤》，第20页），还有一次是在《白先勇早期的短篇小说》里。夏志清写道："白先勇，假如他在真实生活上有同性恋的倾向，以他写作态度而言，是属于威廉士、托马斯·曼这一类的，绝无如纪德、叶耐（Jean Genet）那样在文章里颂扬同性恋的倾向……"（《印象的组合》，香港文学研究社，第102页）这里说纪德"在文章里颂扬同性恋"，似乎就是指《柯利同》一类著作。

"文丑"两文中提及的作家、诗人，多为夏志清熟读过的。如《文学家与同性恋》谈到纪德曾影响过许多文人，之后写道："赫克斯雷（Aldous Huxley），譬如说，必定一度受过他很大的影响，*Point Counter Point* 的结构和散文集 *Do What You Will* 中的思想都表示出和纪德相似的地方。"这里提到的"赫克斯雷"，即《美丽新世界》作者阿尔多斯·赫胥黎。1970年，夏志清写了一篇文章，即题为《A.赫胥黎》，文中说："他的著作，除早期两三种外，差不多我全部读过，自藏的也有十四五种，二三十年来他一直是一位最使我心折的作家。从他的书里，我得到教益之多，实在无法估计。"（《谈文艺 忆师友》，第131页）到2006年，夏志清又写了一篇《先谈我自己》，其中说："一九四二年大学毕业后，我就开始阅读艾略特、赫胥黎所有的作品。艾氏的诗集、批评文集能在上海找到的我都看了。赫氏作品丰富，我看了他的长篇小说五六种、散文集七八种，兴致真高……我即以赫胥黎为题，好好下功夫写了篇三四十页的长文……赫胥黎这个姓氏原是严复为 Aldous 的祖父 Thomas Henry Huxley 所音译的，我把他改写成'赫克斯雷'，不仅音译准确，而且要比文绉绉的'赫胥黎'响亮得多了。我那篇文章即称之为《赫克斯雷论》。"（《谈文艺 忆师友》，第8—9页）这段记述不但表明夏志清在上世纪四十年代饱读赫胥黎著作，而且连"赫克斯雷"四个字也与"文丑"所用一般无二。顺便说一句，宋淇也熟读赫胥黎，但从来只说"赫胥黎"，没用过"赫克斯雷"之名。

《肚脐》中提到："直到二十世纪 T. S. 爱略脱在《荒原》中才把那些旧传说恢复了些本来面目。"夏志清对诗人、批评家艾略特作品的熟稔，前文已两次谈到，不再另引。《文学家与同性恋》中提到："纪德接受勃来克《天堂和地狱的结婚》……"这是指布莱克的诗作。夏志清1978年时说过："我在四十年代初期即对布雷克特有偏爱……"(《谈文艺 忆师友》，第16页)《肚脐》中提到诗人丁尼生，事实上，夏志清的学士论文题目就是丁尼生(《岁除的哀伤》，第20页)。《文学家与同性恋》、《肚脐》两文都提到陀思妥耶夫斯基。夏志清读陀氏之书读得特别熟，他的文章、专著里引陀氏著作的地方极多，对小说中的角色、情节了如指掌，例证就不具引了。

从"赫克斯雷"一例可知，"文丑"所用的部分译名是与众不同的。现在我们就考察一下译名的使用情形，因为一个人用惯了的专名会有一定延续性。当然，我们刻下能读到的夏志清中文著作，绝大多数是1970年以后发表的，距"文丑"撰文往往已超过三十年，文化界常用的译名渐渐统一，夏志清笔下所用专名有所变化，也是情理中事。

《文学家与同性恋》提及陀思妥耶夫斯基，称"杜斯退益夫斯基"，《肚脐》则称"屠斯退益夫斯基"。夏志清晚岁撰文，从众用"陀思妥耶夫斯基"，但1973年的《文学杂谈》里却写"杜思退益夫斯基"(《谈文艺 忆师友》，第147页)，与《文学家与同性恋》里用的只差一字，而"斯"与"思"又同音，可说极接近了。

《肚脐》中提及诗人艾略特,写的是"爱略脱",夏志清晚年文章里是用"艾略特"这个习用译法,但在上世纪七十年代初的文章《夏济安对中国俗文学的看法》里用的仍是"艾略脱"(《夏济安选集》,辽宁教育出版社2001年2月第1版,第215页)。他谈到女小说家乔治·艾略特,也写"艾略脱","脱"字与众不同。

《文学家与同性恋》中提到诗人布莱克,写的是"勃来克"。夏志清后来多用"布雷克",但有很长一段时间,他是写作"勃雷克"(《人的文学》,辽宁教育出版社1998年3月第1版,第138页、142页、179页;《夏志清文学评论集》,联合文学杂志社1987年8月第2版,第59页)的。"勃"字值得留意。

《文学家与同性恋》里提及诗人惠特曼,称"怀德曼"。夏志清后来写成"惠德曼"(《岁除的哀伤》,第19页),"德"字与别不同。

《肚脐》中提到文化史家弗雷泽,称"佛雷受"。夏志清后来写为"佛勒哲"(《谈文艺,忆师友》,第83页),"佛"字仍可注意。

《肚脐》中提到圣杰罗姆(St. Jerome),称"裘罗姆"。字母J往"裘"上发音,很特别。女子名字茱莉亚(Julia),夏志清写成"裘丽"(《夏志清文学评论集》,第43页),同样把字母J往"裘"上发音。莎剧《尤利乌斯·该撒》(Julius Caesar),夏志清在为吴鲁芹《英美十六家》写序时写成《裘理·西萨》(《英美十六家》,上海书店出版社2009年1月版,第22页),还是把字母 J 往"裘"上发音。

《文学家与同性恋》里提及古希腊戏剧家索福克勒斯,称"沙馥克利斯"。夏志清后来撰文,倒是写为"索福克理斯"(《新文学的传统》,第43页)了,但他提到德国地名法兰克福,是写成"佛兰克馥"(《岁除的哀伤》,第103页)的。以"馥"代"福",相当少见。

除了专名,"文丑"对个别日常词语的用法也有些特别。《文学家与同性恋》中说赫胥黎著作"表示出和纪德相似的地方",用"表示出",而不用"表现出"。夏志清《文人小说家和中国文化》里有一句是:"……道家对生死泰然处之的人生观就在此表示出来。"(《人的文学》,第43—44页),用"表示出来",而不用"表现出来"。

有些词汇,大家都可能用,但用的场合未必一致。《文学家与同性恋》里说:"纪德是近代法国文坛的怪杰。"夏志清在《重读〈一九八四〉》一文中则说:"西摩·史密斯实在称得上是英国治文学专家之间的一名怪杰。"(《夏志清文学评论集》,第49页)这"怪杰"的用法,是相近的。

附带一提,《肚脐》里讲:"在大学读书时,有一位女传教士,传教很热心。"夏志清就读的沪江大学是教会大学,他在《读、写、研究三部曲》里回忆自己的论文导师高乐民(Isabelle Coleman):"高乐民女士是个道地的传教士……她同我来往,主要关切我的生活和信仰。每到她家里去,她总规劝我:Jonathan,你心地这样善良,灵魂这样纯洁,能皈依主,多么好呀!"

(《岁除的哀伤》,第19页)我疑心,《肚脐》里说的女传教士就是高乐民。

诚然,上述所举诸例中,除了"赫克斯雷"与鲍依斯自传可谓与夏志清的情形贴合最密,其他各点,不能说完全不可能发生在另一个人身上、出现在另外一位作者的文章里。然而,当这些点如此密集地与夏志清的经历、文字重合,我们就有理由判定"文丑"就是夏志清的笔名了。事实上,只要对沦陷区文坛的大局了解较为透彻,就会明白,像"文丑"这样的学识、吐属,凡庸之辈根本不可能与其有什么共同点;才能的卓绝,视野的广阔,总体现在极少数人身上。

《文学家与同性恋》、《肚脐》发表于1944年、1945年,那时夏志清才二十三四岁,这两篇可说是他的中文少作了。然而,文章中显露的才华,无可争议。将来若有人再为沦陷区编一部文学选集,至少《肚脐》一篇是无论如何有资格入选的。

非常遗憾,就在我努力通读夏志清著作,想要"勘"出个结果的时候,老先生故去了,本文也无法就正于他了。夏志清曾在《红楼生活志》中提到,上世纪四十年代他"在上海、台北、北平所记的一本备忘录"(《谈文艺 忆师友》,第14页)还在,将来如能刊布,也许会有更多的材料证明我的判断。

说起来,夏志清为何会选用"文丑"这个笔名呢?我没想清楚。不过,他在《读、写、研究三部曲》里倒曾写道:"我从小就不佩服关羽其人,觉得他待人傲慢,刚愎自用,一点也不可爱……斩颜良,诛文丑,全凭赤兔马快。这两位河北名将我总觉得死得冤枉,武艺同关羽相等的张辽、徐晃,二人合力都战不胜文丑,凭真功夫关羽哪里可以诛他?"(《岁除的哀伤》,第14页)夏志清以"文丑"为笔名,莫不是要替说部里的名将打抱不平?

(原刊于2014年1月12日《东方早报·上海书评》)

附:"文丑"不可能是张芝联

原以为《夏志清少作考》刊出后的结果只能是石沉大海,没想到在沉落之前居然还激起了一朵浪花,引来了宗亮先生的商榷文章《"文丑"可能是张芝联吗?》(2014年1月26日《东方早报·上海书评》),真可谓意外之喜。

宗亮先生的文章很有意思,他完全不对我的考证提出驳论,只是另外去构建了一种"可能性"。按这样的讲法,同一篇文章,好像既可以是夏志清作的,又可以是张芝联作的。这就不能不使我想起《灰阑记》来,两个女人都号称是同一个孩子的生母,不得不各从两侧用力,把孩子从画在地上的圈子里往自己一边扯。当然,就像一个孩子绝不会有两个生母,"文丑"也绝无可能既是夏志清,又是张芝联。在这里,我只能十分遗憾地说,"文丑"不是张芝联。

张芝联1941年8月离开上海赴北京,他后来回忆说"1944

年底我与妻子返上海"（张芝联著《我的学术道路》，前言第8页）。"文丑"的《文学家与同性恋》一文发表于1944年10月在上海出版的《小天地》杂志，文中写道："前一两星期我在小报上却看到同性恋的粗俗面：大世界地方有一个老人引诱了两个十四五岁卖市民证套的孩童……"人尚在北京，却读了上海的小报，还特意写了文章送回上海的杂志来发表，这实在有悖常理。况且，战时上海的小报，不同于大报，发行范围极有限，除非有人专门给寄到北京去，否则，在北京的读者大概是没有机会读到的。

事实上，张芝联还回忆说，当时"我念念不忘创办一所第一流的私立中学，许多师友都支持我。还记得1944年初冬，我同侯仁之冒着严寒前往香山慈幼院，考察设想中的中学基地"（出处同上）。张芝联忙着奔走筹建私立中学的时候，会有闲情逸致写篇谈同性恋的小品文寄去上海发表吗？

宗亮先生的文章里一个重要论据是阿尔多斯·赫胥黎（Aldous Huxley）被张芝联译作"赫克斯雷"，与"文丑"文中所用相同。其实，这并没有什么稀奇，夏志清也是这样用的。十几年前，我写过一篇小文章《张爱玲读什么外国书？》，开篇就讲胡兰成在《今生今世》里提到张爱玲为他解说西洋文学，"她讲给我听萧伯纳、赫克斯莱、桑茂忒芒，及劳伦斯的作品"。张爱玲在《双声》里也说过："就连我所喜欢的赫克斯莱，现在也渐渐的不喜欢了。""赫克斯莱"就是赫胥黎。照实讲，Huxley这个姓氏，若较准确地音译的话，也只能是"赫克斯雷"或"赫克斯莱"，偶有相合，再正常不过。

"文丑"在文章里说赫胥黎曾受纪德影响："赫克斯雷（Aldous Huxley），譬如说，必定一度受过他很大的影响，*Point Counter Point* 的结构和散文集 *Do What You Will* 中的思想都表示出和纪德相似的地方。"我手边恰好有一本 *Do What You Will*，遂拿来随便翻翻，似乎只在涉及同性恋的一小节文字里提到了纪德的名字。这表明"文丑"是认真读书后得到的认识。那么张芝联的情况又如何呢？他翻译了《赫克斯雷论》（《西洋文学》1941年2月第六期），可文章原是法国批评家莫洛亚写的，他译的《现代传记》（《西洋文学》1941年1月第五期），当中也提及"赫克斯雷"，但文章同样是莫洛亚写的。别人的评论，翻译了一遍，里面提到的书便等于自己也读过了吗？张芝联对他所译文章究竟理解到什么程度，我们只从《现代传记》里引一句来看就好了。他的译文："举个例说：你可以把福斯特先生，或者奥尔达斯赫克斯雷先生，或者惜脱威尔士（Sitwells）兄妹们的自由精神和狄更斯或谢格瑞（Thackeray）的经过一番思虑而加上道德的约束比较一下。"他认真读过赫胥黎与否暂且不提，那个"惜脱威尔士（Sitwells）兄妹们"却要令我们失笑了。人家写"the Sitwells"是在 Sitwell 的姓氏后加上复数"s"，表示一家的三个文人，他倒把"s"当成姓氏的一部分给译成"士"了；再说，那 Sitwell 家三个文人，哪里是什么"兄妹"？Edith Sitwell 是大姐，另外两个是弟弟，这里要译作"惜脱威尔姐弟们"才行的。张芝联见闻这样固陋，我们真以为他会仔细读过赫胥黎的书吗？至少我要存疑的。

宗亮先生的文章有一个特点：只肯列举有利于自己结论的证据。而于己不利的证据，就只以一句"张芝联的材料中也有些与《文学家与同性恋》、《肚脐》用语不合的地方"敷衍过去了。我们现在就考察一下，这"用语不合"到底"不合"到什么程度。

"文丑"的《文学家与同性恋》一文里写"悲剧家沙馥克利斯喜剧家亚里斯多芬斯都是个中老手"，是将阿里斯托芬译作"亚里斯多芬斯"的。刚好张芝联译《罗马文学的特质》（《西洋文学》1940年11月第三期）里也讲到阿里斯托芬，且看他的译文："……他们并不觉得自喜，反而苦苦声明这种文章原是阿瑞斯笃福尼斯（Aristophanes）及其同时的古代雅典喜剧的嫡系。"我们试比较"亚里斯多芬斯"与"阿瑞斯笃福尼斯"，差异如此明显，相同点就唯有"斯"和"斯"了。若为同一人所写，前后不过隔三四年工夫，读法、译法竟会有这么大的差别吗？

在《夏志清少作考》中，我特意强调，《肚脐》中提到圣杰罗姆（St. Jerome），称"裘罗姆"。字母J往"裘"上发音。我们看张芝联译《赫克斯雷论》，里面写"谈论颇有吉罗姆·可瓦尼亚（Jerome Coignard）或贝格瑞（Bergeret）之风"。Jerome，一个译"裘罗姆"，一个译"吉罗姆"，显然不同。

宗亮先生文中以"维多利亚时代"为例，似乎忘了还有一个"伊丽莎白时代"值得一说。"文丑"的《文学家与同性恋》里讲"希腊的配里格利斯时代，英国的伊利沙白时代，法国的路易十四时代,同性恋非常盛行"。我们再来看张芝联译的《论翻译荷马》(《西洋文学》1940年10月第二期)里怎么写的。他的译文:"在却普曼与荷马之间隔着一层依利莎白时代的丰富的幻想的迷雾……"试比较"伊利沙白"与"依利莎白",四个字里倒有两个字是不同的。这么常见、常用的词,写法相异如此,宗亮先生竟以为它们出自同一人之手吗?

实际上,张芝联译过《赫克斯雷论》,这一事实,我在写《夏志清少作考》之前就已经知道了。我认真读过张芝联写于上世纪四十年代的几篇文章,已从文风上判定,他绝对不是"文丑",他的"可能性"早被排除,而且认为这是不值一提的了。

假如预先隐去作者姓名,给我们读一篇鲁迅写的文章,再给我们读一篇林语堂写的文章,我们很可以有把握地说,两篇不是出自同一人之手。至于证据,哪还用细细开列,不是一目了然的吗?每一句都是证据。

我在《夏志清少作考》里评价过"文丑"的文风是"富理性的"。那么张芝联的文风是怎样的呢?我们就从他写于1939年的《什么是古典主义?》里选一段来读罢:

"今日世界的混乱的原因就是古典主义的精神的消灭,在国家,内部没有得到和谐就要侵略,扩张领土,主张帝国主义,经济上采取放任主义的政策;在个人,自己没有充分的修养,自己在准备上毫无把握,就要求种种权利!这是一种很危险的征象!假如国家和个人再不觉悟,世界

就要陷入黑暗时期——比中世纪的更可怕！"(《我的学术道路》，正文第 13 页)

且不管这里的观点多幼稚、多荒唐，单那三个连着的感叹号，就令我们明白，这样的文风，绝不会是"富理性的"了。像这种时候，我就有点按捺不住想说，"文丑"不可能是张芝联，要证据吗？每一句都是证据。

自然，我们总是对宗亮先生这样的文字心存感激的，是这样的文字让我们对真确的事实、扎实的论证、不懈的钻研的渴望变得更热切了。

（原刊于 2014 年 2 月 16 日《东方早报·上海书评》）

吴兴华的纪念碑
——吴兴华翻译作品概观

中国现代有影响的新诗诗人,往往同时也是翻译家,徐志摩、郭沫若、戴望舒、卞之琳、冯至、穆旦……等等皆是。他们的翻译作品,总在一定程度上体现了他们在文艺方面的企向、旨趣及眼界。《吴兴华全集》中的"译文集"及《亨利四世》两卷,让我们有机会一睹吴兴华翻译作品的全貌,同时,也对这位诗人在文艺方面的企向、旨趣及眼界有了更近于真确的认识。

从现有材料出发,我们试着将吴兴华的翻译实践划分为三个阶段:第一阶段,是1940年前后以《西洋文学》杂志为中心展开的;第二阶段,则以1944年12月出版的《黎尔克诗选》为标志;第三阶段,在1949年之后,以《亨利四世》为代表。

一

1940年,张芝联、宋淇(悌芬)等主持的《西洋文学》杂志创刊,翌年出了第十期后停刊。从内容择取的角度说,这是当时视野最开阔、品味最纯正的译文杂志。翻译主力为宋淇、张芝联、吴兴华、徐诚斌等人。吴兴华的供稿贯穿杂志始终，单就译文而言，其中既有诗歌（司各特、托马斯·穆尔、拜伦、济慈、雪莱、叶芝），又有散文（E. V. 卢卡斯、恰佩克）、小说（乔伊斯《尤利西斯》、恰佩克）。从诗来看，很难说这些选择体现了吴兴华的旨趣。事实上，拜伦、济慈、雪莱这些浪漫主义诗人的诗，吴兴华都是跟别的译者一起译的，体现的更多的恐怕是编者的意志，而非译者的偏好。E. V. 卢卡斯、恰佩克轻倩的小品文，倒是吴兴华此时的品味（参照他写给宋淇的信可知）。值得留意者还有，吴兴华细心钻研了乔伊斯的作品、有"天书"之称的《芬尼根的守灵夜》，证明其文艺视野之开阔。他翻译的《友律色斯插话三节》颇见功力，第二节模仿诸家文风，有两段特意用文言来译，到了后期，他译《富兰克林散文书简选》，也有以文言译诏书的处理——当然，文言的水平已大大提高了。

此外，还有些在其他杂志上刊布的译文，如 E. V. 卢卡斯的几篇小品文、梅特林克的戏剧选段、康拉德·艾肯的诗，大约也是这一阶段翻译的。客观地讲，吴兴华这一时期的译文特色并不明显，大概与宋淇、张芝联、徐诚斌他们的水平相当，顶多流利一些。不妨说，这一阶段只是吴兴华翻译的"学习时代"（Lehrjahre）。这里姑且举两个译文不很稳妥的例子。

E. V. 卢卡斯的《捡东西》（"On Finding Things"）一文，有一段讲某人搞恶作剧，把钱币钉在地板上，看谁上当来捡。

吴兴华的译文为"一个混蛋把一个虽坏可还凑合的钱钉在地板上"。那钱，原文里说的是 a bad but plausible sovereign。这里的 bad，译成"坏"，未免草率。这 bad 应该是"伪造的"的意思，《英汉大词典》"bad"条第 20 个义项有例词"bad money 伪币"。而 plausible 则是"看似真实"的意思。所以，a bad but plausible sovereign 是一枚假的但看上去颇像真的的一镑金币。

吴兴华 1942 年 1 月 13 日写给宋淇的信里曾称道康拉德·艾肯的诗"And in the Hanging Gardens"。然而吴兴华自己的译文《而在那高悬的园中》似并不见出色。首先，题目中的 hanging garden 译为"高悬的园"让人摸不着头脑，写"空中花园"，可能大家就都明白了。诗中，公主的身边有个人物 the knave of diamonds，吴兴华一直把他译作"钻石的侍仆"，我猜只看中文，没人懂得"钻石的侍仆"是什么意思。实际上，英语母语的读者见到 the knave of diamonds，第一反应肯定是扑克牌里的方块杰克（或叫方片 J）。在扑克牌里，杰克披甲戴冠执剑。依我看，艾肯这首咏古诗多半是得了前拉斐尔派画家古风画作的启发，其中的 the knave of diamonds 译作"侍从"就够了，加个"钻石"徒增其乱。

二

吴兴华与里尔克诗歌的相遇，是中国现代文学史上的大事。多亏新公布的吴兴华致宋淇书简，我们终于了解了吴兴华深入里尔克作品的历程。1942年3月23日,吴兴华告诉宋淇,"最近看了Rilke"。1942年5月15日的信中则写道:"我最近念德文得使用中德学会的图书馆,其中寻到了Rilke的全集,高兴得无法形容,他对我一向是the German poet(唯一的那个德国诗人——引者按),我爱他远胜过哥德和海涅。同时我自信窥到他后期神奇的诗中一些秘密,试着想搬到自己诗中一点,可是结果总不能使自己十分满意。不过读他的诗无疑是我诗歌教育中一个可纪念的阶段。"这段剖白相当重要,我认为,不但对理解吴兴华的诗作、译作重要,对把握中国现代文学的走向,也颇为关键。

1942年6月29日,吴兴华在致宋淇的信中指出:"冯至译Rilke诗并不足以代表Rilke。"这是一个石破天惊却又极其准确的判断。事实上,我们如果去读臧棣编的《里尔克诗选》(1996),读完冯至译的那几首,再读吴兴华译的那部分,简直会觉得那是两个人写的。应该承认,冯至的选目和译文,将里尔克浪漫化了、轻盈化了。而吴兴华则正确地意识到,"他诗最大的特色,是在'沉思而入'"(1942年5月15日致宋淇信)。

细节是否经得起推敲、字句是否应该再锤炼姑置不论,吴兴华译的《黎尔克诗选》至少将里尔克的深度和分量译出来了。尤其值得称道的是,吴兴华让里尔克诗歌宗教性的一面凸显出来了。吴兴华译的《夕暮》等诗,可以说是第一次把一种深沉、严肃、崇高的西方现代诗歌精神带进了中文。这些诗一扫中国新文学语言中弥漫的那股抒情气息,引入的是真正的"异质性"。这就是为什么我会说,吴兴华与里尔克诗歌的相遇,是中国现代文学史上的大事。论重要性，吴兴华译《黎尔克诗选》，是比赵萝蕤译《荒原》还要大的。

三

1949年之后，吴兴华的外国文学翻译及研究活动，转向了更"安全"的经典作品。代表作品当然是1957年出版的莎剧《亨利四世》译本。此外，还有卡斯忒尔维特洛《亚里士多德〈诗学〉疏证（节译）》、瓦萨里《达·芬奇》、休谟《论趣味的标准》、《富兰克林散文书简选》等零篇。这些译作，准确度更高，语言则变得更朴素，遣词造句方面的个人特征在某种程度上减褪了。

事实上，1949年之后，整个中国文学界、翻译界，经历了一次普遍的"规范化"进程。这一"规范化"进程，在时间上，既是偶然的，又是必然的。说"偶然"，是因为1949这个时间点多少具有任意性；说"必然"，是因为白话文已发展到这样一个阶段：在左冲右突的多方探索后，已具备相当的弹性、包容性和表现力的汉语产生了内在的需求，要给自己加上一个"规范"了。1949年后，中国的文学翻译与学术翻译都有这样一个准确度提高，语言变得朴素，词汇、语句的个人特征减褪的过程。吴兴华个人翻译面貌的变化，是这一时代大趋势的一个缩影。

转向更"安全"的经典作品，从某种意义上说，当然是不得已的事。但我想强调的是，吴兴华去译莎士比亚，相较于查良铮转头去译浪漫主义诗人、卞之琳去译莎士比亚，更顺理成章些。查良铮经由艾略特、奥登一路过来，他再译拜伦、济慈、雪莱，等于中途折返，而吴兴华，从精神气质上说，是趋向古典主义的，他在现代主义的园林中稍事勾留，终归要走向古典的广漠天地的。在我看来，吴兴华的精神历程，有点接近T. S. 艾略特在《传统与个人才能》中所提示的路径。艾略特说得好："一位艺术家的发展成熟，就是一个持续的自我牺牲、持续的削减个性的过程。"（The progress of an artist is a continual self-sacrifice, a continual extinction of personality.）吴兴华将自身融入古典，同时，又再造了古典。

1951年8月4日吴兴华致宋淇信中曾提到："现在正'审查'过去一些旧译本，我们担任莎翁。看到一本众口交赞的朱生豪译的莎翁戏曲，朱氏为一年青学生，有此毅力，自可佩服……我想若给我们工夫，译得比他一定要好，至少文字要通得多。"这听上去像"狂言"，但事实证明，吴兴华译的《亨利四世》的确优于朱生豪译的《亨利四世》。

人民文学出版社所刊《莎士比亚全集》，有几部朱生豪译本是由吴兴华校的，如《哈姆雷特》、《亨利四世》等。但我疑心，吴兴华在校的时候或许未下十分力气。这里只举一个小例子。《亨利四世·上篇》第二幕第一场开头有脚夫乙抱怨马匹照顾得不好，朱生豪译、吴兴华校的版本里，脚夫乙是这么说的："这儿的豌豆蚕豆全都是潮湿霉烂的，可怜的马儿吃了这种东西，怎么会不长疮呢？"而吴兴华自己的译本，这一句却是："给马吃的豆料潮得什么似的,马吃下去绝对立刻就长虫子。"后半句的原文为:and that is the next way to give poor jades the bots。这里的 bots 是指马的肠道寄生虫,学名马胃蝇蛆。朱生豪译为"疮",没有道理,不晓得为什么,吴兴华明知不对亦未校改。

吴兴华译的《亨利四世》语言特别流畅自然。《亨利四世·上篇》第四幕第二场有福斯塔夫一段又长又有名的独白,说他手下的兵都是废物,且看吴兴华的译文:

> 我部下这些兵要不把我脸都丢光了,我就他妈的是一条醋溜鱼。国王征壮丁的法令算是让我糟蹋尽了。从一百五十个兵身上,我就落下了三百多镑。我不抓别人,专抓那些家业不错的人,还有富农的儿子;专打听哪些单身汉是已经订了婚的,而且已经在教堂里预告过两次了。这一帮好吃懒作的奴才们听见战鼓比听见魔鬼还要害怕;听见放一声鸟枪就吓得跟受了伤的野鸡野鸭子似的。我抓的净是这帮吃黄油面包的人,胆子也就跟针尖一样大,结果他们只好花钱来买脱……其实这些家伙根本没当过兵,全是些不老实的开发掉了的仆役,小弟弟的小儿子,逃跑了的酒保,没有生意作的马夫;太平世界长久不动刀兵,就会产生这种蟊贼,比一面破旧的打补丁的军旗看上去还要不入眼十倍……哼,这帮混蛋走起道来全是八字脚,仿佛戴着脚镣似的;事实上有好些也的确是我从牢狱里弄出来的。我这全队里一共也就只有一件半衬衫;那半件还是两块餐布缝起来

的，搭在肩膀上就好像一件传令官的没袖子的制服。那件整的，说老实话，是从圣奥班的酒店掌柜那儿，要不然，就是从达文垂那位酒糟鼻子的旅店老板那儿偷来的。可是这全没关系，反正他们要找衣服，篱笆上有的是。

我们再从现今通行的莎剧译本里找这同样的一段对比一下：

我若是不为我这支队伍害臊，我就是条腌渍鲂鲱鱼。我滥用了一回国王的征兵令，用一百五十个壮丁换来了三百多镑现金。我一味征集好人家子弟、小地主的儿子。我专找那订了婚而且做了两次婚姻宣告的人。他们宁可听魔鬼的号叫，也不愿听见战鼓的咚咚。他们听见步枪的声音便吓得像挨过枪的鸟儿或是受过伤的野鸭。我专门征集那些吃牛油面包长大的、肚里那颗心比别针还小的人，他们只好出钱逃避兵役……这些人从来没当过兵，而是因为不老实给辞退了的仆人，非长房弟兄的非长房儿子，跟老板干过仗的酒保，找不到活儿干的马夫，总之是让平静世界不得长期和平的蛀虫，比破烂的旗子还要下贱十倍……这些家伙走起路来叉开双脚，好像带了脚镣。实际上他们大多数也的确是我才从监牢里放出来的。我的这队人身上一共还不到一件半衬衫，那半件还是把两块手劲巾在一起挂在肩上的，仿佛是旗牌官的无袖外衣；而那件衬衫则是从圣奥尔本的店老板或是达文特里那个红鼻子酒店主那儿偷来的。不过，也全都一样，他

们在每一处篱笆上都可以找到衬衫的。(孙法理译,译林出版社《莎士比亚全集[增订本]》,1998)

我们不能不说,这真是"残酷的对照"。除了把"步枪"(caliver)译为"鸟枪"略欠考虑外,吴兴华的几乎每一句译文都要比几十年后的译文更准确、更凝练、更生动。其中,revolted tapsters,后来的译者译成"跟老板干过仗的酒保",似乎一见 revolt 就产生了"揭竿而起"的意象,其实 revolted 就是"逃跑了的"的意思。吴兴华的一句"太平世界长久不动刀兵,就会产生这种蟊贼",精彩之极,而到了后来者的手里,不仅文采逊色,意思还给搞错了。

类似的例子并不少。1963 年 2 月出版《古典文艺理论译丛(五)》中收入吴兴华译休谟《论趣味的标准》一文。其中第一段的最后两句说:

> 我们往往把一切与自己的趣味和鉴赏力大相径庭的看法贬斥为"野蛮",但转眼就发现别人也把同样的贬词加在我们身上。最后,就连最傲慢自信目空一切的人也会出乎意外地觉察到,各方面都是同样自以为是,面对纷纭争竞的好恶,不再敢肯定自己是一定正确的了。

原文为:We are apt to call barbarous whatever departs widely from our own taste and apprehension: But soon find the epithet of reproach retorted on us. And the highest arrogance and self-conceit is at last startled, on observing an equal assurance on all sides, and scruples, amidst such a contest of sentiment, to pronounce positively in its own favour. 对比可知，吴兴华译得恰到好处。再看晚近的一个译本中的译法：

> 我们喜欢把那些和自己趣味和理解大相径庭的人们叫做"野蛮人"；但马上我们就会发现，这些指责别人的称呼又报复在自己身上。最后，就连最傲慢、最自信的人也震惊地看到：在这场情感的较劲中，周围所有人都同样自以为是，认为自己就是对的。（张正萍译，《论道德与文学：休谟论说文集卷二》，2011）

这位译者似乎不懂 scruple to 是"不敢……"的意思，把最后一句的意思弄拧了。

时间永是流驶，译文质量则在后退。重译，若不能在前人的成绩上更进一步，就是巨大的浪费——如果不是同等程度的无知与傲慢的话。

1957年6月《西方语文》创刊号发表了吴兴华评戴镏龄译《浮士德博士的悲剧》的文章，文中列举了该译本的不少误译及所据版本、所参考的著作的种种疏失。到了1958年8月，学术风气丕变，《西方语文》第2卷第3期刊出戴镏龄的笔谈文字，他提到："对于西洋的经典名著，曾有人斤斤从版本及注解上大做文章，连外国资产阶级教授还不敢认为是自己的定论的东西也被抄过来大加宣扬，他们认为那些不谈烦琐考证的人是孤陋寡闻。"算是被批评者乘机作了不点名的反戈一击。同期杂志又刊登王佐良批判别人兼批判自己的表态文章《这是什么样的学问？》（按，此文未收入2016年版《王佐良全集》），王佐良在文中称："《西方语文》第一期书评栏里，吴兴华评《浮士德博士的悲剧》的中文译本，就因译者没有看到某些英美资产阶级学者考证此剧版本的著作而大加嘲笑。吴兴华是右派分子，他这样做是无足为奇的。但他代表的一种崇拜西方考据与版本之学的倾向也存在于许多别人身上。"

今天，我们读了《吴兴华全集》第二卷中《马洛和他的无神论思想》一文，认识到吴兴华对《浮士德博士的悲剧》作者马洛确有精深研究，他的批评也是有的放矢的。吴兴华的《亨利四世》译本无疑是中国最好的几部莎剧译本之一，能有此成就，除了文笔好这一因素，最重要的，恐怕还是缘于吴兴华对文学经典的语言、版本及相关研究进展的充分了解。考据与版本之学，到底是扳不倒的。

《亨利四世》，加上《富兰克林散文书简选》等，这些可说是体现了中文世界最高翻译水准的文字，或许令吴兴华有资格说"我树立了比青铜更耐久的纪念碑"（exegi monumentum aere perennius）之类的话了。

（原刊于2017年2月24日《文汇报》）

外篇

作为僵尸的历史
——麦考莱《英国史》第一卷

对麦考莱的《英国史》，一般的介绍会说，它是十九世纪最畅销、最受欢迎的史书，但往往不忘补上一句：尽管现在已经几乎没有人再读它了。

可是，今天，《英国史》在中国同时出现了两部汉译本（《麦考莱英国史·卷一》，周旭、刘学谦译，安徽人民出版社2013年12月第1版；《麦考莱英国史Ⅰ》，刘仲敬译，吉林出版集团有限责任公司2014年4月第1版）——虽然还只是五卷中的第一卷，我们要不要读它呢？假如要读它，我们是不是有什么特别的理由，才有别于几乎一整个世界的读者呢？

一

只要稍微留意一下对《英国史》的近代评价，我们就不难发现，贬低、轻视、讥嘲……已经成为主流；与维多利亚时代读者的狂热反应形成对照，现在我们是要在批评、挖苦的字缝里苦苦寻找那些不太情愿、经过重重保留的称许了。

试着将近代学者指出的麦考莱《英国史》的缺点加以总结，大致就是以下这些：粗疏、狭隘、武断、肤浅。

麦考莱写《英国史》的时候，曾以同代的几位历史学家的著作为基础，可是他的作品在史料搜集、辨析上远远够不上专业，后出的反不如前人的精密了。阿克顿勋爵（Lord Acton）曾评价说："他对十七世纪以前的历史缺少值得重视的知识；他对外国史、宗教、科学和艺术一无所知。"当代历史学家安格斯-巴特沃斯（L. M. Angus-Butterworth）揶揄说："可能从来没有一位史学家做了这么少的研究，懂得这么少的东西，便来写书。"（见 Ten Master Historians, University Press, 1961；此书关于麦考莱的一章几乎把他奚落了一个够）查尔斯·弗斯（Charles Firth）专门写过一本挺厚的《麦考莱英国史衡估》（A Commentary on Macaulay's History of England），在评定其优长之余，也历数了《英国史》的缺陷。其中重要的一条，是说麦考莱"心胸不够开阔，接受不了新观念、新史料"（lack of open-mindedness, of accessibility to new ideas or new information）。在麦考莱心目中，奥兰治的威廉是大英雄，作为敌对方的詹姆士二世就不免沦为奸角，弗斯说："同样的事情，发生在詹姆斯二世身上，就是罪行，发生在威廉三世身上，只算无伤大雅的小过"（things which are crimes in James II become venial errors in William III）。弗斯还说，麦考莱为党见所囿，"他看托利党人的缺点总比看辉格党人的毛病敏锐得多"（His perception of moral defects is much keener in the case of a Tory than in that of a Whig）。麦考莱为了铺陈自己的见解，甚至为了行文方便，常常罔顾史实所处的时代，苏联的学者就不无调侃意味地写道："俄国史学家 M. 彼得罗夫公正地指出，'任意'处理事实，是麦考莱一切著作的特点。"（见维诺格拉多夫《近代现代英国史学概论》，三联书店 1961 年 12 月第 1 版，第 35 页）生活中，麦考莱的确是个俗人，享用了什么好的吃食，总是津津乐道。这种气质也渗入著作当中，马修·阿诺德就认为，这位史学家似乎集英国中产阶级庸俗之大成。麦考莱对人性的高深与幽微缺乏体察，有时或者干脆就懒得去体察，因此，他的史著脸谱化的倾向相当明显，英雄豪杰也显得俗气。总归一句话，如史家阿瑟·布莱恩特（Arthur Bryant）所说："麦考莱工作之际，即英国史学处于最低水准之时。"

讲了这么多短处，也许有人要问了，既然如此，那当年《英国史》问世之初，何以英伦上下举国若狂？它总该有不凡的长处才对吧？

麦考莱的文章气势很盛，小塞吉维克（H. D. Sedgwick, jr.）在 1901 年替美国刊行的五卷本《英国史》写长篇导言，就归纳说，麦考莱的文风胜在"雄健、直率、斩截"（its virile directness, its honest clearness, its bold definiteness）。在维多利亚时代，普通人对大人物这种雄辩滔滔的劲头儿是没有抵抗力的，几个排比句砸过来，读者就拜伏在地了。

然而，这种雄肆的文风，其实是与对事实的不尊重互为表里的。小塞吉维克对此有一段精妙的解说。他说，麦考莱绝无色挠游移之态，笔下亦绝无饰词遁词。从来不说"可能""也许"，也从未写过"详情未悉""史料记载各不相同"之类的话（Macaulay is never afraid; he never dissembles or cloaks; he never says "perhaps"; or "maybe", nor "the fact are obscure", nor "authorities differ"）。从来不说"可能""也许"，也就把一切现实的与思想的暧昧、含混、复杂之处敉平了；将历史打磨得光滑平整，如同滑梯一般，论断、评判自然下得容易、下得斩截。专业史家对麦考莱的鄙视，也往往根源于此：是的，我们的文字是疙疙瘩瘩，累累赘赘，下一个小判断，不知要限定和找补多少回，当然不像你的文章顺流而下、风行草偃，可我们写的那才叫历史，因为历史本身就疙疙瘩瘩，影影绰绰，矛盾丛生，有时我们甚至像那摸象的盲人，不知自己所执是象尾，还是象腿。

　　小塞吉维克的看法是公道的，他说，大街上有消防车呼啸而过，人们就会走近窗口看个究竟；那响动要是柔和一点，兴许就吸引不到人去看了。麦考莱的文笔，有点像铿锵的军乐，正赖此令读者感奋。宣传家、鼓动家就该是这种笔调，不像被蒙上双眼的正义女神，要小心翼翼地维持天平的平衡，挑一些"假若""不过""然而"之类的字眼来当调节的砝码。

　　在任何时代都一样，一本书受欢迎，并不一定因为书本身写得好，重要的是，要让普通人读得懂，而且要让他们感觉"这本书可能真的很好"。麦考莱自己的追求是什么呢？他说过："除非有朝一日我写的东西能超过少女案头摆放的当下流行的小说,否则我是不会心满意足的。"欲与流行小说竞爽,怎么能不用讨好读者的文笔来写呢?

我们不妨再做一点细部的考察,看看麦考莱的文字功夫究竟如何。他这样描写受审时的泰特斯:"他那獾似的短脖子和畸形腿,如狒狒般的低矮额头,紫色的脸蛋,以及令人吃惊的长下巴,曾令所有频繁出入法庭的人记忆犹新。"(周旭、刘学谦译本,第331页)他引用旁人的话来形容乔治·杰弗里斯的声音:"他狂怒般的叫喊听起来就像末日审判时的雷声。"(周旭、刘学谦译本,第308页)獾和狒狒,在文本里蹦跳,这是典型的十九世纪末流文风。至于"末日审判时的雷声",谁又听到过?就算真有个把人有幸聆听过,总未必就在《英国史》的读者群中罢?

文评家圣茨伯里(George Saintsbury)有一个观察相当敏锐,具有心理学的精确度,他说,一般大众和麦考莱的想法相同,用买书的方式与他彼此呼应。麦考莱受同代读者的欢迎,原来不是因为他比读者高明多少,而是因为他并不比读者高明多少。

二

我们已从几个侧面指摘了麦考莱的《英国史》,那么到底这部书还有没有优点呢?

总不能说它一无是处。首先,这部书全名为《詹姆斯二世登基以来的英国史》,事实上,只写到威廉三世辞世就中断了,从1685年到1702年，仅仅不到二十年的光景，就居然写了五大卷，无论如何，详细，总归是这部史书的长处。其次，书的第三章，通常题为"1685年英国概况"，用的是通盘总括的写法，被认为是有益的"社会史"的尝试。当然，这里要加两点限定：一、即便在英国史家里，麦考莱也绝对算不上是"社会史"的开山者；二、全书中，"社会史"的写法，也只出现了这么一次。总体来看，《英国史》仍是一部传统的专写帝王将相的政治史书。

尽管有不少论者指出，第三章所述史实，其实有不少是稍前或稍后时代才存在的，麦考莱未加辨析都给烩在一起了，但我们今天来读第三章，还是不能不佩服麦考莱的机敏。目前通行的企鹅出版社《英国史》精华版，是由著名史家休·特雷沃-罗珀（Hugh Trevor-Roper）编选的，他从第三章里摘出的是对乡绅与牧师两个群体的描述。必须承认，这一描述，单就文本而言，是极精彩的。麦考莱说，当时的乡绅（squire）跟后来人们想象中的乡绅根本不是一回事，他们相当粗野，没见过什么世面，趣味和言辞跟普通的农民几乎没什么差别，因为僻处一隅，头脑僵化，他们的保王思想也最强烈。而乡间牧师呢，地位其实相当低下，年俸微薄，要在富人家里过寄人篱下的生活，娶妻也只能娶富贵人家的婢女，正经书籍没读过几本，学问当然是谈不到的。但你若以为既无地位又无学识的乡村神职人员不会有什么影响力，那就大错特错了。麦考莱指出，十七世纪的布道坛，对民众的影响力，就如同十九世纪的期刊。乡下人,本来就没有多少复杂的想法,每周听牧师在布道坛上长篇大论,等于一次次被"洗脑"。所以麦考莱说牧师讲道"其左右人心的效果令人战栗"(周旭、刘学谦译本,第225页),并非夸大之词。不过,史家阿瑟·布莱恩特在《麦考莱评传》中特别指出,麦考莱笔下那一没什么教养、没什么文化的十七世纪乡绅肖像与历史实情并不相符,他说,麦考莱是十八世纪的文学作品读多了,把喜剧里遭肆意耻笑、大大扭曲的乡绅形象当成真乡绅的模样了(见 Macaulay, Peter Davies, 1932, pp.102-103)。

第三章里还有许多有意思的记叙,比如,在十七世纪的英国,戏剧盛行,为迎合观众的趣味,最粗俗猥亵的台词偏安排给最受欢迎的女戏子来念,台下的男观众当然魂不守舍。再如,当日的作家文士,不可能靠卖书赚钱,他们都向显贵"纠缠不休地行乞"或"卑贱地献媚",在把作品题献给赞助人之后,等着人家赏钱。麦考莱评论道:"独立、诚实、自尊,与这类作家毫无关系。事实是,他们在道德座次上大致居于皮条客和乞丐之间。"(周旭、刘学谦译本,第276页)这不免让人联想起元代所谓"八娼、九儒、十丐"的说法(当然,近年已有很多研究指出此说有夸大成分),或许麦考莱下笔之际也是想刺一刺他同代的那些文人。

麦考莱最擅长的,莫过于对那些富戏剧性的历史场面加以细致描写。单从第一卷来说,写查理二世驾崩,写叛军首领蒙茅斯公爵斩首,都写得极生动,历历如在目前。我们看看蒙茅斯砍头的场景:"第一斧下去,仅仅砍出了一个微小的伤口。公爵挣扎着从石礅上抬起头，用责备的目光盯着刽子手。那颗头再次沉了下去。劈砍一次接着一次，但脖子仍然没有被切断，身体还在抽动。人群中爆发出愤怒和惊恐的叫喊声。（刽子手）凯奇咒骂着扔掉了斧子，'我没法干了，'他说，'我的心不受控制。''拿起斧子，混蛋，'执行吏喊道……最终，斧子被拿了起来。接着补上的两次劈砍终结了气若游丝的生命。"（周旭、刘学谦译本，第433页）若在古代，我们定要夸麦考莱具"史迁之笔"。现在，我们则不免要在心里嘀咕："您在现场看到的？"

这种笔致，的确更像出自司各特，而非一个严谨的史家。但我想说的恰恰是，我们今天来读《英国史》，是不必再当它是"史"了，我们是要像读《三国演义》那样来读它了。

《三国演义》，不是《三国志》，是说部，而非史书。可是，在我看来，《三国演义》与我们的相关性，是比那个三国时代的真确的历史事实与我们的相关性更大了。历史感觉的习得，其实必得是迂回的，不能按想象中那样走直线，来 shortcut。哪怕你按教科书和考卷那样的方式掌握了某种真确，我们也要说你的那个真确是不作数的，是关于历史的零碎的数据，而不是一种贯通的历史感觉。历史感觉的辩证法是，我们最先获得的那个感性认识，哪怕是片面、扭曲或不够确切的，也是一条必经之路了。它是我们今后的"扬弃"的起点。也许正因为如此，兰克（Leopold Ranke）才会说，司各特的小说《昆丁·达沃德》（*Quentin Durward*）是最好的史书。

就英国史而言，这一辩证法就表现得更明显了。詹姆斯二世也好，奥兰治的威廉也罢，跟我们中国人又有什么相干呢？我知道不知道他们的事迹又对我的历史感觉有多大影响呢？

我曾试着以相关性为标准对历史做过一个划分，比如，对于我们来说，"文革"可能就是"一阶"的历史，明清之际或法国大革命可能就是"二阶"的历史，魏晋南北朝或斯图亚特王朝可能就是"三阶"的历史……就历史的客观存在而言，这一段的历史与那一段的历史当然是平等的，可是，我们不妨开玩笑似的套用《动物农场》里的说法——"所有的历史都是平等的，但一些历史比另一些历史更平等"。什么是"更平等"？按我的理解，就是它更与我们相关，这种相关，未必一定以时间或空间上的接近为原则。为什么在我们的感觉里法国大革命比魏晋南北朝离我们更近？因为它关联的那个问题域，与我们的历史感觉有更大的交集。所以，历史，在我们面前，不再是一个均质的空间了，历史时段、历史事件、历史人物要纷纷到我们这里来要加权、要区别待遇了。我们在搞那客观的、可复现的历史研究之余，也得另搞一套历史感觉的拓扑学，至少，是要在自己的头脑里画画历史的等高线了。

夸张一点说，像麦考莱《英国史》这样的书，我们大可以让它在封闭的图书馆里安静地等候均匀降落的灰尘。对我们来说，它已经是木乃伊了。可是，我们中国人是永远没有在恰当的时间点读到恰当的书这样的幸运的，我们总要慢个半拍或快个半拍，或者就像《英国史》这样，在它被送去粉碎化浆之前，不知中国哪位出版社编辑突然福至心灵，变身巫师，把僵尸唤来了。

读这作为僵尸的历史,是此时此地本不需要它,可它既然来了,我们就想方设法从里面读出点什么,或是为它注入某种"生气",或是从死尸里振出那么点儿"活力"来。

我们说像读《三国演义》那样读《英国史》,就是死马当活马医了。我对英国历史本无兴趣、本无关注的意愿,是要借着这"历史小说"来增加一点相关性了。至于1688年的"光荣革命"是否"光荣",奥兰治的威廉到底伟大不伟大,那是要交给历史感觉辩证法的第二阶段去处理的。

还有一点,如果说不以结婚为目的的恋爱都是耍流氓,那我们就要明白宣布:我们今天的读书也都是耍流氓了。为什么呢?因为我们总不是只抱着一个单纯的目的去读书了。我们不是只为了了解1685年到1702年的英国历史才去读麦考莱的。这还用说吗?如果是为了这个目的,我们本可以去找其他可靠得多的读物的。现在,我们读一本书,也等于是同时在读几本书:读十九世纪历史编纂学的标本,读有点庸俗的维多利亚文风,读一百五十年前人们眼中的优秀读物……当然,同时也读书里讲的那些王室阴谋、政治对立、宗教纷争,作为我下一步批判、反拨的素材。

我的各种"读",是交织在一起的,相互渗透,相互照明。所以,就算它是僵尸,也不要紧了,这里割一块组织,那里取一个切片,只当它是一个研究的对象而已。我的"读"的目的,就算不与原作者的本意完全无关,至少也是有待发明的了。

三

在中国读翻译著作,你读的从来不只是原作者。不管你乐意不乐意,都要"买一送一",把那通常不怎么痛快的译本体验附送给你。

就算我们再怎么轻视麦考莱的文笔,人家说的那个意思,总要弄对才行。而汉译本的最大问题,当然永远是意思弄不对。

我们现在就以麦考莱开篇自述作意的第二段为例,看看两个译本的水平如何。

原文:

Nor will it be less my duty faithfully to record disasters mingled with triumphs, and great national crimes and follies far more humiliating than any disaster. It will be seen that even what we justly account our chief blessings were not without alloy. It will be seen that the system which effectually secured our liberties against the encroachments of kingly power gave birth to a new class of abuses from which absolute monarchies are exempt. It will be seen that, in consequence partly of unwise interference, and partly of unwise neglect, the increase of wealth and the extension of trade produced, together with immense good, some evils from which poor and rude societies are free. It will be seen how, in two important dependencies of the crown, wrong was followed by just retribution; how imprudence and obstinacy broke the ties which bound the North American colonies to the parent state; how Ireland, cursed by the domination of race over race, and of religion over religion, remained indeed a member of the empire, but a withered and distorted member, adding no strength to the body politic, and reproachfully pointed at by all who feared or envied the greatness of England.

拙译：

记载胜利，也记载灾祸，并记载比灾祸更令民族蒙羞的罪愆与愚行，同样为我职责所在。你们将看到，有些事被我们视为大幸固然不错，但其实也绝非十全十美。你们将看到，有效保障我们的自由免遭王权侵凌的那一体制，也催生了一类新的弊端，而这类弊端恰是绝对王权统治下所没有的。你们将看到，一半出于不智的干预，一半出于不智的漠视，财富的增长与贸易的扩张，在创造巨大福祉之余，也带来不少贫困、粗朴的社会所不曾有的罪恶。你们将看到，在王国的两大属地，不义受到应有的惩罚；你们将看到，轻率及顽固如何使维系北美殖民地与母国的纽带崩解；你们将看到，在遭罹厄运的爱尔兰，一个种族压制另一种族，一种宗教压制另一种宗教，虽然仍为帝国的一部分，但这一组成部分已如何委顿、变形，非但不能为国家出力，还被畏惧、妒忌英国之强大的那些人引为攻击的把柄。

周旭、刘学谦译本：

在陈述功绩的同时，如实地记录那些不幸亦是我的职责所在，而民族的灾祸与愚蠢要比其他任何灾难都令人蒙羞。我们将会看到，即便那些被公正地加以陈述的历史功绩也并非十全十美。我们将会认识到，那个有效保护我们的自由免遭国王权力侵犯的体制，一方面避免了绝对君主制的产生，另一方面却衍生出一个新的特权阶层。我们将会意识到，随着财富的增加和贸易的扩大，在创造巨大福祉的同时，部分因为不明智的干涉，部分因为不明智的忽视，也产生了一些导致贫民和激进组织滋长的邪恶因素。我们还会看到，在王国的两个重要附属领地上，因失策所导致的恶果：北美殖民地何以轻率而顽固地冲破与母国紧密相连的纽带。爱尔兰因为被不同的民族和宗教统治过而饱受非议，实际上，它仍然是英帝国的成员，但已经是日渐衰弱、不被重视的一员，没有增强整个帝国的实力，反而遭到所有那些恐惧和嫉妒英国强大实力之人的横加指责。

刘仲敬译本：

史家秉笔直书，记录灾难、胜利和邦国的大罪、大愚。后两者远比任何灾难更可耻。这些都是我的责任，但我的责任不仅限于此。拙著记述吾人所蒙福佑之要，务求恰如其分。岂容精金美玉，竟因杂质减色。宪制充分地保障了我们的自由，免遭王权侵蚀。御座一旦孕育滥权的新阶级，势必撤除防范绝对君主制的藩篱。财富不断增长，贸易不断扩展。善莫大焉。然而，某些邪恶亦将如影随形。部分原因在于不明智的干涉，部分在于不明智的漠视。贫困和野蛮的社会反而不为这些邪恶所累。王室倒行逆施，坐失两大重要属国。种瓜得瓜，果报不爽。他们破坏北美殖民地与母邦的纽带，何其轻率顽固！他们以族治族，以教治教。爱尔兰何辜，竟然遭此诅咒！爱尔兰确实没有脱离帝国，然则元气凋残、苍生倒悬；其于邦本国力，焉有分毫之助？任何人只要羡慕或嫉妒英格兰的伟大，都能以爱尔兰为责难的口实。

先谈谈词汇、句意的理解错误。在 even what we justly account our chief blessings were not without alloy 这一句里，account 其实是"认为、视作"的意思，两个译本，一个译成"陈述"，一个译成"记述"，都错了。而刘仲敬译本将此句译为"记述吾人所蒙福佑之要，务求恰如其分。岂容精金美玉，竟因杂质减色"，则完全误解了句意。所谓 not without alloy，类似"福兮祸所伏"，是说我们眼中的好事、幸事未必百分之百地好。

在 a new class of abuses from which absolute monarchies are exempt 这一说法中，class 相当于 kind 的用法，是"种"的意思，a new class of 就是"一种新的……"。两个译本，一个译成"阶层"，一个译成"阶级"，都错了。至于刘仲敬译本将后半句译为"御座一旦孕育滥权的新阶级，势必撤除防范绝对君主制的藩篱"，则连后面的 to be exempt from（免于……）也没看懂，意思全不对了。

最后一句中的 a member of the empire, but a withered and distorted member，这里的 member 是"肢体"的意思，尤其指胳膊、腿。一个译本译成"成员"、"一员"，失却了原本有的比喻意思。而另一个译本所谓"元气凋残、苍生倒悬"，则未免空泛夸诞。

从风格的角度来看，麦考莱反复使用 It will be seen that……的句式，是明显的排比。而两个译本都未注意及此。本来，麦考莱这种不无虚张声势的文体，用唐宋八大家式的古文腔调来传达，是蛮不错的选择。可惜的是，刘仲敬译本中的文言成分，疵而不醇，往好了说，是优孟衣冠，刻鹄类鹜。只是"种瓜得瓜，果报不爽"这类话，就未免成为笑话了。

无论如何，稍微难一点的地方，两个译本都错得太多，让人无法信任。译本的这种状态，也是我用"僵尸"这个比喻的其中一个原因所在：借尸还魂，还回来的不是完璧玉体，而是一边走一边一路掉渣的僵尸。

（原刊于《单读 08：漫游者》，广西师范大学出版社 2015 年 1 月第 1 版）

狄更斯，或人生的战斗

二十世纪三十年代以降，文学家的传记，尽管还没有失去普通读者的青睐，在批评家那儿，却声价一落千丈。韦勒克、沃伦在他们的《文学理论》（1948）中宣布："任何传记上的材料都不可能改变和影响文学批评中对作品的评价。"这话当然是对的。可是，幸好并非所有人都担负着对文学作品做出评价的任务，而我们也并不指望改变什么。事实上，我们读文学家的传记，几乎总是处于"多任务处理"的状态：我们想探究创作的秘密，想窥视创造者的隐私，想认识文学家生活于其中的那个时代和那个社会……说到底，我们常常只是想了解一个人，而他碰巧是一位作家。

或许可以这么说，作为一个人，狄更斯不是"非常之人"，而是平凡人。约翰生（Samuel Johnson）博士为传记这一体裁作辩护时曾说："我们都为同样的动机所驱使，都为同样的谬见所误导，都为同样的希望所激励，都为同样的危险所阻遏，都为同样的欲念所牵缠，都为同样的悦乐所诱惑。"（We are all prompted by the same motives, all deceived by the same fallacies, all animated by hope, obstructed by danger, entangled by desire, and seduced by pleasure.）读狄更斯传记的读者发现，就算才华出众，狄更斯毕竟与我们有着共同的心理基础。而在我读过的五六本狄更斯传记中，彼得·阿克罗伊德（Peter Ackroyd）的《狄更斯传》（包雨苗译，北京师范大学出版社2015年1月第1版）尤其能使人真切地感受到狄更斯作为一个人而非一位文学巨匠的存在；然而，正因为他这个人的平凡，他的成就也益形伟大了。

一、童年

心理学家们一定会喜欢狄更斯，因为狄更斯的动机、希望、欲念，简直称得上心理学课本的经典案例。

狄更斯的童年在困穷中度过，这为他的一生投下阴影。小时候，有一次狄更斯与父亲路过查塔姆的盖茨山庄，据第一部狄更斯传记的作者约翰·福斯特说，"他艳羡地仰头望着那幢房子，父亲告诉他，只要他努力，长大成人后他也有望住在这里或类似的宅邸里"。阿克罗伊德在《狄更斯传》中写道："多年后，他买下了这幢房子。任何不相信童年对查尔斯·狄更斯之后的种种嗜好和痴迷有影响的人都无法自圆其说，因为毫无疑问，只有一个极其在乎父亲称赞的人才会花之后三十年的人生去争取获得它。或许盖茨山庄只是他父亲随手挑的一幢房子，但它一直在狄更斯的脑海里挥之不去。"（第18页）曾被贫穷追着屁股咬的人,总不忘在其事业成功后占有某种东西,作为他摆脱贫穷、拥有财富的一个象征物。顺便说一句,盖茨山庄不过是狄更斯名下的不动产之一,其象征意味大于真实用途。十二岁、处于人格形成期的狄更斯在生产黑鞋油的作坊里打工。这段生活对他来说可能是一种屈辱,正因为是屈辱,烙印也格外深。阿克罗伊德写道:"黑鞋油在《匹克威克外传》中出现后,又在之后的每一部小说里出现,直到最后一部小说《艾德温·德鲁德疑案》。黑鞋油瓶、黑鞋油刷、擦鞋工箱子上的广告、甚至连黑鞋油作坊都在狄更斯的小说中露过面,像他小说和私人生活之间的某种秘密交流;给人的感觉是他反复提起这段人生插曲,是在借此表明自己的一个力量源泉。"(第40页)

青年狄更斯成了采访议会新闻的记者,但二十岁时,他还考虑过当戏剧演员。切斯特顿(G. K. Chesterton)在一篇谈狄更斯的文章里说过:"他的身体里住着一个演员;事实上,他就是一个让人佩服的业余演员,是那种真诚、可靠的老派演员,会为自己多才多艺、能一人分饰多角而骄傲。"(He was a man with much of the actor in him; he was, in fact, an admirable amateur actor; the real, sound, old-fashioned sort of actor, who was proud of versatility and the taking of varied parts.)在现实生活中,狄更斯极擅长模仿别人的口吻和动作,自然,他笔下人物活灵活现,也多亏了他身体里住着的那个演员。不过,狄更斯终究没有选择舞台生涯,而是选择了写作。阿克罗伊德说得很妙:"在伟大的艺术家身体里都有一种秘密的势头总是拉着他们

向前进,这样他们就能在不知不觉间克服种种困难,避免走上岔路。"(第54页)

二、写作

《狄更斯传》中最激动人心的段落,也许要数1841年6月狄更斯初抵爱丁堡,参加公开晚宴的时刻。狄更斯受到空前热烈的欢迎,有人记述说:"他进门时响起的雷鸣般的欢呼声像是要把他淹没了似的。"狄更斯在台子上的高桌边用餐,比其他桌都高出一截,那么多年长的、花白头发的人环绕在这个棕发小伙子的周围。阿克罗伊德写道:"这就是那个创作出了《匹克威克外传》、《奥利弗·退斯特》和《老古玩店》的人,而他还不到而立之年。"(第131页)

这在今天的确是不可想象的事情。一个不满三十岁的青年,已写出多部名垂史册的巨著。一个多少有些接近的例子是张爱玲:1950年,张爱玲出席上海市第一届文代会,作为《传奇》、《流言》、《十八春》的作者,张爱玲前期创作已告一段落,而她还不满三十岁。

十九世纪的诗人、批评家们是不忌讳使用"天才"一词的。如今,我们不用这个词,除了出于"政治正确"的考虑,恐怕也因为我们不好意思对哪位到了四五十岁才确立文坛声名的作家说,你是个天才。如果说创作的秘密是一个配方的话,那么其中最关键的一味药,只能是天才而不会是别的。在我们生活的这个世界里，天才似乎少见了，除了我们寿命变长了这一因素，恐怕也因为这个世界从根本上说是敌视天才的。单打独斗的时代过去了，谁要是没点儿团队精神简直无法在这世上混下去；纵令有天才，也注定在长时间的东推西撞中磨灭委顿了。

当然，保持在天才的高度上飞行，不会是件容易的事。1847年，狄更斯出版《董贝父子》。阿克罗伊德写道："这一年开启了一个新的时期，在这一时期中，他作为小说家的实际才能首次遭到质疑。我们别忘了，1847年诞生了《简爱》、《呼啸山庄》，当然还有《名利场》，这三部小说都被认为是伟大的作品，或者至少也是十分重要的作品……他声名鹊起的辉煌已经褪去，他再也不是年轻时那个独一无二、近乎神秘难解的非凡人物了。他现在就是众多小说家中的一位。"（第204页）

阿克罗伊德的断语相当残酷。从神坛上骤然跌落或者徐徐降下，分别是不大的，因为最终的结果一样：你已泯然众人。1857年，《小杜丽》问世，"大多数评论家认为这本书非常失败，是一本差劲的小说，标志着狄更斯文学才华的衰退；这种反响在一定程度上有利益斗争的成分，一定程度上是'知识分子圈'对一个通俗作家的反应，一定程度上也是摧毁一个偶像的需要"（第176页）。到了1865年，《我们共同的朋友》出版。一位将来在文学史上的重要性不亚于狄更斯、甚至高过狄更斯的文坛后辈捅了最狠的一刀。小说家亨利·詹姆斯在当年发表的评论中说，《我们共同的朋友》是"狄更斯先生作品中最差的一部；而且它差就差在持续的枯竭，而非一时的窘迫"。亨利·詹姆斯说,《荒凉山庄》是逼出来的,《小杜丽》是挤出来的,《我们共同的朋友》则很像是用铁锹和鹤嘴锄掘出来的。尽管晚近的文学评论家总是前仆后继地在狄更斯的中晚期作品里发掘闪光点,但亨利·詹姆斯的评语在某种程度上仍是正确的。我们得承认,狄更斯的水源渐渐枯竭了。然而,人生最有意思也最有意义的地方,不就在于,你明明意识到枯竭,还是执意打更深的井?狄更斯的人生苦斗是老圣地亚哥式的。他在迟暮之年,还坚持写《艾德温·德鲁德疑案》,得用"壮烈"来形容。至于硬撑着衰弱的身体出席作品朗读会,就得说是心理学上的"死亡冲动"了。可比死亡更强的,是你在死神君临前,抽空做了点了不起的事情。

三、女人

在女人这个问题上,狄更斯作为心理学案例,未免过于标准。狄更斯早年追求银行主的女儿玛利亚·彼得奈尔受挫,阿克罗伊德评论说:"我们绝对有理由认为遭女性拒绝的经历对他感情生活的影响很大。"(第55页)婚后,妻子凯瑟琳几乎不间断地处于孕期,而从今天的医学眼光来看,她无疑患有严重的产后抑郁症。狄更斯与妻子的感情,越来越坏,最终分居。1837年5月,年仅十七岁的小姨子玛丽·贺加斯去世,给二十六岁的狄更斯带来沉重打击。没有证据说明两人的关系紧密到何种程度,但我们几乎有把握说,狄更斯迷恋着玛丽·贺加斯所体现的那种美丽少女的形象。狄更斯的生命中，不乏一些一闪而过的女性，尽管她们扮演的角色并非不重要。在热那亚，狄更斯为一位德拉茹夫人实施催眠"治疗"，妻子凯瑟琳显然看不下去了，向他抱怨。据阿克罗伊德说，狄更斯跟德拉茹夫人"没有明显的性关系，但肯定有肢体上的亲密关系"（第171页）。

在狄更斯与妻子协议分居前，贺加斯一家也曾怀疑狄更斯与他的另一位小姨子乔治娜有不正当的行为，因为乔治娜长期住在狄更斯家，与狄更斯也的确相处融洽。不过，幸好一位医生给乔治娜做了检查，证明她守身如玉。贺加斯一家放弃了将狄更斯告上离婚法庭的念头。任何一位狄更斯传记的作者都不得不小心处理一个女人——爱伦·特楠，狄更斯的情妇。在这一点上，阿克罗伊德的处理手法无懈可击。在事实方面，他不能提供比斯莱特（Michael Slater）在《狄更斯与女性》（麻益民译，百花文艺出版社1990年12月第1版）中记述过的更多的东西。他只是无偏袒地讲出来而已。当然，假若我们的态度更凶残一点，大可以这样来描述这段关系：一个糟老头迷上了一位年轻的女演员，他利用自己的财富和手腕，将这个女人包养在秘密的处所，像吸血鬼一样吸取她身上的青春气息，直到生命的终结，留给她一份不算太可观的遗产。事实上，我们很难说，狄更斯从爱伦·特楠那儿获得了多少逸乐，由于爱伦·特楠好像一直对狄更斯缺乏热情，狄更斯在探访特楠母女藏身之所后往往变得相当幽怨。这种压榨关系，在本质上，是让人厌恶的，哪怕当事者并没真正压榨到什么。当然，我们不知道，在维多利亚时代，有多少女性真正摆脱了人身依附关系，实实在在地生活在快乐之中。在我们这个时代，又有多少呢？

最能体现维多利亚时代精神的人，你首先想到的是谁？狄士累利？哈斯廷斯？南丁格尔？……恐怕还是狄更斯。狄更斯的作品反映的是维多利亚时代，他这个人同样是那个时代的产物与缩影。他崛起于瓮牖绳枢之家，一辈子苦熬苦斗，金钱和女人是他头上的紧箍咒，伤感主义是他常常染上的病症……他有那个时代的局限，也有那个时代的力量。尽管卡莱尔总揶揄狄更斯，有点看不起他，可是狄更斯无疑属于卡莱尔所谓的"文人英雄"，这位英雄诞生于维多利亚时代，代表着维多利亚时代，开创了维多利亚时代。再伟大的事也是有七情六欲的人创造出来的，这是伟人传记带给平凡的人的最大慰藉，哪怕是虚幻的慰藉。

四、传记

彼得·阿克罗伊德是英国当代第一流的传记作家，他写的《莎士比亚传》、《狄更斯传》、《爱伦坡传》、《艾略特传》都获好评。他对文学家传记的写法有深入的研究。我特别赞成他在为《斯特莱奇传》写书评时提出的一个观点：

"传记作家是因为传主的成就才去写他的。除非将写传记当成一次揭露扒皮的单纯演练，否则传主的价值所在，就应该是任何传记写作的主要动因。这就是为什么了不起的文学家传记具备好故事的全部要素：作家声望与事业的升降起伏成为其中的主线，其他的一切不过是围绕这一核心展开的。"（The biographer is drawn to a subject because of the person's achievements; unless it is to be a pure exercise in debunking, the worth of the biographical subject is the primary reason for the writing of any life. That is why the great literary biographies have all the elements of a good story, in which the curve of a writer's reputation and career becomes the central movement around which everything else is arranged. 引自氏著 *The Collection*，P.264）

事实上，这段话不无"夫子自道"的意味，阿克罗伊德的《狄更斯传》也是围绕狄更斯的文学成就这一核心展开的。《狄更斯传》对文人交游的记述很少，我猜传记作者就是怕此类枝节干扰了主线，才有意芟夷的。

《狄更斯传》笔调典重，然而沉稳中又蕴含激情。阿克罗伊德自承："在我写那部狄更斯传记时，我希望在体现小说家个人的精神的同时，也能体现一点维多利亚时代的时代精神，因此我特意采用了一种狄更斯式的文风。"（In my biography of Charles Dickens I wished to evoke the spirit of the novelist as well as the Victoian period itself, and I did so by writing in a deliberately Dickensian fashion. 引自氏著 *The Collection*，P.366）阿克罗伊德刻意为之的"狄更斯式的文风"，也被评论家注意到了。赫尔迈厄尼·李（Hermione Lee）在她专门谈文学家传记写作艺术的书中就指出，阿克罗伊德《狄更斯传》采取的这种刻意模仿传主笔调的方式在十九世纪不算少见,而在当代则已罕觏(参氏著 *Body Parts: Essays on Life-Writing*, P.210)。

通常说来,传记这类作品,都是后来居上的,因为后来者在史料的占有和观点的把握上往往处于优势。可是,在狄更斯的传记上,这条规律似乎被打破了。2009年,狄更斯研究权威、学者斯莱特写的狄更斯新传问世,克里斯托弗·希钦斯在书评中就提出,这部厚厚的新传并没有超越阿克罗伊德的《狄更斯传》。希钦斯不无调侃地写道:"斯莱特自始至终对阿克罗伊德的传记恭维备至,可他似乎本可以向阿克罗伊德的沛然文气偷师一二的。"(Slater is invariably flattering toward Ackroyd's work, but could perhaps have taken a leaf or two from its emotional eloquence. 引自氏著 *Arguably*, P.177)

说到底,笔调、文风还是次要的,要紧的是写传记的人能不能理解人。理解人,既是对传记作者提出的起码要求,又是评判传记优劣的最高标准。我们读《狄更斯传》,在掩卷的那一刻,如果能说"他是懂他的",那就是对阿克罗伊德的最大褒扬了。

(原载于2015年4月19日《南方都市报》)

普鲁斯特是怎么读书的

普鲁斯特作为作家属于哪个级别,他作为读者也就属于哪个级别。我们说普鲁斯特是好读者,恰恰因为他首先是好作家,他的"读"是他"写"出来的。假若三十八岁那年,普鲁斯特出于某种原因,放弃了《追寻逝去的时光》的写作,除了杂文和书信,什么也不写了,那么我们蛮有把握说,他就不算是好作家了,也不算是好读者了。他读得好不好,与他手上捧着书本,视线在字里行间移动那个阅读实境其实没有一点关联——他在那个阅读实境里读得好不好,我们不得而知,这就像我们说一个人志节高尚,不是变身为孙猴子钻到对方心里加以确定的,而是看他落实到外在行止上的那些部分,舍此我们也再无依凭了。

如果说上述看法大致不误,那么安卡·穆斯坦(Anka Muhlstein)在探讨普鲁斯特的阅读时,没有把太多时间花在翻寻他生前发表的报刊文章、身后留存的遗稿以及卷帙浩繁的书札上面,而是紧紧抓住《追寻逝去的时光》这一核心,倒可能是正确的选择了。

穆斯坦女士是一位法国的传记作家,她之前的作品,我只读过一本《巴尔扎克的煎蛋》(*Balzac's Omelette*),是借《人间喜剧》谈法国饮食的。2012年出版的《普鲁斯特先生的书房》(*Monsieur Proust's Library*,Other Press 2012年11月第1版;已有台湾译本,题为《普鲁斯特的个人书房》,唯误译较多,下引此书,由引者另译),篇幅不大,笔调轻倩,虽无学术性可言,却也有让人眼明心亮的地方。

普鲁斯特自己在《阅读的时日》一文中对读书有极精妙的论述,有一段是穆斯坦女士没有征引的:

> 好书最伟大、最奇妙的特点之一便在于,对作者可称之为"结论"的,对读者则是一种"激励"。我们强烈地感到,我们的智慧始于作者的智慧中止之处,我们希望他给我们答案,而他所能给的却只有欲望而已。

这种"欲望"是什么呢?就是探寻之欲,就是要让自己已被点燃的思想继续烧下去,所以好书不是别的,不过是药捻儿,药引子,是给我们"开始"而不是"终结"的东西,是只能送你到这里了,接下来要你自己披荆斩棘开山拓路。我不知道《普鲁斯特先生的书房》算不算这个意义上的好书,不过,我倒愿意试着在穆斯坦女士下结论的地方继续写下去,而对她,最该感谢的也许倒是她给了我们重读普鲁斯特的欲望。

一、丢弃偶像前记得将其榨干

普鲁斯特学过德语，可他一点都不喜欢德国作家，他英文水平谈不上精深，但特别肯下苦功，爱读乔治·爱略特、斯蒂文生、哈代这类作家，不过说起来，他投入精力最大，一度浸淫其中的，便只有约翰·罗斯金这一位而已。他翻译了《亚眠圣经》和《芝麻与百合》，他为这两书所写的序言无疑是他一生所写的最精彩的文章。而让那些初次阅读《亚眠圣经》译者序的读者最惊讶不过的，是普鲁斯特在将罗斯金尊奉到天神的高度之后又突然叛变，揭露他犯了"偶像崇拜"的罪，指出"他的偶像崇拜和他的诚实感之间的真正决斗……终其一生，在那些最深最隐秘之处"。

普鲁斯特背叛这位私淑的师父，其实遵循了古往今来师徒关系破裂的一般模式：本领学成之日，即另立门户之时。他仍然称罗斯金是"所有时代、所有国度最伟大的作家之一"，不过，他写道，"我并非不了解崇拜的益处，它正是爱的条件。但当爱不在了，敬仰绝不能代替爱，让我们不加检视地崇信、不加怀疑地爱戴"。

普鲁斯特对罗斯金的批评，如他自己所说，是"试图将他作为特别有利于思考的'主题'，来探索人类思想中固有的缺陷"。这"人类思想中固有的缺陷"指的是什么呢？就是赋予事物本不属于它们的特性。普鲁斯特举了一个例子，我们能否仅仅因为一幢房子曾是巴尔扎克的居所（而现在其中已无巴尔扎克的遗存）就认为它格外美丽呢？有些人也许觉得我们有理由这样认为，而在普鲁斯特看来，这就犯了"艺术家们钟爱的理智之罪"。在普鲁斯特眼中，罗斯金对艺术的态度是不够磊落的，因为他从艺术中籀绎出本不存在的道德教训来了，这既是对艺术的不忠，也是对教训的不忠。

普鲁斯特的批判是否有道理，这个问题，我们倒可以暂时放到一边，重要的是，要看看普鲁斯特从罗斯金那里学到了什么。从文字技术上说，我觉得普鲁斯特学到了一种细密的织体。在《追寻逝去的时光》前几部中，尤其是对贡布雷的刻画，对山楂花工致绵密的摹写，像极了罗斯金的笔触，而这种笔触在普鲁斯特同时代的作家中是罕见的。普鲁斯特把罗斯金的本事吃透了，又甩脱了为教训而教训那层虚妄的膜，从里面彻底钻了出来，而本事他是拿来打天下用了，并不曾一并舍弃。在更高、更广的意义上，普鲁斯特认为，他还从罗斯金那里学到了对具体的世界的爱，对美的爱，用他的话说，"天才的力量在于让我们热爱美，让我们感到它比我们自身还要真实"。作为小说家，普鲁斯特的眼光始终在尘世之中，他对玄理思辨的兴趣始终有限。他以罗斯金那种像是抚爱一样的眼光来打量美，因此才看到美的深处去。

普鲁斯特像榨柠檬一样，把罗斯金有益的汁液都榨干了，才把他小心翼翼地丢掉，而在这一行为中，其实包含了关于艺术的几乎全部秘密。

穆斯坦女士提到，在《追寻逝去的时光》里，罗斯金的名字只出现了四次，几乎每次都是一笔带过。然而，这恐怕只是如动物掩其身后之迹而已。

二、最歆慕的也不妨加以调笑

普鲁斯特的万神殿里其实真供奉过不少神祇，但地位最尊显的肯定是拉辛，因为他对拉辛是从来赞不绝口，而且从未批评过的。夏吕斯男爵曾说："拉辛一出悲剧蕴含的真理，比雨果先生所有剧作的总和还多。"这相当于道出普鲁斯特自己的心声了。

然而，我们细细寻绎拉辛在《追寻逝去的时光》中被提及、被运用的情形，会发现普鲁斯特完全不是从高山仰止那样一种态度来书写的，恰恰相反，他的方式倒好像拉辛就是他的腻友，他捧他、夸他、嘲弄他、调侃他……全无所谓的，反正是自己人。

第二部《在少女们身旁》里有一节讲，阿尔贝蒂娜的小女友吉赛尔写中学毕业作文，两道题目，一道是"索福克勒斯从冥府致函拉辛，安慰《阿达莉》上演失败"，另一道是"《以斯帖》首演后，塞维涅夫人致函拉法耶特夫人，表达因对方不在场而深感遗憾的心情"。穆斯坦女士在书中顺带提到此事，却未详述，有意思的是，钱锺书先生在补订《谈艺录》时倒留意到此节。

这种作文题目，有点像八股，也是"代圣人立言"那一套。吉赛尔选了第一题，并因为事前押准了题，预备充分，发挥出色，得了高分。小说里把作文抄了一遍，但最要紧的却是阿尔贝蒂娜另一位女友安德烈的点评。安德烈先说作文写得不坏，却紧跟着挑了几处毛病，比如说："吉赛尔说《阿达莉》中用合唱队是创举，她是把《以斯帖》忘了，还有两出不怎么有名的悲剧，今年老师刚好分析过这两出戏。所以，只要提到这两部悲剧，因是老师中意的话题，保准考取。这两部戏是罗贝尔·加尼埃的《犹太女人》和蒙克赖斯基安的《饶命》。"阿尔贝蒂娜一听，不觉惊喜，后来几次三番求安德烈再把那两出戏的戏名重复一遍好记下来，安德烈竟死活不肯说了，是普鲁斯特很幽默的一笔。接下来，安德烈又提醒说："再引几位著名批评家的一些评论，也不坏。"阿尔贝蒂娜就回答："对，有人跟我说过这个。一般说来，最值得推崇的便是圣伯夫和梅莱的观点，是不是？"安德烈遂指点道："梅莱和圣伯夫坏不了事，但特别应该引德都尔和加斯克·戴福塞。"

这段的处理，最能见出普鲁斯特手段的高明洒脱。因为在此处，安德烈的见解中既有代表普鲁斯特自身的学识的一面（对拉辛及其同时代的剧作了如指掌），又有普鲁斯特所鄙视的村学究式学问的一面（众所周知，圣伯夫是普鲁斯特最反感的批评家，另外三位则是当时编书的"选家"）。安德烈这个形象，把正与反的两面综合到一起去了，因此特别活灵活现。普鲁斯特对拉辛并未取仰视的态度，他只像是取来一块合适的石材，布置进自己营造的假山里了，至于那石材是表现为平易还是幽邃，是视此时此地的需要而定的。

《普鲁斯特先生的书房》第五章专门谈拉辛，其中讲到贝纳尔勾引旅馆服务生一节，穆斯坦女士不禁感慨："真是不可思议，庄严肃穆的《阿达莉》竟给老色鬼勾引未谙第三性滋味的小伙子做了喜剧映衬，这样近乎亵渎地挪用悲剧，也只有普鲁斯特这样对拉辛作品烂熟于心的才办得到。"普鲁斯特艺高人胆大，就算是最歆慕的作者也不妨加以调笑，这种风度我们在别的小说家很少能见到。当然，在普鲁斯特那里，也真是太熟了，一没留神，拉辛就禁不住往外冒，故不见斧凿之痕，要在凡手那里，就有炫学不成举鼎绝膑之虞了。

三、取精华去糟粕是不二真理

　　普鲁斯特喜欢的法国文学作品很多，像圣西门的回忆录，像戈蒂埃的故事，像雨果、波德莱尔的诗，不过要讲长篇小说，我觉得他得力最多的依然是巴尔扎克。《驳圣伯夫》第十一章、第十二章对巴尔扎克有不少精辟之论，这里不能详述，我觉得值得一提的倒是普鲁斯特借夏吕斯男爵之口吐露的见解。

　　第四部《所多玛和蛾摩拉》第二卷第三章里写夏吕斯在维尔迪兰夫人家的沙龙里跟人聊起了巴尔扎克。试想，那沙龙里尽是些庸滥谲诈之辈，岂可向他们托腹心？而夏吕斯还是吐露了他的心得——当中不少确为心得，而非通常所谓文艺见解，因其细微之处非眼拙心粗者所能窥见。

　　当问他《人间喜剧》里喜欢哪几篇，夏吕斯回答："一整部，那一整部都喜欢，还有那一部部小袖珍本，像《本堂神甫》、《被抛弃的女人》,还有一幅幅巨型画卷如《幻灭》系列。怎么?您不知道《幻灭》?美极了……还有吕西安之死呢!我已经记不起哪个风流雅士,有人问他在他一生中最使他痛苦的事是哪桩,他这样回答:《交际花盛衰记》里吕西安·德·吕邦泼雷之死。"

所谓"风流雅士",是指王尔德,《驳圣伯夫》里也讲到的。王尔德在《谎言的衰颓》("The Decay of Lying")里写的是:"我这一生经受的最大悲剧之一就是吕西安·德·吕邦泼雷之死。"

穆斯坦女士在书中强调夏吕斯接下来又开列的那些作品:《幻灭》、《萨拉辛》、《金眼姑娘》、《荒漠里的爱》等,意在引申出其中共有的主题——同性恋。我却觉得,如此讲法,未免把夏吕斯看扁了,倒好像他在意巴尔扎克只是为了小说里涉及他的性向而已。从重要性上而言,我认为,前面谈《幻灭》、《交际花盛衰记》以及再后面几页谈《卡迪央王妃的秘密》的部分,显然更值得推敲。

穆斯坦女士有一个小发现,普鲁斯特写贡布雷的时候,似乎漫不经心地写到一个"天寒翠袖薄,日暮倚修竹"式的妇人在窗边瞻望,最后,"我见她无可如何地从手上褪下了那高雅却已派不上用场的长手套"。穆斯坦女士指出,这一形象脱胎于巴尔扎克的中篇小说《被抛弃的女人》,关节就在那双手套。依我看,这也从侧面证明了,夏吕斯提到的《本堂神甫》、《被抛弃的女人》、《幻灭》、《交际花盛衰记》、《卡迪央王妃的秘密》可能都是普鲁斯特本人热爱的作品。不过,我们要留意普鲁斯特在《驳圣伯夫》里特地强调的:"他(指巴尔扎克)不同的作品之间我看不出有什么很大的差异。"普鲁斯特的意思,正如夏吕斯所说,是"一整部,那一整部都喜欢",这当中自然也有妍疵之别,但重点在于那一整个的世界,一整个被创造出来的现实。你看,普鲁斯特学巴尔扎克,往往从大处着眼,《追寻逝去的时光》就像《人间喜剧》一样创造出了一个世界,他还从巴尔扎克那里继承了让主要角色在多部小说间往来穿插的布置法。

当然,以普鲁斯特文心之细,他的赏会每能入于毫芒,为我们这样不够格的读书人所不及。比如夏吕斯喃喃自语,称赏《卡迪央王妃的秘密》的那几句:"不愧杰作!何其深刻,何其痛苦,这声名扫地的狄安娜,她那么怕自己爱的男人知晓她的坏名声!这真实,真是千古不易,可放诸四海!"《卡迪央王妃的秘密》这部短篇,的确是巴尔扎克将女性心理写到极致的杰构,普鲁斯特与巴尔扎克也可谓惺惺相惜了。但我们不能忘了,在《驳圣伯夫》里,普鲁斯特历数过巴尔扎克的毛病:庸俗、好发议论、将自己的性情强加给笔下人物……而普鲁斯特恰恰是将这些糟粕汰净了,效法的却是最恢宏的、最精微的、最美妙的部分。我们能不能说,普鲁斯特算是巴尔扎克最出色的弟子?

四、记得向你讨厌的作者学习

穆斯坦女士的章节安排,最令我赞赏的,就是尽管没有专门谈圣伯夫的一章,居然辟了专讲龚古尔兄弟的一章。穆斯坦女士说得很清楚，在普鲁斯特这里，"龚古尔兄弟的重要性是负面的大于正面的，他们被用来陪衬，而非榜样"。

在第七部《重现的时光》开篇不久，有一大通接连数页据说是"龚古尔兄弟未曾发表的日记"，其实这是普鲁斯特故弄狡狯，自己戏仿出来的。内容是对维尔迪兰夫人的沙龙中出现的人物的细致刻画。树立起这个靶子后，普鲁斯特就开始加以打击了，但他的打击是以自我怀疑的形式上从反面表达出来的。他说自己不善于观察（！），"因此，人们表面的、可以模仿的魅力被我遗忘，是因为我无权注意它，犹如一个外科医生，会在妇女光滑的腹部下面，看到正在体内折磨她的病痛。我到城里去赴晚宴是枉费功夫，我看不见那些宾客，因为当我自以为看到他们的时候，我就给他们拍X光照片。由此可见，当我把我在一次晚宴中能提出的对宾客们的看法汇集起来的时候，我用线条画出的图表现了一组心理学的规律，而宾客说话时所引起的兴趣，在这些规律中几乎不占任何地位"。

这就是普鲁斯特对龚古尔兄弟式的观察的批判：他们好像也观察了，好像也记录了，而且观察、记录得似乎相当细致、繁冗，然而，在普鲁斯特看来，它们"可能具有文献上的乃至历史上的重要性，却不一定是艺术真谛"。也即是说，徒留其形而遗其神。而且，像通常会发生的那样，伟大人物的伟大并不总是能从举止言谈中观察出来的，尤其是艺术家，正如普鲁斯特所说："凡德伊过于腼腆的布尔乔亚主义，贝戈特无法忍受的缺点，乃至初期的埃尔斯蒂尔自命不凡的庸俗，都不能作为证明来否定他们，因为他们的天才是由他们的作品显示的。"

在事物的表面之下，有另外一个世界，有另外一种价值，有另外一种意义，这恐怕是支撑着普鲁斯特一生全部创作的信念了。假如事情不是这样的话，那么探究、玩索、追忆、补缀，一切的一切，就毫无价值了。这是普鲁斯特胸中憋足的最后一口气。而龚古尔兄弟，在普鲁斯特看来，恰好是与上面这种信念相对立的一种存在：只生活在表面，只逡巡在表面，只用放大镜观察表面。

在普鲁斯特与龚古尔兄弟的关系上，穆斯坦女士的看法特别平正，她说："龚古尔兄弟向他展现了所有那些作为一个真正的艺术家定要避开的陷阱，比如不知反复琢磨涵泳，或者文笔过于繁复饾饤，然而同时他们也别有所用，他们毕竟让他见识了他们那个时代的人是如何讲话的，见识了十九世纪后半叶艺术家、社交家个性化的语言。普鲁斯特跟龚古尔兄弟分属两代人，但当普鲁斯特深入到斯万或维尔迪兰夫妇或叙事者任何老辈的往昔中去，他就将本属于龚古尔兄弟的那个世界再造出来了。"事实正是如此，1908年，当普鲁斯特开始为巨作《追寻逝去的时光》做准备时，他就模仿过龚古尔兄弟和他反对的批评家法盖的文笔，写了文章，登在《费加罗报》上。普鲁斯特从来不惮于从他不衷心佩服的作者身上学习自己想要得到的东西。这种开放精神，也令普鲁斯特得成其大。

结尾，让我们回到罗斯金那里。普鲁斯特在《亚眠圣经》

序中说，崇拜一位作者，其实不要紧的，"凡俗之人每以为听凭我们所崇拜的书籍的引导会使我们丧失独立判断的能力。'罗斯金所感与你何干，你要自己去感受。'这种看法犯了心理学上的错误，不会为有信仰的人所认可，因为信仰使他们的理解力和感受力都得到了无限提高，而且从未损害其批判力……这种自愿的服从是自由的开始。感受自我的最好方式便是努力去感受大师之所感。从这深深的努力中，我们同大师的思想一道发现了我们自己的思想"。普鲁斯特在这里所表达的，或许就是布朗肖所说的，读，就是"迎接的自由，赞同的自由，说'是'的自由，而且只能说'是'的自由"（liberté qui accueille, consent, dit oui, ne peut que dire oui... 见 *L'espace littéraire* 第 255 页）。强健的读者，总是不怕说"是"的，他们向拉辛、巴尔扎克说"是"，也向罗斯金、龚古尔兄弟说"是"。强健的读者，到最后，总会向自己说"是"。

（原载于 2013 年 7 月 21 日《东方早报·上海书评》）

卢卡奇的预言

卢卡奇无疑属于那种天才型的评论家。1902年到1903年期间，他为《匈牙利沙龙》杂志写过四十来篇戏剧评论，当时他才十七八岁。1908年，他写的《现代戏剧发展史》获奖（经大幅改写的两卷本于1911年正式出版），当时他二十三岁。我们现在读《卢卡奇论戏剧》（陈奇佳主编，罗璇等译，北京师范大学出版社2014年10月第1版）前四分之三部分，仍不免会惊讶，如此深刻的理论写作居然都是卢卡奇在二十几岁时完成的。

按较严苛的标准，《卢卡奇论戏剧》一书的编选恐怕不算太理想。首先，青年卢卡奇对易卜生极其迷恋、推崇，曾专程拜访易卜生，回来之后给每个朋友都赠送了易卜生的著作，他还翻译了易卜生的名剧《野鸭》，对其剧作的评论更是很多。可是，《卢卡奇论戏剧》对这一方面毫无体现，一篇专门谈易卜生的文字都没有选。其次，书的后四分之一为"卢卡奇短文十篇"，选的是卢卡奇上世纪二十年代为德国《红旗报》写的文学批评文章。这些文章自然都是有价值的，但是只有前面四篇跟戏剧有关,后面谈泰戈尔、陀思妥耶夫斯基、俄罗斯批评家等的文字就与戏剧完全搭不上边。当然,对于卢卡奇的一切著作、文章的翻译(包括重译),我们都是极欢迎的,只不过此书题为《卢卡奇论戏剧》,多少有些名实不符。第三,我们看"卢卡奇短文十篇"选的《萧伯纳的终结》和《纪念斯特林堡逝世十周年》两篇短文,总觉得有点缺憾,因为这两篇算是卢卡奇中期作品,而青年卢卡奇在《现代戏剧发展史》中曾对萧伯纳有过篇幅颇大的专门论述,他在斯特林堡六十岁诞辰的时候也写过评论文章。假若能将早、中期的文章汇总在一起,读者就有机会看到卢卡奇对萧伯纳、斯特林堡等人观点的演变之迹,现在则只能抱憾了。

《卢卡奇论戏剧》前面两篇《戏剧》、《现代戏剧》均选自《现代戏剧发展史》一书,是《现代戏剧发展史》开头的理论部分,也是整部书最深刻、最精彩的部分。其实,中国读者能读到这部分译自德文原著的内容,应该感到庆幸,因为这部书到目前为止还没有完整地译为英语,英语世界的学者也不甚熟悉。中间两篇《渴望与形式:夏尔-路易·菲利普》和《悲剧的形而上学:保罗·恩斯特》选自卢卡奇的早期文集《心灵与形式》。卢卡奇晚年的时候曾说:"今天我已认为《心灵与形式》的文笔极其做作,以我后来的标准看是不能接受的。"(《卢卡奇自传》,社会科学文献出版社1986年版,第71页)。《心灵与形式》的才情与深度不容抹煞,不过,我们也不得不承认,书中选的这两篇即便在《心灵与形式》里也是较薄弱的两篇,而且由于两篇文字谈论的戏剧家(夏尔-路易·菲利普和保罗·恩斯特),我们一点都不熟悉,所以对卢卡奇略显飘忽的论述,我们实际上不知如何把握才好。

当然,哪怕《卢卡奇论戏剧》一书只选了《戏剧》、《现代戏剧》这两篇,也足够了,因为它们太丰富、太深刻了。《戏剧》一篇试图从群体心理学、社会学的角度定义和理解戏剧(主要是悲剧),很容易看出卢卡奇受到齐美尔思想的影响。晚期卢卡奇也承认:"齐美尔提出了艺术的社会性问题,这给了我一种观点,我根据这种观点对文学进行了远远超出齐美尔本人的讨论。齐美尔的哲学是我那本论戏剧的书的哲学基础。"(《卢卡奇自传》,第66页)不过,卢卡奇并非只强调客观实在的作用,他说:"戏剧是意志的诗艺,人物及命运只能通过绷紧自己的意志来获得戏剧性。"不过,他又补充说:"意志最纯粹、最丰富的表现是斗争……在所有能引起意志反应的生活现象中,最具斗争性、最能激发戏剧人物身上意志的那些斗争是最合适的戏剧素材。"引入"斗争",为主客观之间的关系的表现扫清了道路。卢卡奇总结说:"戏剧斗争只能是人与人之间的一场斗争,戏剧甚至只能用社会学的方式来表现出于形而上学的原因而产生的斗争。"关于"人与人之间斗争"这一点,他有一句特别深刻的表述,他说,在相互之间不存在力量对比的对手之间上演的斗争是不可能具有戏剧性的。这是什么意思呢?打个比方,人跟法力无边的神之间的斗争没有戏剧性可言,孙悟空跟如来佛之间的斗争就没有戏剧性可言。卢卡奇敏锐地指出,在埃斯库罗斯那里，普罗米修斯反抗宙斯的斗争还只是一个"抒情性的独白"，而同样是反抗神祇的俄狄浦斯王的斗争却有了戏剧性。为什么？因为斗争回到了人身上，斗争在人与人、人与他自己之间展开。

在这个阶段，卢卡奇已逐渐从齐美尔的社会学式观点走向了马克思主义。比如，他说："所有的文化都会由一个阶级占据着统治地位……文化的表现形式是由这个阶级的经济、政治情况，由他们生活方式的形式、速度和节奏规定的。"这样的提法，虽然在今天看来已不新鲜，可是其真确性其实丝毫未曾动摇。

在《戏剧》和《现代戏剧》中，卢卡奇都为戏剧本身指示了悲剧的命运。他说："戏剧时代就是一个阶级衰亡的英雄时代。"也即是说，戏剧本身的命运也是悲剧性的：戏剧最辉煌的时代，也就如同英雄末路时的斗争，辉煌与悲剧是一体两面的。卢卡奇在二十世纪初已经预见到戏剧不可避免的衰落。戏剧形式先定地与群体相伴相生，而随着戏剧艺术的发展，它的智性成分逐渐累积，使它与自己的大众使命相背离。卢卡奇认为，每一种深广而严肃的艺术和观众之间的关系，跟之前的时代相比总会变得越来越松散。到最后，一种艺术总因在遴选它的受众时过于苛刻而失去存在的土壤。戏剧的"书本化"、大剧场向小剧场的收缩，都是戏剧衰亡的征候。卢卡奇指出："智性主义，作为精神进程的形式，有着破坏每一个共同体、孤立每一个个体、强调他们相互之间不可比较的强烈趋势。"这一趋势，显然与戏剧形式的本性、特点不相容。所以，卢卡奇才会说:"小剧场是一种在原则上自相矛盾的东西。"

事实上,卢卡奇的这番说法在今天的现实性只会更强烈。小说艺术、电影艺术,面临着当年戏剧艺术遇到过的同样难题。我们不能不说,今天的小说、电影艺术也只是处于"活死人"状态了,那些表面的庞大、多元、热烈都是僵死的,是一戳就破的东西。小说、电影艺术的贵族蓝血仍设法在一个极小的、经严格挑选的秘密会社般的机体里延续着,但历史地看,它们的命运也只是衰落而已。而且,卢卡奇所说的那个大师云集的"英雄时代"已成了白头宫女口耳相传的掌故了。没落,从来都不是一声巨响,而只会是一阵呜咽。

我们今天还在认真研读卢卡奇一百年前写的东西,因为他正是为我们而写。

(原刊于 2014 年 12 月 14 日《南方都市报》)

教官庞德

今天,文艺批评工作者的首要任务,就是清理垃圾。所以,当我们翻开这本八十年前出版的小册子,看到作者在第一章第一段里说:"假若缪斯的花园还想维持住花园的样子,那除草机就万万少不了。"不禁有如逢故人的欣喜。

《阅读ABC》(*The ABC of Reading*),也许译作《文学入门》会更准确些。埃兹拉·庞德当年是把它设计为一本教材的,当然,事实上,它根本无法发挥教材的功用,因为流通广的教材总不免要俯就,而庞德这本书的问题就在于他的标准定得太高,除了他本人,恐怕再难找到能讲授这本教材的教师。

T. S.艾略特在为自己编选的《庞德文论选》作序时,曾指出庞德的"教师脾性"。我想,如果再准确一点,也许应该说是"教官脾性"。这位教官的严厉、专断,是今天那些掌握着给授课教师打分大权的学生们不能接受的,而这恰恰也是今天教育(尤其是人文教育)失败的一大原因:竟有人以为,知识和技能在严酷的训练之外还有别的获得途径。

庞德明白无误地说:"真正的教育最终必定限于坚持要知道的人们,其余的仅仅是放羊而已。"(《阅读ABC》,陈东飚译,译林出版社2014年8月第1版,第70页,下引此书只注页码)这样的说法,或许会得到相当广泛的赞同,然而当你充分认识到"坚持要知道"所需付出的努力,你恐怕就不会那么确定自己是否属于其中的一员了。庞德说:"我的出版商请求我将英语文学尽可能地置于显著地位。这没有用,或几乎没有用。我的意思是,如果我要对学生公平的话就不行。你不能靠读英语来学习写作。"(第56页)那么,换到中国学生身上,他的要求就无异于你不能靠读中文来学习写作,你要能读英文、法文、意大利文、拉丁文、古希腊文……庞德在《严肃的艺术家》(收入艾略特编《庞德文论选》)一文中也讲过:"我们只有,比方说,在六七种伟大的文学中,摸索出作者表达的程度,然后才能初步判断,某一作品是否有了伟大的艺术的丰富性。"这种限定、这一"最低标准",对庞德来说,当然是不成问题的:他在英文、法文、意大利文、拉丁文、古希腊文之外,至少还涉猎过中文和日文。可是,对其他读者呢?就难说了。庞德设下的语言门槛,还不单纯是个语种数量的问题,隐含着的还有语言领会深度的问题。庞德在书中谈道:"任何懒到驾驭不了理解乔叟所需的那相对不大的词汇量的人都活该永远被关在阅读好书的大门之外。"(第88页)不幸的是,我猜,99.99%非母语的英文学习者都不曾掌握"那相对不大的词汇量"。文学作品的翻译,使我们这一代读者心中形成了一种幻象,好像我们当真读过《伊利亚特》、《罗兰之歌》或《源氏物语》似的。其实，我们读的那些东西，仅相当于杜甫的七律被转成白话文，我们读到的只是那个大概的意思，我们捉住的只是原著的影子。从这个意义上说，我们当然不配说自己已经"摸索出作者表达的程度"，自然也就没有下"初步判断"的可能了。

在通览欧洲文学全局之后，庞德开出了他的"钦定书单"。"大约在这一点上，心脏虚弱的读者通常会在路上坐下来，脱下鞋子，泣诉'他是一个糟糕的语言学习者'或是他根本不可能学会所有的语言。"庞德这么做是故意的，因为他认定"必须要把想成为专家的读者和那些不想的区分开来"（第28页）。庞德的书单，在某种程度上，的确骇人听闻。当然，其中不乏我们都能接受的名字：荷马、萨福、卡图卢斯、奥维德、乔叟、约翰·多恩、菲尔丁、劳伦斯·斯特恩、司汤达、福楼拜……可是他不怎么认可维吉尔，他觉得十六世纪初苏格兰翻译家加文·道格拉斯翻译的维吉尔甚至比维吉尔本人更好，书中作为范例选出的所有诗作中，加文·道格拉斯的占比最大；他不太情愿推荐但丁和莎士比亚，他把弥尔顿骂了个狗血淋头；诗人布莱克呢？我不记得在这本书里见到过他的名字；十六世纪的英国诗人里，庞德推崇的还有哪几位？有阿瑟·戈尔丁、马克·亚历山大·博伊德……可是，见鬼，他们是谁？

文艺批评家的任何标举都有一种反拨的意味。庞德自然也不例外。但他标举奎多·卡瓦尔康蒂、加文·道格拉斯，而不是但丁、莎士比亚，倒不能完全看作出于单纯的逆反心理，或许他更尊重的是发明权。庞德订立了一项文学等级制度：排在第一级的，是发明者；第二级是大师；接下来，是"稀释者"——"追随前两种作者，而无法做得一样好的人"；第四级是"没有卓越品质的好作家"；第五级是"Belles-lettres（借自法语，约略相当于民国时期所谓的'美文'——引者按）作家"——"并不真正发明任何东西，但专攻写作的某个特别部分的人"；排在最后的是"风尚的发起者"，简单地说，就是十几二十年后就被忘记的那类作者。因为庞德看得深远、看得深透，所以他也许不那么看重一种技巧、一种风格成熟乃至烂熟的形态（维吉尔、但丁、莎士比亚……），而更关注萌蘖与绽露（荷马、卡瓦尔康蒂、乔叟……）。已经有轮子了，我们就不必费心再发明它了。1492年哥伦布来到新大陆之前，那里一直没有车，假如真有哪个印第安人灵机一动想出了轮子的构造，我们也只能同情地望着他了。文学上的创造也未必不是如此。只不过普通人通常只记得那些将轮子改进到最合宜的状态的人，而庞德则喜欢褒奖那些筚路蓝缕的草创者。

对于文学技巧、品味、风尚的演进，庞德有一段很好的说明："一个大师发明一个小机件或一个程序来执行一种特殊功能或一组有限的功能。学生们应用这一小机件。他们大多没有大师用得熟练。下一个天才可能改进它，或者他可能将它抛弃而换用某件更适合他自己的目的的东西。随后便来了浆糊脑袋的学究或理论家，宣称那小机件是一项法律、一项规则。随后便成立了一个官僚机构，图钉脑袋的书记员攻击每一个新的天才和每一种形式的发明创造，因为不遵守法律，因为感觉到了那书记员感觉不到的某些东西。"（第264—265页）对于缺乏历史感的固陋者而言，可能任何符合历史真实的判断听上去都像是奇谈怪论。庞德对那些不怎么长进的后来者，对等级制度中处于第四级、第五级的作者，时常加以调侃，比如他给（他心目中的）学生布置了这样的任务："试找出拜伦或坡的一首没有七处严重缺陷的诗作。"（第65页）这确为一种严酷，也确为一种真相，或许，真相总是严酷的。在文学世界里，最最严酷的真相不就是绝大多数的作品都是垃圾吗？

毫不留情，是一个够格的批评家对文学垃圾所能持有的唯一态度。庞德提到了对于此类作品的"非个人的愤慨"（第20页）。等级，冷酷而真确。在毛姆的小说被当成世界名著的时代里，贯彻这种等级制就显得尤有必要了。懒惰和骄傲，是当代读者的两大罪过。懒惰，使他们无心关注真正伟大的东西，就像庞德说的："通俗写作的秘密是，在特定的一页里放进的绝不要多过普通读者能够轻轻舔食掉的分量，不施任何压力于他惯常松懈的注意力之上。"（第56页）而骄傲，则使他们逃避教官的话语——他们受不了那股子说教劲儿，哪怕说教的内容全是对的。

对庞德的文学观念，有相当不同的评价。艾略特说庞德的文学评论"非常重要——或许是最不容我们失去的那类"（《庞德文论选》序言），而韦勒克则在《近代文学批评史》第五卷中对之不停加以讥诮。你选择相信艾略特还是韦勒克呢？你选择相信大师、天才还是浆糊脑袋的学究或图钉脑袋的书记员呢？

（原载于2015年1月5日《三联生活周刊》）

T. S. 艾略特的戏剧

艾略特的戏，中国内地的读者以往了解得很少。1970年，颜元叔先生主编的《欧立德戏剧选集》就在台湾出版了，四十多年过去，"艾略特文集"版《大教堂凶杀案》（李文俊等译，上海译文出版社2012年7月第1版）终于问世，从篇目上讲，比《欧立德戏剧选集》多出一部《机要秘书》，总算让中国读者得以一窥艾略特戏剧的全貌。

艾略特写的是所谓诗剧，尽管他写的这五部戏（按西方的习惯，还要算上早期的《斗士斯威尼》和《磐石》，不过此次"艾略特文集"已将其归入诗歌部分）诗的味道愈来愈淡，到最后一部1958年首演的《老政治家》，连分行都懒得分了。1935年完成的《大教堂凶杀案》，是历史题材，语言上明显带着艾略特钻研甚深的伊丽莎白时代和詹姆士一世时期戏剧的痕迹。1939年的《家庭团聚》写的是当代题材，有些台词还像是诗句，有些就只是大白话了。再后来，就全是大白话了。

如此说来，艾略特《家庭团聚》之后的戏剧还算是诗剧吗？我们不妨该听听艾略特本人的说法,在谈及十七世纪诗剧作者约翰·马斯顿时,他讲过:"也许,将诗剧与散文剧区别开来的,是情节中蕴藏的一种双重性,就好像它是同时在两个层面上展开似的。"假若我们以这一观念再去看比如《鸡尾酒会》那种闹剧式的情节,肯定会有豁然开朗的感觉。是的,我们凑近了看,那全是大白话,可是一旦我们退后几步,保持一段距离,这才发现,整个结构设置是何等"诗意",这就像观看伦勃朗的画作,那些贴近了看似乎漫不经心的笔触,远看皆属鬼斧神工。

《大教堂凶杀案》讲十二世纪的大主教托马斯·贝克特在坎特伯雷大教堂遇害,要按艾略特自己有点像开玩笑似的总结,那就是"有个人回了家,预见到自己会被杀,结果就被杀"。这是一次正面处理宗教题材的努力,此后的四出戏都是世俗题材,可是,我们可以不夸张地说,艾略特的戏剧只处理宗教题材。之所以这样讲,是因为在世俗层面之外,始终有一个宗教层面存在,在那上面展开的始终是对罪愆、牺牲以及生命意义的探讨。

我不知道我能不能说艾略特的戏要数《家庭团聚》最好,但可以断定的是,《家庭团聚》最震撼,读它的时候,脑袋总有被大锤砸过的感觉。当然,艾略特自己也不讳言,《家庭团聚》太"契诃夫"了——让人不由自主想到《樱桃园》、《三姊妹》,这可能多少令它的原创性打了点折扣;我们还可以说《家庭团聚》里要挣脱家庭羁绊而去的哈里,太像伊夫林·沃《旧地重游》里的塞巴斯蒂安——当然不是在模仿的意义上，而是说，他们都太孱弱了，在场景中是如此，作为角色本身，更是如此；或者可以指出，像 Nevill Coghill 在《家庭团聚》评注本导言里讲得很清楚的那样，剧中复仇三女神的设置愚蠢至极，怎么摆都摆不平……可是，可是，第三个可是，在这一切弱点之外和之上，有太打动人的东西，以至于就像你在看肥皂剧时不会介意罐头笑声一样，这一切弱点你都能容忍，都能忽略，你被深深的海水包容，只感受到博大，感受不到咸和涩。

《家庭团聚》里有太多警句，其中一句是阿加莎说的："在逃亡者的世界里，一个朝相反方向走的人，看上去像逃跑。"其实，逃跑始终是艾略特戏剧的主题之一，我们也看到，在他的戏里，只有一个角色能够逃离：《家庭团聚》里的哈里，《鸡尾酒会》里的西莉亚，《机要秘书》里的科尔比。然而正如阿加莎所讲，那看似逃跑的姿态，又何尝不是一种背叛、反逆和挑战？在世俗之外和之上的世界里，那也许不是逃跑，而是走上正道。也正因为如此，尽管哈里、西莉亚的选择似乎非常幼稚，到头来必定头破血流，我们仍然为之深深震动，因为他们所做的映照出我们的怯懦。他们跟大主教托马斯·贝克特本质上又有何区别？哪怕预见到自己会被杀，最终也的确被杀，可还是要回家！《老政治家》里的老政治家克拉夫顿勋爵说得好："生命是什么——这值得以死去相寻。"

艾略特最后一出戏《老政治家》给人绚烂归于平淡的感觉，尤其是剧终前，克拉夫顿勋爵从女儿和未来女婿的身边走开，到了柏树下,"那里又凉又安静"。正如卡罗尔·H.史密斯在《T. S.艾略特的戏剧理论与实践》一书中指出的,《老政治家》结尾这一安排,与索福克勒斯《俄狄浦斯在科罗诺斯》中安提戈涅提出想看一眼父亲的坟墓而不得的情节很相近。死亡不可怕,死亡甚至不重要,重要的是去追寻。如果你读完《鸡尾酒会》,觉得它跟王尔德的社交喜剧没什么两样,那你就彻底地误解了艾略特——他可是个一生都在不停追寻的人。

(原刊于2012年8月12日《南方都市报》)

写历史的圆桌武士

2002年9月,艾瑞克·霍布斯鲍姆(Eric Hobsbawm)的自传《趣味横生的时光》(*Interesting Time*)在英国出版,时任英国《新左派评论》主编的佩里·安德森在10月3日的《伦敦书评》上发表长篇评论,开头就讲,写自传这档子事儿,哲学家似乎比历史学家本色当行,奥古斯丁、卢梭、笛卡尔、穆勒、尼采、柯林伍德、罗素、萨特、奎因都是明证。历史圈子里,似乎只有吉本和亨利·亚当斯的值得一提,紧跟着就是这本《趣味横生的时光》了。安德森说,这本自传几乎可以踵继《革命的年代》《资本的年代》《帝国的年代》《极端的年代》这一系列巨著,干脆就叫《霍布斯鲍姆的年代》(*The Age of EJH*,其中EJH是霍布斯鲍姆姓名首字母的缩写)。《观察家报》的书评人彼得·普莱斯顿(Peter Preston)则说:"不会有比这更华丽的自传了。艾瑞克·霍布斯鲍姆的文笔精确、优雅、充满才智。他的记性简直惊人——不止人名、日期记得真切,场景、声音和彼时的感觉一样传神;四十五岁能有这个水平也是奇迹,遑论是八十五岁。他追忆的过往在书页间重新活了过来。"

《趣味横生的时光》(周全译，中信出版社2010年3月第1版)的确是一部可与前贤典范之作相提并论而无愧色的自传。中译本500页，我差不多花了20个小时才读完，读得慢，不是因为文字沉滞艰涩，恰恰相反，这种写作酣畅极了，醇厚极了，读得慢，是因为读它相当于同时在读几本不同的大书：除了是霍布斯鲍姆本人的"我史"而外，《趣味横生的时光》还同时是中欧知识分子心灵史、欧洲一战后左派运动史、英国共产党党史、红色剑桥史、英国战后进步思想史、英法西意拉丁美洲革命串联史……它简直不是一个历史学家的自传，而是一段历史本身的自传。

一、红色因缘

霍布斯鲍姆是谁？这个问题，对许多读者来说，已经不是问题了。一个数字或许说明这位当今最有名的左翼历史学家的影响力：截至2002年，《极端的年代》已有37种语言的译本。我没有着力研究过中国人最早是何时听闻这个名字的，不过我知道，1961年，三联书店翻译出版苏联学者维诺格拉多夫于1959年刊布的《近代现代英国史学概论》一书，当中就称霍布斯鲍姆是"现代著名的进步历史家"了，而实际上，在苏联学者撰写之际，霍布斯鲍姆的第一部代表作《原始的叛乱：十九至二十世纪社会运动的古朴形式》(1959)可能还没问世呢。

霍布斯鲍姆的身世虽算不上传奇，却也颠沛流离、跌宕起伏过。1917年生于亚历山大港，父亲是英国人，母亲是奥地利人。十四岁时，父母都已亡故，艾瑞克·霍布斯鲍姆来到柏林，他高大英俊的表哥奥图是他认识的第一个共产党员，《共产党宣言》随后成了他的课外读物。1933年，希特勒上台后，身为犹太人的他来到英国，在伦敦的圣玛丽勒本文法学校度过了孤独然而在智识上突飞猛进的三年。抱着略嫌稚嫩的共产主义理想，霍布斯鲍姆考取剑桥大学国王学院的奖学金，来到了隐隐泛着红色的古老学府，用他自己的话说，"我所属的时代，是这所大学有史以来最左倾也最激进的一代"（第122页）。从这里开始，自传进入最激烈也最深沉的第二乐章。

对于霍布斯鲍姆来说，接近共产主义，环境因素相当重要。柏林的家庭氛围不用说，剑桥的温室作用也很明显。芬斯（H. S. Ferns）曾在自己的回忆录中说道："我（在剑桥）遇到的全部共产党员只有一个共同点，那就是他们都才智过人。"霍布斯鲍姆自己也承认："二十世纪三十年代的时候，左派的确在英国一些顶尖的大学里面吸引了那个时代智力最发达的学生。"（第143页）不过，共产主义并不是供才智之士玩的"数独"游戏，最终，在情感因素之上叠加的是那个年代最迫切的政治要求，"在我们眼里，那是崇高事业对抗自己敌人的年代"（第145页）。1936年秋，霍布斯鲍姆正式入党。不过，正如后来有人讽刺而他自己也承认的那样，霍布斯鲍姆对党内的日常事务并没有太大兴趣，与此相比，他更关心的是共产主义运动中的思想议题。二战期间,由于他的德国背景,霍布斯鲍姆不幸没能参与真正的战事,或者说,他幸运地保住了自己的一条命。退伍后,他回到伦敦,于1947年成为伯贝克学院的讲师,而从1946年到1956年,霍布斯鲍姆活跃于著名的"共产党历史学家小组",克里斯托弗·希尔、基尔南、爱德华·汤普森等迅速声名大噪的史学家都是这个小组成员。不过在享受共产党员身份带来的好处(如果有好处的话)的同时,霍布斯鲍姆理所当然地也得忍受它带来的不便、承担它招致的风险:因为是共产党员,他被打入另册,一直无缘在剑桥执教;他的第一本著作在出版商的要求下写出,却最终未能出版;二十世纪六十年代以前,作为赤色分子的他没有申请过美国签证,尽管他很想去那里看看。

二、壮志销磨

霍布斯鲍姆宣称,在那些岁月里,至少他本人一直是内心忠诚、遵守纪律的共产党员,在政治上配合党的路线。斯大林与铁托决裂之后,英国共产党领导人之一詹姆斯·克鲁格曼受命"写出一本完全不具公信力和不诚实的书:《从托洛茨基到铁托》"(附带提一句,此书于1953年由世界知识出版社出版了中译本),霍布斯鲍姆写道:"我们晓得克鲁格曼自己也不相信那种说辞。总之,我们仍然效忠于莫斯科,那是因为世界社会主义的事业可以扣除一个小国(引者按:指南斯拉夫)的支持(纵使该国具有英雄主义色彩并令人钦佩),但不能没有斯大林的超

级强权来撑腰。"(第232页)

然而隐忍和屈从的忠诚总难久长。1956年,赫鲁晓夫对斯大林展开批判,"共产党历史学家小组"立即看出,那是"共产党自建党以来所面临最严重和最危急的时刻"。霍布斯鲍姆以历史学家所特有的庄严语调说:"上个世纪的革命运动史上,曾经两度出现'震撼世界的十天':约翰·里德于其《震撼世界的十天》一书当中所描绘的'十月革命'以及苏共第二十届全国党代表大会(1956年2月14日至25日)。二者都骤然将革命运动切割成'之前'与'之后'两个不可逆转的阶段……用最简单的话来说,'十月革命'创造出一个全球性的共产运动,第二十届党大会则摧毁了它。"(第245页)

这次打击使英国共产党迅速萎缩,许多党员宣布退党,"共产党历史学家小组"随之解体。然而,霍布斯鲍姆始终没有退党,一直坚持到1991年英国共产党解体的那个时候。这到底是出于道义上的坚贞,还是出于思维上的惰性?霍布斯鲍姆自己的回答是:"从情感方面来说,身为1932年在柏林皈依共产主义的青少年,有一条几乎切不断的脐带拴住我所属的时代,让我们对世界革命及其根源——十月革命——产生了憧憬,而不计较自己对苏联的怀疑或批评。在我过来的那个地方以及在我所处时代加入此运动的人,比起后来于其他地点入党者更难断绝与共产党的关系。"(第263—264页)不过,一位了不起的历史学家如此强调情感而非理性,还是让我们感到惊讶的。

当然,在我看来,这种坚持从某种角度上讲与放任并没有多大区别。霍布斯鲍姆自己也说:"我虽然选择继续留在共产党内,采取了不同于'历史学家小组'大多数朋友的做法,但我在政治上失去归宿的感觉跟他们并没有基本差异。……对我而言,党员身份已不再具有1933年以后的那种意义,我事实上已经把自己循环回收,从激进党员变成了同情者或同路人。"(第262页)

1962年,在他迎娶第二任妻子的时候,霍布斯鲍姆产生了这样的幻灭感:"我不得不承认,当我发现自己能够与不可能入党的对象建立起认真关系时,我从那一刻起才意识到,自己已经不再是年轻时代那个全然的共产党员了。"(第165页)对此,克里斯托弗·希钦斯(Christopher Hitchens)在2003年8月为《纽约时报》写的书评中说:"在这貌似干巴巴的自嘲句子里,压抑了太多的东西。"(A great deal is compressed into that wry, arid sentence.)

三、失重状态

霍布斯鲍姆承认,1960年前后成为他人生的分水岭。他的说法不无诗意:"私人生活总是会融入各种历史环境,其中最强有力的历史环境,就是意想不到在那个年代出现的顺境。它蹑手蹑脚来到我这一代人身边,令我们猝不及防。"(第270页)他还说:"对我们大多数人来说,战后的生活宛如一台自动扶梯,我们无需特别努力即可得到高于期望的收获。"(第271页)细细玩味"自动扶梯"这一比喻，我们其实不难发觉暗含其中的另一种况味。顺流而下，悠然而上，何其轻快，何其省力，然而，那也可能就是一种失重的状态，一种失去了对自己的把握、任由环境型塑我们的状态。美妙，然而空虚。

尽管如此，一直到上世纪八十年代，霍布斯鲍姆仍保持着在党内争鸣的习惯。只是他针对革命前景所提供的更多的是悲观或负面的见解。1968年5月的风暴，在他看来，居然是"极度令人困惑"的。他说："战后二十年来的岁月已经告诉我们这些生活于资本主义民主国度的人，社会革命在这些国家是不切实际的政治议题。反正一个人只要年过五十之后，就不会期待每一场大规模示威行动的背后都隐藏着革命，不管它再怎么声势浩大和紧张刺激。"（第301页）

在1969年发表、后来收入《革命者》(Revolutionaries)一书的文章《英国的激进主义与革命》("Radicalism and Revolution in Britain")中，霍布斯鲍姆曾经说过，在稳定的工业社会中，革命左派面临的困难在于，身处其中的环境决定了即使出现了难得一见的革命机会他们也很难抓住。事实上，到了上世纪七十年代末、八十年代初，霍布斯鲍姆以《今日马克思主义》杂志为据点对英国共产党的现行路线进行了猛烈抨击，尽管佩里·安德森认为霍布斯鲍姆在一定程度上夸大了自己在这些论争中的作用，但必须承认，他确实提出一些重要的看法，其中包括罢工非但没有为工人运动开拓前途反而削弱了它的凝聚力、"撒切尔的胜利，乃是工党失败下的副产品"等等。

作为"新左派"代表人物的佩里·安德森,对霍布斯鲍姆的政治见解提出了不少批评,其中最重要的一条也许是,霍布斯鲍姆在书中提出,苏联模式的共产主义运动,"现在很明显即可看出,那个事业一开始就已经注定了失败的命运"(第157页)。安德森认为这种结论跟霍布斯鲍姆本人一贯奉行的斯大林路线明显矛盾,而对此,他却没有解释。安德森补充说,要想解释这一"注定了的失败",必须转换到另一种思维角度、另一个坐标系下,那就是考茨基、罗莎·卢森堡、托洛茨基的思想脉络了,而霍布斯鲍姆未曾提及。

四、丢脸的事

乔治·奥威尔总结过:"只有披露了一些丢脸的事的自传才值得信任。"(Autobiography is only to be trusted when it reveals something disgraceful.)从这个角度看,《趣味横生的时光》似乎不很合格,因为其中除了霍布斯鲍姆青年时代在巴黎的青楼里"在一群赤条条的女士之间,在一张四面环绕着镜子的床上失去了自己的童贞"这件事外,似乎没有什么丢脸的事,而他在十八岁半时将自己描述为"样貌丑陋"、"爱装模作样"、"自私自利"的"懦夫",自然也是做不得准的。

想要探知秘闻的读者可能也会失望。尽管主动谈及了"剑桥间谍案",可霍布斯鲍姆没提供什么新鲜的材料。对他的两段婚姻,他讳莫如深,恋爱中的他是何种模样,我们在自传里找不到线索。思想运动中当然不乏人事纠葛，霍布斯鲍姆略有评骘，但往往一笔带过，不过，那一点点皮里阳秋也足够让善读字缝文章的读者看出他对比如爱德华·汤普森、弗朗索瓦·傅勒等人的不满。丹尼斯·德沃金写的《文化马克思主义在战后英国》(人民出版社2008年12月第1版，此书对了解战后英国左派思想很有帮助)一书曾提到女权主义历史学家希拉·罗博特姆是霍布斯鲍姆在伯贝克学院的学生，"虽然关系并不是很好"，但《趣味横生的时光》几次谈到罗博特姆，都没能让我们看出他们关系哪里不好。这些恐怕都是霍布斯鲍姆有意不说的。让我们得窥其私生活一角的，是他对爵士乐的热情：他在十年左右的时间里为《新政治家》周刊写爵士乐评专栏。最近，他在《伦敦书评》2010年5月27日号上再次描写自己的爵士乐评人生涯，包括听雷·查尔斯(Ray Charles)听得灵魂出窍、浑身战栗的经历。

可是，我觉得，在某种意义上，《趣味横生的时光》也没有违反奥威尔的自传定律：在自传的后三分之一，作者似乎有些得意洋洋地谈起自己与夫人频繁的海外学术之旅，谈及自己成了在英国、法国、美国、意大利、墨西哥、哥伦比亚、厄瓜多尔、秘鲁、日本……之间穿梭的"喷气客机学者"，他似乎对这种状态没有丝毫不满。而这种状态、这种情绪，在我看来，恐怕就是让左翼历史学家"丢脸的事"了。

当然，霍布斯鲍姆这一生最大、最明显的"丢脸的事"，无疑是他参与的共产主义运动没能结出什么好果。而他对此尽管耿耿于怀，却也无怨无悔。在这本自传中，他引用了一位前东德剧作家写的一出名叫《圆桌武士》的剧本，其中，理想幻灭的兰斯洛特叹道："外面的人们已经不想知道关于圣杯和圆桌的事情……对人民而言，圆桌武士只是一帮笨蛋、白痴和罪犯。"霍布斯鲍姆评论道："他们很可能永远也找不到圣杯，但亚瑟王的说法——重要的不是圣杯，而是坚持寻觅圣杯的态度——不是很正确吗？因为'如果我们放弃寻找圣杯，就等于放弃了我们自己'。"（第182页）肯定有人把霍布斯鲍姆看成白痴、笨蛋，但他在内心深处给自己分配的角色却是庄严的圆桌武士。问题只在于，假如圣杯原本就不存在，那么圆桌武士是否就有些像大战风车的堂·吉诃德了呢？

（原刊于2010年《FT睿》杂志）

霍布斯鲍姆眼中的革命

"革命",在左翼青年听来,是让人两眼放光,血往上涌的字眼儿,正如"自由"之于右翼青年。它们同斗牛士手中的红布一样,是专门激发条件反射的。然而,细论起来,"革命"与"自由"有个差别:"自由"可枵腹而谈,因为"自由"是抽象的,但"革命"却很难一空依傍地成为谈资,"革命"总是一下子就具体为一个个历史现象,具体为哪一次革命、哪一类革命。

"革命"这个历史性的特征,为初涉这个话题的人设置了知识门槛。并不夸张地说,革命的历史,正如历次革命的现实本身那样,是信息的汪洋大海,体力不好、技术欠佳的人有溺毙的危险。它总是层见错出,纷繁复杂,充满矛盾。哪怕只是想对某几个最重大的革命有一基本的认识,也要经历一个不会很短的知识积累的过程。据说美国的单口相声演员保罗·罗德里格斯(Paul Rodriguez)讲过:"有时候,我觉得战争就是上帝想出来让我们学习地理的一种方法。"把"战争"二字替换成"革命",似乎也并非不可以。纽约从来没发生过革命,我们也不能指望所有革命都在巴黎发动,总是有太多革命在我们所知不多的地方爆发。西贡、圣地亚哥、圣多明各、萨拉热窝、撒丁岛……革命的地理学遍地开花。人名则像网络上的一个个节点,将革命的事实串联起来。佛朗哥、纳赛尔、哥穆尔卡、陶里亚蒂、捷尔任斯基……每个名字都与一段历史、一种观念、一个社会现实的背景相联系,没有一个比你的邻居更好了解。

将"革命"首先视为历史学的一个对象,不会犯太大的错误。听历史学家讲"革命",恐怕也是了解革命的必要条件。

一

上面所列地名、人名都是从霍布斯鲍姆的《革命者》(*Revolutionaries*,Abacus 出版社 2007 年第 1 版)的书末索引里找出来,相信这已经在一定程度上表明这本书论述的广度了。《革命者》是一本文集,分成五个部分,各部分分别题为"共产主义者"、"无政府主义者"、"马克思主义"、"战士与游击队员"和"起义者与革命"。《革命者》初版于 1973 年,其中多数文章是上世纪六十年代写下的,2007 年的增订本增补了两篇文章,一篇叫《历史与幻觉》,评法国学者、研究法国大革命的专家弗朗索瓦·傅勒 1995 年出版的《一个幻觉的消逝:二十世纪的共产主义理念》一书,另一篇叫《知识分子与西班牙内战》,是书中最晚近的一篇。

既然书中的内容多写于几十年前而"革命形势"自那以来

已发生了很大变化，那么我们现在读这些文字意义何在？我想，霍布斯鲍姆在《历史与幻觉》一文中有一个说法不无启发，他说，有思想的人对共产主义的支持认同，不是一个单纯的选择的问题，而是出于对具体情势的现实反应（a practical response to situations rather than 'a pure choice'）。当下，用句套话说，"共产主义运动处于低潮"，而资本主义社会终结的那一天似乎遥遥无期，渴望变革的人不免彷徨迷惘，在理论上找不到扶手。我们其实是比以往任何时候都更需要认真反思革命的历史经验了。就许多人而言，他们要找书名叫《革命者》的书籍来阅读，不是一个单纯的选择的问题，而是出于对具体情势的现实反应。只有浅薄的读者才会在阅读这类书的时候凭着天然的"后视之明"嘲笑作者在革命激荡时期所抱的乐观情绪，我们应该做的也许是重新投入那一历史情境，重新体察左右历史走向的诸多微妙因素，我一直相信，我们从失败里学到的永远比从胜利中学到的要多。

霍布斯鲍姆是英国共产党党员，在战后波澜万丈的共运斗争中，他始终保留着党籍，而不像很多知识分子那样相继离开党的组织。尽管左派内部一直不乏抨击霍布斯鲍姆摆脱不掉斯大林主义影子的声音，但在我看来，霍布斯鲍姆至少不是"鸵鸟主义者"，也不是不断喊着"砍掉他的头"的王后，他认真地注视着革命运动中的种种变化，正视它们，试着理解它们。写于1966年的《关于马克思主义的对话》是他一篇少见的激烈文字，霍布斯鲍姆针对马克思主义者当中的教条主义作风提出批评,他说:"我们坚持不懈地干着两件与任何科学的方法绝不相容的事;我们不是从斯大林晚期才开始这样的,从早期以来就已经如此了。第一件,我们先知道了答案,然后再用研究去证实它。第二件,我们把理论论争与政治论争混为一谈。这两件事都是致命的。我们举个例子:'我们知道,不管在哪里从封建主义到资本主义的转变都是由革命推动的',因为马克思是这么讲的,而且假若不是如此,那么历史就有可能不是由革命推动的而是渐变的了,那样一来,社会民主党人就可能是对的了。因此,我们的研究将显示:1,1640年代的英国革命是资产阶级革命;2,因而,在此之前,英国是一个封建国家;3,在此之后,英国就是一个资本主义国家了。我不是说这些结论就一定是错的,虽然在我看来第二条就大可怀疑;可是,得出结论的方式不应该是这样的。假如最终的结果是事实与结论不符,那么我们大可以干脆说一句:让事实见鬼去吧。"

其实,不管是在教条主义者那里,还是在激进主义者那里,"让事实见鬼去吧"的态度都并不稀见,因为正视现实,不只是个勇气的问题,同时也是个能力的问题。事实,并不总是像"事实上"那么一目了然的。我们的认识选择性地为我们挑拣事实,判断就建立在这些不无偏见的采样基础上。甚至可以说,我们在革命者那里,会比在反动派那里,看到更多不能正视现实的人,这也许是因为,正视现实常常令人失掉改变现实的信心。

霍布斯鲍姆作为共产党员,对英国共产主义事业的不足,看得很清楚。在《英国的激进主义与革命》一文中,他指出,英国左派早期在现实政治中失败的最直接原因就是既不考虑执政,又缺乏能考虑执政的组织。而在稳定的工业社会中,革命左派的困难在于,身处其中的环境决定了即使出现难得一见的机会,他们也很难抓住这样的机会来进行革命。在文章结尾,他写道:"碰巧在像我们这个国家这样的国度里做一个革命者,本身就是困难的。没有什么理由认为未来会比过往困难更少一些。"在我们这个时代里,做一个革命者是困难的,没错,是这样,但在哪里时代里做一个革命者是容易的呢?一个容易的革命者,是否是一种矛盾修辞?

二

《革命者》这本书中对今天的读者最有启发的也许是谈无政府主义、谈性革命、谈"五月风暴"的部分。霍布斯鲍姆冷静审慎的语气,很适合给头脑发热的"革命爱好者"降降温。

近些年来,无政府主义有复燃之势,在期待改变自身无力状态的年轻人中间尤其受欢迎。他们应该读读《思考无政府主义》这篇文章。霍布斯鲍姆说:"作为一种意识形态,无政府主义没有衰落得很厉害,这是因为它也没怎么成功过,至少在知识分子这个对思想最感兴趣的阶层中是如此……简单地说,无政府主义的吸引力主要是诉诸情感,而非诉诸思想。"拒斥国家与组织,无法无天,这恐怕是一种出于本能的向往,通常在青春期泛滥得最厉害。1968 年 5 月 9 日夜,在巴黎街头,不仅正统的共产党人反对修筑街垒，连托派和毛派的人也反对，理由是警察一旦受命开火，就会造成惨重伤亡，这时候，冲在最前面的，就是无政府主义者和"情境主义国际"的人，他们的革命热情最高涨。霍布斯鲍姆用了一个很幽默的比喻——这时候反而只有瞎眼的鸡能啄到米吃。但他紧跟着就强调说，拉丁美洲的游击战争失败、格瓦拉的死提醒我们，空有革命热情是不够的。列宁在《共产主义运动中的"左派"幼稚病》里讲过："俄国无产阶级专政的胜利经验向那些不善于思索或不曾思索过这一问题的人清楚地表明，无产阶级的无条件的集中制和极严格的纪律，是战胜资产阶级的基本条件之一。"若想取得最终的胜利，社会运动必须遵循一定的逻辑，一味冲决，能量必定很快消耗尽。今天，仍有人想重复"五月风暴"式的原始反抗，不估量成功的可能性有多大，只求发泄一次，这种做法，借用霍布斯鲍姆的词汇，就只能说是"设计好了专为迎接失败的"（designed for failure）了。

《革命与性》这篇写于1969年的文章特别有意思。霍布斯鲍姆说，人们普遍认为在革命运动和性放纵之间似乎存在着某种联系，现在是时候指出这种看法并没有什么根据了。他指出，针对何种性行为在公共场合被允许的规定跟政治统治或社会、经济剥削的体系没有特别的联系，比如在印度，性行为开放，社会却并未充分解放。如果一定要说阶级统治与性自由之间有什么关系的话，那么事实倒可能是，统治者鼓励臣民性放纵还更方便些，因为以性为乐，就暂时把受奴役一事忘到脑后去了。

没有谁逼奴隶守贞守节。拿破仑也讲过,床就是穷人的大歌剧院。换言之,政治审查或社会审查与道德审查之间没有必然的关系,尽管常有人认为它们有关系。要求某类行为由不受许可转变为受到许可,不一定就是一个政治行动,只有当它有可能改变政治关系的格局时,它才算一个政治行动。霍布斯鲍姆举例说,在南非,争取白人与黑人性交的权利可以算是一个政治行动,不过不是因为它扩大了性行为的可允许范围,而是因为它打破了种族压制。霍布斯鲍姆认为,上世纪六十年代所谓的"性革命"没有什么政治意义,他揶揄道:"现在仍有一些过气的老斗士以为自己在向清教徒的堡垒发起猛攻,而事实上那高墙早就被铲平了。"他凭自己历史学家的眼光提出这样的论断:"演员们在舞台上互操的权利,即使仅仅作为一种个人解放,其重要性也比维多利亚时期的女孩们骑自行车的权利为低。""性革命"除了带来更多的性,还带来别的什么了吗?霍布斯鲍姆"不无遗憾地"补充说,革命与清教徒主义之间却有密不可分的关联。性爱消耗时间,消耗能量,与革命运动要求的纪律与效率无法相容。我很赞成霍布斯鲍姆的如下判断,而且我认为这一判断即便在今天也仍然有效、仍极有现实性,他说:"文化反叛,文化不满,只是征候而已,它们不是革命的力量。从政治上讲,它们不很重要……这类现象越突出,我们越有把握说,真正的大事情还没有发生。哈,把资产阶级吓得瞠目结舌可比他们彻底推翻容易多了。"

霍布斯鲍姆在《革命者》的前言里谦虚地说,书中所谈的话题有许多都不是他主动要写的,而是由邀他讲演或约他写稿的人指定的,在诸多领域,他都算不上专家,"我所知道的多数东西都来自此处所评书籍的作者们"。话虽如此,我们却不能太拿谦辞当真,霍布斯鲍姆写了大量书评,其中不乏真知灼见,批驳作者的次数也并不少。《革命者》中的重要书评包括评大卫·考特《共产主义与法国知识分子》、保罗·斯普里亚诺《意大利共产党史》、赫尔曼·韦伯《德国共产主义的变迁》、利奥波德·拉贝茨编《修正主义》、恩斯特·布洛赫《希望原则》、科尔施《马克思主义与哲学》和《卡尔·马克思》、爱德华·鲁特瓦克《政变实用手册》、阿伦特《论革命》、阿兰·图海纳《五月运动,或空想共产主义》以及傅勒那本书的诸篇。在这里,只选中国读者熟悉的阿伦特《论革命》来说一说,我想,这篇书评也颇能代表霍布斯鲍姆的立场与风格。

我知道阿伦特在中国不缺少崇拜者,他们大概以为这位哲学家的著作都很出色罢,那他们读霍布斯鲍姆当年写的书评可能会感到不适。霍布斯鲍姆问,专家会不会对阿伦特女士的这部著作很感兴趣呢?"就法国大革命的研究者以及其他许多现代革命的研究者而言,答案是否定的。她对美国革命的研究有何贡献,我没有下判断的能力,尽管我怀疑贡献也不会大。"霍布斯鲍姆承认《论革命》有些优点,比如文笔清晰流畅,富于思想激情,偶尔不乏洞见,"然而,就算这些洞见也不妨借用劳合·乔治评价科什纳爵士的那句话,它们的闪光确能偶尔照亮天际,不过在两次闪电之间大地还是笼罩在黑暗里"。霍布斯鲍姆认为，阿伦特的著作有一种哲学玄思风格，而且显然是那种旧式观念论的风格。她不是照革命本然的样子去考察它，而是自己构建了一个理想型，将不符合这一理想型的特点都排除在外。西欧、北美之外的革命几乎都被排除掉了。霍布斯鲍姆最不满的，应该是阿伦特对探讨具体的事实没有兴趣，这是会让历史学家、社会学家恼火的。那么，探讨革命，到底应不应该探讨具体的事实？我认为，应该，而且具体的事实应该放到一个最显要的位置上。我这样讲，并不是主张我们沉浸在事实的大海中，并不是主张搞革命的博物学，而是说，革命本身就是具体的，不存在实验室里的革命，也不存在逻辑演绎出来的革命。最伟大的革命研究著作应该是马克思《路易·波拿巴的雾月十八日》那样的。具体，现实，这与深刻并不矛盾。阿伦特的本意或许是比较法美两大革命，范围狭窄尚可理解，但是剪裁现实以就己意，确实令人遗憾。

三

霍布斯鲍姆对革命的认识就一定正确吗？当然不是。假如你对共产主义有看法甚至有敌意，那你能从一个共产主义历史学家那里获得的启示就大大受限了。即便不是这样，即便在左派阵营内部，对霍布斯鲍姆的看法也并不统一。在此介绍两篇已经翻译成中文的文献，都是抨击霍布斯鲍姆的政治观点的，供有兴趣的读者进一步研讨。一篇是诺拉·卡林、伊恩·博查尔的《艾瑞克·霍布斯鲍姆与工人阶级》(收入《英国新左派思想家》,张亮编,江苏人民出版社 2010 年 9 月第 1 版),此文原载《国际社会主义》(*International Socialism*) 杂志 1983 年秋季号。这份杂志是社会主义工人党的机关刊物,这个社会主义工人党是英国的极左党派,走亲托派路线,特里·伊格尔顿、麦金泰尔、希钦斯早年都曾是该党的成员。卡林和博查尔认为,在英国的现实政治方面,霍布斯鲍姆一直坚持"人民阵线"的立场,简言之,就是不够革命。另一篇是佩里·安德森的《被征服的左翼:艾瑞克·霍布斯鲍姆》(收入《思想的谱系:西方思潮左与右》,社会科学文献出版社 2010 年 10 月第 1 版,此书误译极多,使用时须审慎),安德森作为"新左派"有代表性的思想家,对霍布斯鲍姆展开了极猛烈的攻击,其中涉及许多学理问题,十分尖锐,着实让人招架不住。但总的来说,这些文章都过多地着眼于争辩,有时到了吹毛求疵的程度。我相信,有思想定力的读者不会一听此类批评的意见,就觉得霍布斯鲍姆一无是处了。

《革命者》一书的最后一篇文章题为《知识分子与阶级斗争》,在这篇文章里,霍布斯鲍姆提出了自己对革命者的定义:所谓革命者,就是那些拒绝参与"现状"或对此不满的人,他们对任何不是直接地、专门地对资本主义予以迎头一击的行为都予以拒绝,都表示不满。革命者应与资本主义为敌,与资本主义社会的"现状"为敌。人们为什么会成为革命者?霍布斯鲍姆说,这首先是因为他们想得到的东西如果不经历整个社会的彻底变革是永远得不到的。仅从这一判断来看,我就认为霍布斯鲍姆不是一个"社会民主主义者",因为归根结底,什么是革命?革命就是彻底改变社会秩序,而非乞灵于修修补补。

(原刊于2012年2月《天南》杂志)

帕索里尼的观察

1975年11月1日夜里，帕索里尼在罗马郊外被人乱棍打死。就在那一天的下午四点到六点，帕索里尼还接受了记者福里奥·科伦伯的采访，采访的记录后来以《我们都身处险境》为题发表，其中许多话实在只能说是谶语。

这篇采访记作为结末的一篇被收入美国诗人杰克·赫什曼编选的英译本《险境：帕索里尼作品选》(*In Danger: A Pasolini Anthology*，City Lights 出版社 2010 年 8 月第 1 版) 一书，显然，书名就是打这儿来的。《险境》拣选的是帕索里尼的政论、文论及诗歌，与电影和小说比起来，这部分内容，应该属于帕索里尼较少被人了解的一面罢。

记者福里奥·科伦伯对帕索里尼说过："您的观察和您的语言，就像尘沙中的太阳，美则美矣，就是有时候不怎么清晰。"读完这本书，我的感受跟这位记者挺接近，我不敢说自己能从这些文字中籀绎出帕索里尼政治文化思想的一条主线来，不过，他的片言只字，即便从具体、复杂的上下文中摘出来，也往往有令人意想不到的锐度与光泽,给我以刺激,让我思想的野马驰骤起来。我不想,恐怕也不能,详尽地介绍这书各部分的内容,比如我不得不忽略他给卡尔维诺的《看不见的城市》写的好评以及他两年后致卡尔维诺的措辞严厉的公开信,因为我对他们友谊与分歧的实质缺乏超出一般层面的了解。我满足于撷取几句与我刻下的思考刚好产生谐振的话,我相信,至少在这方面,我的无知所犯下的罪过也许会少些也轻些。

尽管被开除出意大利共产党,帕索里尼仍一直以共产主义者自居。他在何种程度、在哪些方面可以被视为共产主义者,是不很容易回答的问题,但他有一点我觉得很可贵,也是很多留在党内的知识分子所缺乏的东西,那就是像一个真正的马克思主义者那样面对现实,面对一个自己可能根本把握不了、解释不了、也战胜不了的现实。鲁迅说的"真的猛士,敢于直面惨淡的人生",恐怕也是这个意思。在最后的访谈中,帕索里尼用了一个知识分子埋头看旧的时刻表的比喻,他说,我们这些知识分子看的是一份旧的列车时刻表,口里还嘟囔着:"怪了,车不是要从这儿经过吗?怎么就撞成这样了?开车的要么脑子坏掉了,要么就是个罪犯。或者,更好点,这整件事就是一个阴谋。"帕索里尼说,若是阴谋,那我们最舒服,最省事了,因为我们就不必直面现实了。他甚至这样讲:要是在我们谈话的当口,刚好就有个家伙在地下室里筹划要干掉我们,还有比这更妙的吗?因为这样一来就容易了,就简单了。虽然几个小时之后,帕索里尼的确被人干掉了,虽然事后很多人恰恰认为这就是阴谋,但在我看来,帕索里尼对阴谋论的鄙弃是非常正确的。阴谋总是零碎偶发的,而复杂诡谲的现实本身才是广袤无垠的。

帕索里尼面对现实的态度,体现在他对不管是政治的、社会的还是文化的新现象、新形势特别敏感。1966年,他刚到美国游历,就留心观察黑豹党等激进组织的活动。上世纪七十年代,意大利法西斯主义死火复炽,帕索里尼马上就提醒说,不能匆匆忙忙就认定年轻的法西斯分子一定是铁杆的法西斯分子。这一论断,在今天依然是深刻的,我们不能一见小青年剃了光头、身上佩一个卐字图案、习惯性地高抬右臂就把他认作铁杆的法西斯分子,他的诉求是什么,他的观念又如何,在没有充分了解这些以前,简单地扣一顶帽子上去,只会强化那种错误,而不是将此人群分化。

《险境》中最犀利的文化观察,应该属写于1973年的《嬉皮士的语言》这一篇。帕索里尼说,十年前,嬉皮士的长发可能还是具有反叛意味、表达"左派"意识的象征,可如今,它的含义含混不清了。如今是否革命无法从外貌来区别了,左与右的外貌已经混同了。帕索里尼提到,他在伊朗伊斯法罕的街头,看到两个青年学西方嬉皮的打扮,也留了那种长发。他说,这种作派意味着什么呢?他们在说,我们可不是没见过世面的乡巴佬哦,我们了解欧洲哦,我们读书哦,我们是小资产阶级哦,我们的发型就证明我们掌握了高级的国际性的现代性。也就是说,原来代表左的东西,已经变成用来表达右的东西了。

从更深的层次看，我们发现，权力的亚文化将反对的亚文化吞并了、侵占了。事实上，我们不妨引申说，权力的亚文化总是会将反对的亚文化吞并掉。因此，T恤上印着的格瓦拉头像，总是已经在表达右的东西了，而不管穿的人自以为如何。我认为，这一观察甚至可以扩大到非视觉的领域中去。口头上总念叨着革命啊什么的，若翻译成真实的政治性语言，表达的或许也是右的东西。因为右的东西似乎总比左的东西多，也总是更容易浮到表面上去。

在不知道真理在哪里的时候，我们所能做的也许只有消除幻觉这一件事而已。帕索里尼，至少在这方面，是我们的一个榜样。

（原刊于2012年4月8日《南方都市报》）

晚期约翰·伯格

一

约翰·伯格（John Berger）生于 1926 年，假如从上世纪五十年代他为英国《新政治家》(New Statesman) 杂志写艺术评论算起，到现在，他的文笔生涯已有近六十年光景。那么，这将近六十年，要分早、中、晚的话，该是怎么个分法？我的划分也许跟别人不大一样。抛开虚构作品不论，单说评论、随笔，我认为，1974 年以前都算早期，这一时期可以截止于 1980 年出版的《看》(About Looking)。中期只是 1975 年到 1985 年这十年，代表作只有一本 1985 年的《讲故事的人》(英国版题为 The White Bird，美国版题为 The Sense of Sight)。晚期是从 1985 年至今，各种迹象表明，伯格进行"衰年变法"的可能性很小，他的写作生命的格局已经固定。

1974 年有何特别之处，乃能成为伯格写作生命的转捩点？其实，岂但是写作生命，实为他整个生命的转捩点。这一年，他离英抵法，定居上萨瓦省（Haute-Savoie）的村庄昆西（Quincy），迄今未搬。这一横断的时间点，绝非臆测迁就的结果。1980年出版的《看》，其中既有1974年以前写就的文字，又有那以后完成的，细读之下，文章的气韵、节奏、味道都有不止于微妙的变化。

1974年之前，马克思主义的社会理论一直是伯格的底色，这一底色，是他艺术评论的理论底色，同时也是他个人生命的伦理底色，1960年，他的第一本艺评集取名《永远的红》（*Permanent Red*），寓意即在此。1972年，他为BBC撰写的艺术节目解说词结集为《观看之道》（*Ways of Seeing*）出版，这是他一生中最有名的著作，也是他早期理论思考的一大结穴。许多对伯格著作仅有一知半解的读者恐怕没意识到，从伯格整个创作历程来看，这部影响最大、读众最广的书反而是离伯格一贯的艺术评论实践最远的书。《观看之道》是一本在理论上斩截然而僵化的书。这部书过多地强调客观的社会条件对艺术作品的决定作用，过多地从外部接受效果的角度来看待艺术品，从而在一定程度上忽略了艺术的相对自主性及内在规律，而伯格平素的批评文章恰恰是以能兼顾这两方面而闻名的。

从生命情调看，1974年之前的伯格未免剑拔弩张。批评起大艺术家，他铁面无情。进行政治表达，他态度极端。1972年，小说《G.》获得英国最高级别的文学奖——布克奖，伯格却在得奖致辞中痛斥出资设立奖项的跨国集团，说他们的钱来得不干净，他还宣布将一半奖金捐给美国黑人的激进政治组织——

黑豹党。尽管不论当时还是嗣后伯格都宣称，他移居法国山村，是要接触农民，为他今后的创作提供背景，尽管他此后的确也创作了不少以欧洲农民为主角的小说，然而从客观结果看，他一入山间，人就松弛下来了，文字肌理不再致密，笔调也不再严厉了。关于这一点，只要将他中期作品的内容与风格跟他1972年的著作（《观看之道》）与作派（布克奖搅局）相对比，就可以看得很明了。

1974年入山一事，究竟该如何评价？从私人的生活选择来说，这当然无可厚非，就像 E. B. 怀特弃纽约取农场，没准儿还是雅人深致呢。不过，区别在于，怀特的草木虫鱼，稍微严格一点说，是资产阶级情趣固有的一部分，而伯格的艺术评论锋芒所及恰恰包含那作为一个复杂有机体的资产阶级情趣。如晚期随笔集《约定》(Keeping a Rendezvous) 中所收《一车粪》("A Load of Shit", 中译本译作《一坨屎》，不准确) 等文所示，伯格在山村中确在力行农民式的劳作、生息，这无疑是大可佩服的，然而，事情有另一面。正像中国文化中的山林隐逸带有贵族习气和避世效果，伯格的山间生活一方面带有天然的、虽否认也无济于事的闲适调子，另一方面在事实上将他与更复杂、更广阔的社会生活隔绝开来；闲适与隔绝，本是一体的两面。也许有人会说，伯格仍然频繁旅行，参观欧洲各地的博物馆，也经常针对不同政治议题发出自己的声音，这样也算与社会生活隔绝吗？我想强调的是，评论家，不管是政治评论家、文学评论家还是艺术评论家，若离开城市，总归是要与文化的实相隔膜的。文化的实相，不只是文化的最终产品（某本书、某部电影、某座雕塑……）本身，而是文化的生产与表现的全过程。一位乡间评论家，在某种程度上，是不可想象的，尤其是在资本主义社会的文化环境中。城市是知识分子战斗的场域，伯格主动离开"战场"，我们不能因此就指责他是"逃兵"，但也不能不对他这一选择感到遗憾。伯格的中期作品，开始显得，从积极方面说，飘逸、有灵韵；从消极方面说，空虚、没力道，就要从他的生活选择上找原因。

二

所谓"中期"，不过是"早期"与"晚期"之间的过渡，因为在伯格的写作中尽管出现了显著的变化，却并不存在直截的断裂。在《讲故事的人》中，我们还是能读到观察入微的艺术评论，读到相当直露的政治表达，但一些以前难得一见的元素渗入其中，比如回忆，私人的、与亲友相关的回忆，比如旅行札记，莫斯科、斯特拉斯堡、博斯普鲁斯海峡、曼哈顿……新的生活方式、新的生活节奏让伯格有了新的写作主题，而这些主题将反复出现在他其后的虚构与非虚构的作品中。

伯格的私人回忆对我们来说究竟意味着什么？或者，不如更直截了当地讲，对我们来说是否有意义？不能否认，他回忆父亲（《引向那个时刻》，收入《讲故事的人》）、回忆母亲（《母亲》，收入《约定》）、回忆恩斯特·菲舍尔（《恩斯特·菲舍尔：一个哲学家与死亡》，收入《讲故事的人》）乃至《我们在此相遇》一书中对母亲、对少年时期的精神导师肯的回忆，都是感人至深之作。这些是伯格创作上的伟大收获。不过，这些篇章对读者的要求更高。首先，它们要求读者要对它们有兴趣，而批评家则几乎无须考虑这个问题，因为读者对批评作品的兴趣首先来自被批评的对象，而非批评家本人；其次，如果读者有进入这一私人空间的意愿，那就要对作者的一连串作品有所了解，而不能像读艺术评论那样，随便读哪一篇都可以自成体系。举个眼前的例子，《我们在此相遇》的第一篇《里斯本》是回忆母亲的力作，也是整本书分量最重的一篇，当中提到母亲说"我正在欣赏特纳的水彩画"（第29页），中译本很贴心地加上长注，不但说明特纳（一般译作透纳）为何许人，而且从伯格《特纳和理发店》（收入《看》）一文中引了一句无关痛痒的话，似乎意在表明两者之间存在某种呼应。其实，要说呼应，也有，但不是那一句，而是《约定》里《母亲》一篇中的"至于画家，她真正喜欢的只有一个，就是透纳"。假若你没留意过《母亲》中的这一句，那《里斯本》里提到母亲"正在欣赏"的是什么人的画根本就无关宏旨了，而你一旦洞悉这一纵深，再读《里斯本》，会有通体透明之感。这便是伯格此类作品，包括那些尚未译成中文的晚期小说，对读者提出的潜在要求。

伯格在《母亲》中提出："自传始于一种孤独感。它是一种孤儿的体裁（an orphan form）。不过我还不想写它。对我的过往，我感兴趣的只是那些具有普遍性的时刻（the common moments)."这话是1986年说的,也许将近二十年后,他改主意了,于是出版了《我们在此相遇》,而这无疑是一种自传,尽管并非传统意义上的。我们不是不喜欢自传,我们想探究的不过是这自传是否皆由"具有普遍性的时刻"构成,或者退一步讲,是否有一些"具有普遍性的时刻"。《我们在此相遇》中有许多私密的时刻,甚至可以说,是过于私密的时刻。比如关于少年时期的精神导师肯,《克拉科夫》中"在被精液和泪水濡湿的床上,睡意迅速朝我俩袭来"之类的记述,其涵义不明,在我看来,它们也未必具有普遍性。当然,具有普遍性的是伯格与母亲之间既不无龃龉又难以割舍的母子关系,是伯格与精神导师开端热烈、收梢怅惘的师生关系。然而,这些具有普遍性的内容在《我们在此相遇》中却是个别的,是不普遍的。假若内容删汰一半,我猜它会成为一本更精悍有力的书,而不是一本略嫌耽溺、未免矫情的书。

至于在《讲故事的人》和《我们在此相遇》反复出现的旅行主题,我个人是无法给予正面评价的。尽管伯格成功地营造出一个"欧洲(大陆)知识分子"而非"英国评论家"的形象并试图借此在一定限度内打破他山村生活的封闭性,但在我看来,里斯本、克拉科夫、马德里……的单纯循环,已经失去内在于漂泊中的那份重量,甚至捋平了地理原有的起伏差异。也许,在冷战结束前,这些地名还分别有其独特的意义,而在今天这个又平又挤的世界上,这些地名听上去就像一个个巴士站的站名。

强调晚期作品的弱点,绝不等于抹煞它的价值。至少在我看来,伯格的遣词造句还是那么优雅,那么深沉,只是有些失去焦点,找不到目标了而已。

三

2002年12月号的《美国艺术》(*Art in America*)杂志发表马克斯·科兹洛夫(Max Kozloff)的文章《约翰·伯格的信念》("John Berger's Faith"),对杰夫·戴厄(Geoff Dyer)编选的《伯格文选》(*John Berger: Selected Essays*)进行了评论。我认为,科兹洛夫的立场偏右,强求他理解伯格的马克思主义追求不大现实,而他的文笔造作得很,整体上看,不能说是篇好文章,不过,他的确提出一些有价值的批评意见,而这些意见是每个认真思考伯格写作意义的人都不能回避的。

科兹洛夫提出的第一个意见就是,伯格的批评更多的是以奇妙之力让人入迷(to cast a spell),而非以充分理据去说服人(to persuade)。我觉得这一点在早期表现得并不明显,而在晚期,伯格的主观性日益强烈,表现得就相当露骨了。伯格谈委拉斯开兹的《伊索肖像》正是这方面的典型。一开始,他就说:"这幅画像,在我第一次把目光投向它时,就给我留下了深刻的印象。仿佛我们早已熟识,仿佛我在儿时就曾见过这么个人,在门道墙上的画框里。"伯格对这幅画像的描述、分析是以他深厚的艺术史知识为基础的,但是从表现来说,他跳过了推导步骤,直接得出了计算结果,而这一结果却是普通读者难以领会、无法信服的。最终,他甚至讲道:"他不再是一个陌生人,恕我大言不惭地说,我已经将自己等同于他。"《送给伊索的一个故事》(收入《约定》)以最赤裸裸的方式把伯格的主观带入感暴露出来,对于一个艺术评论家来说,没有带入感,评论可能会干枯冷冰,而带入感这么强,则是可怕的。

伯格面临的第二个指责是,他过多地从艺术家个人的性格、观念出发去审视艺术品,而非从技术上对其展开剖析。当缺乏足够的史料来证实艺术家的性格、观念究竟如何时,他不惜以自己的观察和想象为根据,构建出它们。当然,伯格的艺术评论的很大一部分魅力恰好来自于这种思接千古、与人神交的能力。问题在于,首先,这种"神交"的可靠性难以验证,其次,性格与观念仅在有限的程度上决定着艺术品的艺术价值,我们不可能在一张白纸上写上"极美的美女"几个字,就让观者领略到美女之美了,它要仰赖艺术实践的过程,而这实实在在的过程本身往往是莫测的。伯格笔下的艺术家几乎个个沉浸在某种精神的求索或困境里,这不能不说是另一种形式的扁平化。

科兹洛夫的有些批评是没有道理的,比如他说《伯格文选》里评的艺术家没有出生于1912年以后的(1912年是美国画家波洛克的生年),言下之意是伯格只关注那些有定评的大师,却对当代艺术视而不见。事实上,在与《伯格文选》同年问世的《抵抗的群体》(*The Shape of a Pocket*)中,伯格分别评论过赛明斯(Vija Celmins)和巴塞洛(Miquel Barcelo)的作品,而他们的生年分别为1938年和1957年。2002年，伯格在接受《旧金山纪事报》记者采访时曾表示自己的艺术判断也有一个渐变的过程，比如对罗斯科（Mark Rothko），一开始只觉得"有趣"而已，晚近才意识到他是"极富原创性的大师"。

　　从译介、出版伯格作品的现状看，"厚今薄古"的态度是比较明显的，可是，在我看来，这未必是对的，当然，我不是主张"贵远贱近"，我只是感觉，《永远的红》《立体主义的时刻》《事物的样貌》这些早期评论集，对那些渴望得到向导指引的艺术爱好者来说，也许更有用处，也更容易进入。在那个时代，伯格还没有那么多机会来享受自己的孤独感，还没有那么多余暇来玩味自己的记忆，在那个时代，他还得凭理据去说服别人认同他的看法，那还是一个"具有普遍性的时刻"。

（原刊于2010年2月26日《文汇报》）

刺猬埃科

历史的简化力量是无情的。英雄豪杰能人志士，很少能在历史上留下相对完整的遗蜕：最伟大的人也只配作为干尸残存下来，纵无血肉，好歹还能抚其骸骨而遥想风采，更多的则只在历史上留下一块跖骨、一段脊柱或一颗牙齿，在后人眼中，他们被简化成他们以往的某一部分、某一姿势、某一瞬间。历史，是一个做得马马虎虎的压缩文件，无论谁都要被或偶然或逻辑地简化，所以，对自己历史形象的变形、破损或空缺，抗议无效。无论如何，能在历史上留下点什么的人，其实没什么可抱怨的，毕竟古往今来绝大多数人都注定要消弭，连一个字节的空间也别想占上。我们大胆设想一下，五十年后，一百年后，翁贝托·埃科（Umberto Eco）在人们的记忆里该是个什么样子。我猜，也许是作为二十世纪后半期的一位通俗历史小说家而为读者所铭记，一如埃科自己念念不忘的大仲马、欧仁·苏之流。这不是没有先例的。托尔金（J. R. R. Tolkein），现在就只是《霍比特人》和《魔戒》的作者了，谁还去读他那些谈欧洲中古的论文呢？作为博洛尼亚大学符号学教授的埃科，终将为人所遗忘，连同他那些一点都不幽默的幽默专栏，或许，也连同这本《埃科谈文学》（翁德明译，上海译文出版社2014年12月第1版）。

埃科以前在文章里写过一段话："有些书，对其撰写评论、进行阐释、发表见解，要比当真去读容易一些……这也是评论过亚里士多德《形而上学》或《纯粹理性批判》的人比真读过的人还多、研究它们的专家比喜欢它们的读者还多的原因所在。"（出自"Cogito Interruptus"一文，收入《超现实游记》*Travels in Hyperreality*，第221页）《埃科谈文学》这本书，虽然并不比《形而上学》或《纯粹理性批判》更难读，但不具备几百万字文学理论阅读经验的读者恐怕读不出什么门道来，更见鬼的是，想评论这本书，也并非易事。书中收入的18篇文章，主题各异，深浅不一，设定的读者对象明显不同，无论如何，很难评述全面。事实上，埃科谈文学的文章也不止于此，比如《推迟的启示录》（*Apocalypse Postponed*）里有谈奥威尔的，2011年出版的《树敌》（*Costruire il nemico e altri scritti occasionali*）里有谈雨果、《基督山伯爵》、《尤利西斯》的，等等。因此，索性不再指望面面俱到，只就书中窃以为尚值得一提的地方略略讲上几句。总体上说，《埃科谈文学》不是一本欣赏文学、评判作品的书，而更像是一本文体学、修辞学、叙事学、接受美学方面的文集。埃科讲《共产党宣言》，为的是讲它的文体特色；讲王尔德，为的是讲警句的修辞构成原则；讲博尔赫斯，是为了探讨文学影响的本质；讲朗吉努斯《论崇高》和亚里士多德《诗学》，是为了说明风格与叙事的建构。总之，表面上在评论某个具体文本，而实际上总怀着解决理论上的元问题的野心。当然，这种野心多半没得逞。埃科的论述，要么刚刚提出一个警辟的论点，逗引出读者的兴趣，就顾左右而言他，不了了之，要么争辩半天，惜乎论点立足未稳，无法令人心悦诚服。《博尔赫斯以及我对影响的焦虑》也许是书中最明晰、最有力的一篇。我觉得，对文学影响这一问题，似乎没有哪篇文章比这一篇更清楚、更细致的了。我们读书常遇到这样的事：有人称作家乙的作品某处一定是受了作家甲的影响，可作家乙喊冤，说实情并非如此。埃科提出，像这种情况，不把另外一个作家丙考虑进去，就没办法把这件事讲清楚。他写道："甲／乙的关系可以细分成如下几个方面：一、乙在甲的作品中发现一些东西，但前者并不知道后者的背后还有一个丙；二、乙在甲的作品中发现一些东西，而且通过甲的作品，他上溯到丙；三、乙参照丙，但是事后才知道原来丙的成分也存在于甲的作品中。"（第119页）这样一分，就如同大河多了几道支流，波澜不兴了。读书人也都有过那种体会：有的书，我们早就知道它的存在，但从没读过，可当真一读，却发觉里面说的东西我们之前已经知道了。这是怎么事呢？埃科的说法特别允当："真正合理的解释是：在初识某一本书到初次翻开来读它之间，我们可能已经读过其他和这本已知道但未读过的书内容相似的作品；因此，在这趟漫长的互文性旅程结束的时候你会恍然大悟，先前那本还没有机会阅读的书其实已经是你知性财富的一部分了,而且可能已经深深影响过你了。"(第132—133页)这层意思表达得很好,我们平日所说的文学上的影响,有时是影响,有时则可能是影响的影响,甚至是影响的影响的影响……文学,如崇山深谷,里头一有响动,回声绵延不绝,我们在有生之年听到的自然未必都是原初的那一声。

埃科谈亚里士多德《诗学》,谈得多少还有意思。比如他因"净化说"而谓"《诗学》代表了接受美学的首度面世"(第244页),就不禁令人颔首称是。又如,他宣称"《诗学》由于强调情节的法则,因此特别适合用来描述大众传播的策略"(第251页),细思之下,觉得他不但抓住了《诗学》的要点,而且把亚里士多德其人的某种思维特征揭示出来了,是不难举一隅而以三隅反的。他说:"每种论述都有一个叙事的或者能从叙事角度展开的深层结构。"(第249页)尽管稍稍有些言过其实,但确实颇富理致。可惜的是,他引为例证的斯宾诺莎《伦理学》开篇一句——"自因,我理解为这样的东西,它的本质即包含存在,或者它的本性只能设想为存在着。"(原译文全错,此处引自商务版《伦理学》中译本)——似乎挺难找出"从叙事角度展开的深层结构"的,埃科自己的解说也未免太晦涩迂曲了。《王尔德:悖论与警句》一篇,罗列的警句颇能解人颐,可埃科非要订立一条原则,说警句一旦可以"置换",就有问题了,就不是货真价实的警句了。什么叫"可置换警句"呢?比如王尔德说:"中庸之道是个要命的东西。没有什么比过度更容易成功。"埃科把它颠倒过来，说成："过度是个要命的东西。没有什么比中庸之道更容易成功。"王尔德说："我喜欢言不及义。那是我唯一无所不知的领域。"埃科将其"置换"为："我喜欢言之有物。那是我唯一一无所知的领域。"王尔德说："所有已婚男人只对自己的妻子尚具吸引力，据说，经常是连对她也没有吸引力了。"埃科把它颠倒成："所有已婚男人只对自己妻子以外的女人具吸引力，据说，经常是对妻子也有吸引力的。"（第73—74页，译文有改动）埃科的意思是，凡是警句、漂亮话，可以这么颠倒置换，就说明正说反说都行，意思不够扎实，经不起推敲。可是，埃科这一置换，其实是把聪明人的话置换成笨伯的话了，就像猴子模仿人的动作，总让人想笑的。王尔德说"中庸之道是个要命的东西"，本来就是颠倒常识，作惊人之语，埃科把惊人之语又换回常识，还有什么意思呢？王尔德讲已婚男子，口气当然是嘲弄的，埃科的说法，太像是长老爷们志气，为"直男癌"代言。讲俏皮话，原本就是要拿捏个好看的姿势，埃科置换的那句，等于请怪物史莱克而不是斯蒂芬·弗莱（Stephen Fry）来饰演王尔德了。最根本的还在于，埃科似乎没有意识到，警句，并不仅仅是一种修辞，它总是现实的一种映射；我们之所以觉得它们精警，除了字句烹炼外，总还因为它们照亮了我们习焉不察甚至从未发现的世界一角。警句的真正力量，不在于修辞的力量，而在于真理的力量。书中最后一篇文章叫《我如何写作》，没准儿很多读者首先去读的就是这篇（或许也是整本书中唯一可以不费力就读懂的一篇）。我想说，若真想了解埃科那些历史小说的创作初衷,该仔细读的反而是倒数第二篇文章,题为《虚假的力量》。什么叫"虚假的力量"?说白了,就是"谎言改变历史"。埃科从历史中钩稽了不少无中生有、向壁虚造的文献却最终引致重大现实后果的例子。此文的雏形为1994年在博洛尼亚大学的讲演稿,可你读着读着,发现2000年问世的小说《波多里诺》和2010出版的小说《布拉格公墓》的故事背景全在里面了!这也是另一种形式的"千里伏线"罢。可以想象,这些史实、此类故事一定在埃科脑际盘旋多年,始终觉得有趣,才会费力点染,铺陈出砖头一样厚的小说。如果不嫌陈腐,再借用一次"狐狸与刺猬"的譬喻,不妨说,埃科貌似博涉多能的狐狸,实际上却是一只刺猬,因为刺猬只知道一件事、只关注某一类型的问题。在文学批评方面,也未必不是如此。这倒不是说埃科总忘不了他的《西尔薇娅》、《尤利西斯》或《三个火枪手》,而是说,对他而言,文学似乎只关乎叙事的花样和文风的歧异,文学作品激荡出的情感、反映出的现实、体现出的思想似乎都能没给他留下什么印象。刺猬身子一团,把这些都屏蔽在外了。

最后,但并非最不重要的,要谈谈译本的问题。像这种难度的书,费心费力译成中文,我们对译者总归是感佩的。不过,非要评价的话,还是得说,错似乎稍微多了那么一点点。埃科的评论,原本织体就密,一个地方意思译走样了,前后都读不通的。先说底本。《埃科谈文学》中译本,奇怪就奇怪在它不是依同一个底本译的。多数文章无疑译自意大利文,但我们很有把握地说，像《论符号体系》《论文体风格》这两篇一定是从英译本转译的。这里仅举一个小例子加以说明。中译本《论文体风格》里有一句"没有任何人像朗吉努斯一样（尽管后者的思想只以十二页左右的篇幅呈现出来）投注那么多的精力去探索崇高的策略"（第177页），我们留心看括号里的所谓"只以十二页左右的篇幅"。先看看英译本的译法：only over a dozen pages or so（Secker & Warburg 出版社版，第176页），这里的 dozen 可不就是"一打、十二"的意思嘛，似乎没问题。不过，意大利文原著里写的是 in poche decine di pagine（Bompiani 出版社版，第187页），意思是"用十来页的篇幅"。再看法译本里是怎么处理的：sur quelques dizaines de pages（Grasset 出版社版，第225页），意思也是"用十来页的篇幅"。意大利文、法文里都有表示"一打"的说法，分别是 dozzina 和 douzaine，而这跟埃科的原文和法译者的选词明显不同。事实上，此处用"十二页"来译 a dozen pages，也属于"未达一间"，因为英美人有时说 a dozen，并不一定是确指"十二"，比如你看迎面来了 a dozen officers 面色不善，不是说一眼就看出对面刚好是十二个警官，而是约数，是说十来个警官而已。无论如何，此处是从英译本转译的，当无疑义。

（原刊于2015年4月13日《三联生活周刊》）

花衣小丑埃科

《树敌》(李婧敬译,上海译文出版社2016年10月第1版)是翁贝托·埃科生前出版的最后一部随笔集,从时间上讲,它是最新的(意大利文版原著问世于2011年),可在我们读来,它又像是一部旧的随笔集,之所以这么说,是因为其中有太多题材让我们有 déjà vu 之感:《天堂之外的胚胎》说的那点儿事不是在《倒退的年代》里的《论胚胎的灵魂》一文中已经讲过一遍了吗?《岛屿缘何总难寻》的话题在《植物的记忆与藏书乐》里的《关于岛屿志》已开其端,而《雨果,唉!论其对极致的崇尚》一篇引用《笑面人》里约瑟安娜大叫自己爱的就是丑人一段,其实在《丑的历史》里已引过一回了;同一篇文章引用的《九三年》里对吉伦特党人、山岳党人诸豪杰的列举,不是也早在《无尽的清单》里抄录过一大通了吗?甚至标题作《树敌》一文,也像是将《密涅瓦火柴盒》里的《羞耻啊,我们居然没有敌人!》加以扩写而已。我们想说,埃科啊埃科,您像处理过期月饼一样以旧充新,真的心安理得吗?

当然，当然，我们无意苛求，七十几岁的老学者还文思泉涌，新想法、新材料活蹦乱跳，也不现实。其实，如果说《树敌》一书对我们尚有吸引力，这吸引力恰好就来自这"自我重复"的一面。"自我重复"像是无意中加的着重号，无形中变的黑体字，让我们一下子看出，作者在灵感已如雨余粘地絮之际，其思想的游丝真正牵系所在。

事实上，"无尽的清单"就是埃科惯用的写作模式。而清单的秘密，无非是列举、列举，乃至穷举。我们或许可以将书中的《寻宝》一文视为此类"无尽的清单"式的写作范例。这里的"宝"特指基督教的圣物，比如"伯利恒马槽的一块残片、圣斯德望的钱袋、刺进耶稣肋骨的长矛、圣十字架上的一根钉、查理曼大帝的剑、施洗者约翰的一颗牙、圣女亚纳的臂骨、捆绑耶稣使徒的锁链、福音书作者圣约翰的一片衣服、最后的晚餐的一块桌布残片"（《树敌》中译本第70—71页，译文略有调整，下同）。有一段写得不动声色，实颇俏皮：

> 使徒圣巴尔多禄茂的一具遗体存放于罗马，而另一具遗体则存于贝内文托的圣巴尔多禄茂教堂。不管其中哪一具，按说都应该是没了头盖骨的，因为一块头盖骨在法兰克福大教堂，另一块在卢恩修道院。而第三块头盖骨则不知来自哪具遗体，它现存科隆的修道院。（第77—78页）

圣物流传，虚虚实实，埃科的寥寥数语，点破了其荒唐之处。问题是，埃科从来不喜欢让自己开列的清单停下来。他评价雨果作品，用了"过量的诗学"的说法，其实他的文章也是"过量的诗学"；若能在适当的时刻停下来，那就不叫"过量"了。《寻宝》中列举的各式各样的圣物，粗粗数下来，也有上百个之多。它们不是圣巴尔多禄茂的头盖骨，但对我们而言，它们跟圣巴尔多禄茂的头盖骨已没有本质的区别，是圣斯德望的手骨，还是圣佳琳的肋骨，又有什么关系？反正我们已知道了，这些圣物的来源不甚可靠，很可能是后人附会的。埃科的"过量"，体现了他的博学。但有时想想，我们要想列个"无尽的清单"，也并非什么太难的事，比如我们可以相对轻松地列一个质数的清单：2、3、5、7、11、13……关键在于，当你列到967、971、977……的时候，大家可能就要打断你了，或者在这之前就早早打断你了，因为为了说明一个相对简单的概念、事实或规律，没有必要没完没了穷举下去，大家的脑力都该多分些份额到别的地方去。

博学，也分不同的类型，有深邃透辟的博学，有融会贯通的博学，也有只停留在一个平面上的博学：这根趾骨在这里，那根趾骨在那里……这样的博学，我看可以称为博物学家式的博学。博物学家的闻见当然广，但其分析手段实在有限，好像最擅长的也只是分类而已：臂骨啦、肋骨啦、头盖骨啦……

《树敌》中《火之炫》一文展现的，便是博物学家式的博学。操作方式如下：收到题目——火，好了，开工！第一步，把古今著作中关于火的说法全找一遍，愈偏僻愈好，愈偏僻愈见出我能旁人所不能。收集得差不多了，好，第二步，开始分类：神圣之火、地狱之火、炼金之火、显灵之火、重生之火、焚毁之火……够篇幅了？齐活儿！不难看出，博物学家的分类法实际上是相当粗糙的，因为他们未必掌握事理的本质，因此往往停留在表面的、偶发的差异上。各种"火"的相互关系如何、有无统摄性的规律、它们之间有没有矛盾……种种难点，无暇计及，亦无力计及。

读埃科的书，我们固然能领略一种博学，但偶尔会感觉，那只是把质数 983、991、997……一直数下去的博学，我们已浑然忘却当初干嘛要领略这种博学了。

不甚深刻完满的博学，还有一个副作用，就像读了太多色情小说，有可能扭曲人对现实的判断。且以书中《天堂之外的胚胎》一文为例。这篇貌似评述古人言说的文章其实指向一个当代话题——堕胎。埃科接连引述了奥利金、德尔图良、奥古斯丁、托马斯·阿奎那等神学家的观点，尤其从托马斯·阿奎那的《神学大全》里引了又引。那么，埃科的意图是什么？他无非想说："教会虽每以托马斯·阿奎那之教义为矩矱，然在此问题（指堕胎问题——引者注）上，却决意不声不响背离其观念。"（第100页）虽然埃科对自己写此文的目的有所限定——"本文并不想评价目前存在的各种争议，只想澄清托马斯·阿奎那的观点"——但在我看来，这种炫博的文字仍然是学究气的，归根结底是无用的、无意义的。首先，问题的症结在于，托马斯·阿奎那尽管是一位了不起的神学家，但对于 21 世纪关心堕胎是否合理、是否违反道德准则的人们来说，他不是一个"绝对的权威"，也就是说，不管他对某一事物、某一现象作何评价，我们没有因为是他说的就得听信之这样一个前提。我们是否听信之，完全取决于他说的是否符合事实或是否予人启迪，而非取决于他曾一度具有的神学上的权威性。而我们读过埃科所引《神学大全》数段言论后所能得出的结论恰恰是，托马斯·阿奎那在胚胎是否进得了天堂这一问题上的言说是模棱两可、混乱不清的——如果不是荒唐武断的话。埃科对教会的指责，在一定程度上也是书呆子作派。我们都知道，《神学大全》是一部特别庞大的著作，2008年出版的中文全译本有19册之钜，教会不可能凡百事物皆以《神学大全》为典据，就算教会真心乐意听从托马斯·阿奎那的教训，也不大可能像闲着没事的教授那样在十几册的大书里细心巡弋、从容寻绎。其实，在这里，存在一个我们应当如何对待古人言说的问题有待解决。在我看来，古人说的对不对、好不好，是我们应首先考虑的，甚至是唯一值得考虑的。而在那些"不敏"而好古的酸丁那里，好像只要是古人讲的，尤其是有名的古人讲的，哪怕它其实是平庸乃至可笑的，也会得到特别的尊崇优待。要我说，像《天堂之外的胚胎》这样的文章，是大可以不写的。托马斯·阿奎那到底支持堕胎还是反对堕胎，真的重要吗？这样的问题就留待科学、开明的头脑去思考罢。

埃科读过许多书，读过许多偏僻的、一般人罕觏罕闻的书，他也花了好些工夫钻研、解析那些微妙或玄奥的文学作品，但说起来很有意思,他最喜欢的书,恐怕并不是他专门研究过的奈瓦尔的《西尔薇》或乔伊斯的《尤利西斯》,倒很可能是大仲马的《基督山伯爵》或欧仁·苏的《巴黎的秘密》。

也许对埃科来说,微妙、玄奥终归是枝叶,而潵洗不去的则是故事,是故事的架子。这一点,我们不难从他自己创作的那些小说中窥见:试想一下,埃科的小说有什么现代派的写法?有什么繁复意象?有什么精妙语汇?他想写的,压根不是奈瓦尔或乔伊斯那样的小说,他的追摹对象恐怕一直是大仲马或欧仁·苏。埃科的小说里是没有有血肉的人物的,他笔下的人物是为了实现其功能而设置的,他在意的只是故事,而且只是故事的架子,这个架子要么靠复杂的情节搭建,要么由特定的理念支撑。他只关心骨头、骨架,对肌肉、血液不甚措意。当然,在思维的复杂程度、深刻程度上,埃科的小说是超越了大仲马或欧仁·苏的作品的,可是,埃科的复杂或深刻,也不过是他所处时代所不难达至的一种复杂或深刻罢了。这就意味着,就他们代表其所处时代的一种并非多么高深的思维水平而论,埃科跟大仲马或欧仁·苏是没有多大差别的,我们大可以说埃科是二十世纪晚期的大仲马;要是大仲马能活到二十世纪晚期,他也会像埃科那样写小说的。

因此,究其实,埃科在文学上的鉴赏品位恐怕仍是通俗小说式的。我们自然并不是说他欣赏不了但丁或普鲁斯特,而是说他的系恋、他的根源是在通俗小说这里,在这里,他最自在、最安逸、最巴适。明乎此,就不难理解埃科为什么会在《雨果,唉！论其对极致的崇尚》、《我是爱德蒙·唐泰斯！》里对雨果、大仲马那些通俗小说味道极浓的叙事大加赞赏了。说"我是爱德蒙·唐泰斯！"，就跟说"我是包法利夫人！"一样，是一种明白无误的自我认同、自我归属、自我定位，等于说"我是大仲马"。我只能说，埃科的自我定位是相当准确的，再无其他了。

在《树敌》、《电视女郎与保持缄默》、《关于"维基解密"之反思》等文中，埃科又回到了《带着鲑鱼去旅行》、《误读》式的小品文写法。笑料多半来自具象的归谬法。对现象夸张再夸张，直到你觉得它太荒唐，不得不笑了。不过，我读埃科的小品文，从来没笑过；我觉得它们都不好笑。夏志清评价伍迪·艾伦，说他那是"硬滑稽"，我看大可移赠埃科，用以总结他的小品文。"硬滑稽"之所以不滑稽，就因为它的"硬"。在《关于"维基解密"之反思》中，埃科悬想在未来，为了避免泄露，机要信息的交换将不得不回到原始的方式："比如在卢里塔尼亚的宫廷化装舞会上，某位白面小丑，偶尔退避至烛光照射不到的阴影下，摘下面具，露出奥巴马的脸，对面的书拉密女则迅速撩开面纱，我们发现那是安格拉·默克尔。"（第260页）这种憨豆先生式的表演，即是典型的"硬滑稽"，其中幽默的空气已相当稀薄。利顿·斯特拉奇（Lytton Strachey）曾专门写过一篇文章，论证陀思妥耶夫斯基是位"幽默家"（humourist），仿此，我们不妨说翁贝托·埃科是位"不幽默家"（unhumourist），既然以峻刻严冷著称的俄罗斯小说家可以有诙谐的一面，一贯想借插科打诨讨读者欢心的意大利小品文作家自然也可以是不幽默的。

《树敌》、《电视女郎与保持缄默》和《关于"维基解密"之反思》分别指向移民问题、新闻审查、信息安全。对埃科表达的那类观点，我一向并无异议，不过，对于我而言，他始终是个"开明的普通知识分子"。所谓"开明"，是说他讲的多半并无不妥；所谓"普通"，是说他的"开明"在知识界属于平均水准。他既不是伏尔泰、狄德罗，也不是萨特、福柯，听他谈任何问题，都不可能有拨云见日、醍醐灌顶的透彻感。他手里没有劈开冰海的利斧，有的只是花衣小丑（harlequin）的那根棒（slapstick），这里打打，那里敲敲，发出几下清脆的撞击声罢了。

（原刊于 2016 年 11 月 4 日《三联生活周刊》）

桑塔格的病历

读一位批评家的传记,这一行为本身有何意义?恐怕没有在它之外或之上的意义。读一位小说家的传记,我们或许还能因其自身的遭际对其笔下的人物加深一点认识,加多一分会心。然而,生平事迹方面的事实,其实不妨称之为增补的事实或冗赘的事实,是我们了解了以后,无损亦无益于我们对作品的评价的,比如,博尔赫斯是瞎子这一事实,是令他的小说增色了还是减分了?

批评家的生活与其著作之间的关系就更抽象。是孝悌还是忤逆,是异性恋还是双性恋,是常亲庖厨还是爱下馆子,是只坐公交还是坚决打的……这些跟他的"写"也许还扯得上一丁点关系,但跟我们的"读"又有何瓜葛呢?我们求之于批评家的,无非是观点与见识。又不跟他上床,刺探那么多干嘛?

那么,我们为什么要读,比如说,《永远的苏珊:回忆苏珊·桑塔格》(西格丽德·努涅斯著,阿垚译,上海译文出版社2012年7月第1版)这样一本书呢?也只是因为方便而已。恰好她是一位有名的批评家，恰好我们过去读过她的论著，恰好有人写了一本关于她的回忆录，于是我们也就跟着来读这一本了，这里面并无紧迫性、必然性可言。有几个人读乔布斯传是为了学做生意呢？同样道理，我们读关于桑塔格的回忆录，也顶多是想满足一下好奇心而已——"好奇心"一词仍嫌分量太重，因为我们只是顺便罢了，不看桑塔格的，看别人的，并无不可。了解桑塔格这个人，正如了解世间随便哪个人，我们只是加深对人本身的一点认识而已。此外再无其他，却也刚好够了。

一

桑塔格在谈论已故的友人保罗·古德曼时曾写道："我疑心，在他的书里存在一个比在生活中更可敬的他。"（《在土星的标志下》英文版第9页）。我们读完《永远的苏珊》，可以很有把握地说，在她的书里存在一个比在生活中更可敬的苏珊。

读《永远的苏珊》这本书，最先要解决的问题就是，作为一本回忆录，它是否可靠。我的结论是，非常可靠；不仅可靠，有些时候，努涅斯的笔甚至有"颊上添毫"的妙处。

2012年4月，桑塔格日记的第二卷《正如意识受制于肉体：日记与零札 1963—1981》（*As Consciousness Is Harnessed to Flesh: Journals & Notebooks 1963—1981*）由她的儿子戴维·里夫编辑出版，当中只有一处提到了《永远的苏珊》的作者西格丽德·努涅斯。时间为1976年11月12日，记录的是桑塔格自己对努涅斯讲的一段话："纤细的感性迎头撞上卑劣、无情、令人沮丧的世界,这可算不上什么题材。去给自己找一场竞技赛罢。"（This is not a subject: one delicate sensibility confronting the slimy, heartless, disappointing world. Go get yourself an agon.）努涅斯在书中提到犹豫了几个星期才把自己的习作拿给桑塔格过目,上面这段话恐怕就是在此时讲的。努涅斯也说了,年轻人懂什么,无非盼着前辈给点鼓励,桑塔格兜头一盆冷水,是够她受的。

日记第二卷与《永远的苏珊》可以印证的地方不少,这里只举一处为例。努涅斯的书里讲,桑塔格抱怨搞批评太折磨人,总想写小说,说:"我讨厌那么辛苦地工作,我想要歌唱!"（《永远的苏珊》中译本第21页,以下引此书只注页码）而在1977年4月19日的日记中,桑塔格写道:"我想写一些了不起的东西……我想要歌唱。"这五字宣言的记述,可谓分毫不差。

当然,这些印证还只是形式上的精确,更令我们对《永远的苏珊》内容确信无疑的,是它跟日记一起呈现了一个比我们以往知道的那个桑塔格更脆弱的女人、情人及母亲。这一面的桑塔格,如果不是被桑塔格自己刻意掩藏了,就是我们太粗心,没能早些别出苗头。总之,这部回忆录,就其精神气质而言,就像是日记的寒塘月影,纵偶有水波摇动,不改其光滑如镜。

二

不管是日记,还是回忆录,都无异于桑塔格的精神征候集。

不夸张地说，心理学家很可能会把它们作为记录得相当完备的病历兴致勃勃地加以研究，而那些对这位美国最著名的女批评家写的东西提不起兴趣的人，正不妨将以下所说的权当一段有关普通人的心理故事。

任何在世界上稍微做出那么点事业——哪怕是蜗角功名也好——的人，迟早都要在自己内心的天平两端放上这样两件东西："我能做什么"和"我想做什么"。有些人，说是幸运也好，说是不幸也行，在他们的一生中，根本没机会把这两件东西掂量清楚，可以略过不谈，可那些脑子还算灵光的人就不一样了，他们的征途中总会有那么一个地点，到了那儿，心里忽然咯噔一下，暗叫一声"不好"，明白这世上有些事自己恐怕是干不了了。在这群"顿悟"的人里头，最理想的，当然是他能做的恰恰是他想做的或者他能做的里有他想做的，世上一多半伟业都是这样天平摆平稳了的人干出来的。剩下的，就都是"我想做什么"那头高，"我能做什么"那头低的了。要是一端永远高高在上，空中起楼阁，西班牙盖城堡，那这人就一事无成了，可偏偏这样的极少，因为前提是他脑子还算灵光，现实总会矫正他的，头破血流了，一摸，心下也就明镜似的了。更多的是天平老晃悠，不稳定平衡，心气压不下来，实力提不上去，这就是所谓纠结拉扯了。桑塔格始终都没能把她那架天平调平。但得补充说一句，世上余下的那一少半伟业，正是这些内心纠结拉扯的人做出来的，纠结拉扯未见得就做不成事情。

桑塔格是对自己有明确认知的人，在1966年1月4日的日记里，三十二岁的她写道："我不够有雄心，因为我总是自满。五岁时，我对（管家）玛宝说我要得诺贝尔奖。我知道我会成就声名。那时生活像是坐电梯，而非爬楼梯。后来我知道了——随着时间的流逝——我不够聪明成为叔本华、尼采、维特根斯坦、萨特或西蒙娜·薇依那样的人。我的目标是作为弟子追随他们；在他们的水准上工作。我知道我有——现在仍然有——不错的脑子，甚至可以说是强有力的脑子。我擅长领会事物、排比之、运用之（我测绘式的脑子）。但是，我并非天才。我一直都明白这一点。"这段话让我想起 Metallica 乐队一首歌的歌名——"Sad But True"。读桑塔格的著作，一个最强烈的感受就是，她虽非天才，却一直在试着领会天才所说的东西。问题是，既然不是天才，还怎么"在他们的水准上工作"？

到后来，桑塔格也坦然向外人承认："如何超越自己，是我作品中埋藏最深的主题。"（That idea of surpassing onself is the deepest theme in my work，见《苏珊·桑塔格对话录》第 205 页）桑塔格写的评论广受好评，她写的小说常遭冷落，可她一门心思惦记着写小说，因为做自己能做的还有什么意思，做自己想做的才叫"超越自己"。1978 年，她写本雅明的一段话也等于夫子自道："自我是一个有待破译的文本。自我是一个有待构建的工程。构筑自我、构筑其作品的过程永远太缓慢。人，永远在自我拖欠之中。"（《在土星的标志下》英文版第 117 页）

"超越自我"，本身就像是矛盾修辞：假若自我是可超越的，那超越它的又是谁呢？不还是自我吗？同一个自我完成了这件事，可见并无所谓超越发生。然而，从另一方面看，超越自我的尝试本身正是创造那一少半伟业的努力。天平翘高的一端每一次下压，都带动了一次破译，带动了一次构建。假若每个人都有属于自己的那份胜业，那么我们是否有理由说，她燃烧的充分程度丝毫不低于她列举过的那些天才？她完成了一个批评家所能做的一切。

三

哪个伟人不是"一团矛盾"？关于桑塔格，努涅斯向我们透露的最大的秘密就是，她没法一个人呆着。桑塔格家里电话铃整天响个不停，身边总是人来人往，努涅斯写道："对她而言，不得不在无人陪伴的状况下做某些事情，比如说，吃一顿饭，就像是一种惩罚。她宁可出去与一个她并不喜欢的人一起吃饭，也不愿意一个人在家吃。"（第70页）这也解释了她的一个日常习惯之下的心理需求：在文章尚未改定前，就把草稿传给很多人看——"在许许多多她一直想做的事情当中，没有一件她会选择全由她一个人来做"（第69页）。对于其他人来讲，也许未为不可，但，对于一个作家而言，忍受不了孤独，还如何写作？1977年7月19日这一天，桑塔格与女友妮科尔决裂，她心情低落，在日记里写了这么一句话："One can never be alone enough to write."这话不大好翻译，勉强译之，就是说，人啊，是永远找不出一个足够孤独的时刻来写作的，言外之意，写作总是在客观条件并不充分的情况下完成的。别指望能有古井式的孤独，就在纷纭扰攘中，咱把事儿给办了。努涅斯补充了一个重要的事实："她认为自己在一个方面是个坏榜样，这就是她的工作习惯。她说，她没有自律能力……为了让自己工作，她不得不花大量的时间，这期间，她别的什么也不干。她会服用右旋苯异丙胺（一种中枢神经兴奋剂——引者注），昼夜不停连续工作……我们就会伴着她的打字声入睡，伴着她的打字声醒来。虽然她常说，她希望她能以一种不这么自我毁灭的方式工作，但她相信只有数小时的全力以赴后，你的思维才真正开始运作，你才能有最佳的想法产生。"（第63—64页）努涅斯为桑塔格"没有自律能力"的说法下一转语，说她不是没有自律能力，而是"她除了写作外还渴望做许许多多其他的事情"（第63页）。可是，拜托，不能为事务排出优先级恰恰是"没有自律能力"的体现。当然，这仍然只不过是征候，是那个天平调不平的心病的征候而已。"我想做什么"，永远轻诺寡信，是梅菲斯特那样的诱惑者。

四

尽管很不情愿，现在我还是要讲讲这个努涅斯是干嘛的、她为什么有机会写一部关于桑塔格的回忆录。1976年，桑塔格四十三岁，那些后来被收入《论摄影》一书的文字刚开始发表，用努涅斯的话讲，"她达到了她声誉的第二次高潮"（第66页）。

离婚多年的她与儿子戴维·里夫生活在纽约一套宽敞的顶层公寓里，前后那段时间，桑塔格的情感生活相当丰富，男女情人加在一起有半打之多。桑塔格做了乳腺癌手术后，有大批邮件要处理，于是请当时在《纽约书评》杂志打杂的努涅斯来家里帮忙。努涅斯父亲是中国、巴拿马混血，母亲是德国裔，她有一种异国情调的美，不知是不是因为这一点，桑塔格的儿子看上了她，很快二人就同居了，与桑塔格生活在同一屋檐下。到1978年，戴维跟努涅斯的关系闹僵了，"在接下来那个冬天的某一天，我们吵了最后一次架"（第82页）。算起来，努涅斯作为桑塔格"准儿媳"与其相处的日子，不过两年半而已。当然，与中年时期的桑塔格最亲近的人，除了儿子以外，情人们不是已经死了，就是老了，也不可能写回忆录，能担此任的就非努涅斯莫属。

努涅斯后来成了作家，到目前为止出版了六部小说。她能写此回忆录，而且写得玲珑剔透，多亏她的一双冷眼。我们都明白，总是仰视，总是加柔光镜，这回忆录是写不好的。努涅斯、桑塔格二人虽曾朝夕与共，但后来努涅斯与桑塔格之子分手，至少在努涅斯这方面看来，桑塔格在其间发挥的作用是不好的。《永远的苏珊》之中漂浮着一缕怨怼之气，这是任何读者都不会嗅不出的。然而，正要有这一点"敌意"才好。就像沸水里煮过的面条"过冷河"，热得有限度，才不至于黏黏糊糊，搞不清爽。

努涅斯呈现了一个别人不大可能呈现的桑塔格，比如对性的outspokenness。有人说大批评家特里林得癌症，就是因为好些年不跟妻子同床,"她说起这个时义愤填膺。('这还是个学术上的讲法呢。')她不愿承认,但她还是勇敢地承认了:当被告知她患上癌症时,这是她自己首先想到的原因之一:'难道是我性生活不够?'"(第5页,译文略有调整)再如:"她曾经考虑过乳房再造,但最终还是决定不做。可是,当一个朋友对此决定表示支持,说,毕竟苏珊不再是个年轻女人了,她勃然大怒。'我可不愿那么想。就像是,我的生活——我的性生活——全离我远去了。'"(第28页)从日记来看,桑塔格对情欲生活非常重视,不过差别在于,在努涅斯的回忆录中,俄罗斯诗人约瑟夫·布罗茨基的身形似乎颇为高大,但在日记里,桑塔格几乎只重视他的思想和意见,而不是这个男人本身;相反,那些女性情人显然是情之所钟,至少日记是这样显示的。桑塔格从来不在文章里谈自己的情感世界,在这方面,她表现得相当克制,1992年她对一位女记者说:"我谈自己的性生活绝不会多过谈自己的精神生活。它……太复杂了,再说,到头来听上去总会觉得又是那老一套。"(转引自Craig Seligman著 *Sontag & Kael* 第102页)老实讲,读桑塔格的日记,的确常有"又是那一套"的感觉。不是每个人都是双性恋,也不是每个人都有那么多情人,不过,绝大多数人恋爱总还谈过罢,桑塔格在情事上的纠缠困顿,与小女生心绪的起起伏伏反反复复并无什么分别,尽管她那时已经四十几岁了。

五

关于桑塔格的母子关系，在此不打算用精神分析式的方法加以解剖，因为不管是在外人看来再明显不过的"控制一切的母亲和内疚的儿子"（第74页）模式，还是精神科医生那句令桑塔格震惊的反问"你为什么要试图把你儿子变成父亲？"，都已点破了部分真相。努涅斯甚至毫不回避地讲述了桑塔格被很多人怀疑是母子乱伦的情形（居然还有人当面问，努涅斯搬进去之后，他们是否三人同床）。不过，从日记第二卷反映的事实看（假若戴维·里夫整理时的删略不是关键性的话），桑塔格一直在真心实意地考虑如何做一个好母亲，尽管她也一直在逃避那些在外人看来属于母亲份内的职责。

努涅斯直言不讳："她就不是个妈妈。"（第76页）"事实上，我发现几乎不可能想象她去看护或照顾一个婴儿或一个小孩子。去想象她挖沟渠、跳霹雳舞或挤牛奶倒更容易一些。"（第75页）此类指责自然不会错，可是想想看，桑塔格十九岁就怀了戴维，你让一位求知欲旺盛的少女骤然母性勃发，又如何可能呢？

假如说母子关系也是一架天平，那么桑塔格的这架天平也从来没调稳过。当属于两个人的天地里挤进第三人，至少在行动上，桑塔格没能考虑到新加入者的感受。比如桑塔格当着外人的面问："你们俩为什么不就采取69式呢？那样你们就不用担心避孕了。"（第77页）没错，这是桑塔格对性的outspokenness的一种体现，可它同时也是一种干涉，是一种凌驾于人的表现。到后来,有愈演愈烈之势,到美国西海岸旅行时,桑塔格的行为简直无异于把儿子从情侣的身边夺走了。努涅斯最终选择搬离桑塔格母子的居所,也未尝不可以看作是桑塔格生生将其排挤开了。

其实我想说的是,"又是乌鸦的炸酱面"。让这些陈芝麻烂谷子的事儿见鬼去罢。萨特说的没错,"他人就是地狱",任何有所作为的人,对其身边的人而言,都可能是地狱。反过来说,他们往往不能不是地狱,如果他们还想做出一点什么来的话。事事稳妥,处处周到,那就不是天才了。在这个颠倒淆乱的俗世中,不触犯点什么,不拂逆点什么,不打碎个瓶瓶罐罐,是没法杀出重围的。这地狱,不是对周围的人的一种惩罚,只是周围的人要付出的一种代价。可以选择不付此种代价,像努涅斯一样一走了之,但总有别的人会凑过来,会被吸进去,这地狱是磁石,是龙卷风。

桑塔格的小说《火山情人》里有一句说:"天才啊,就跟美一样,一切,好吧几乎一切,都会被谅解的。"(With genius, as with beauty—all, well almost all, is forgiven.)是耶非耶?

六

时间隔得久,恩怨缓缓沉淀,努涅斯的文字得以有一种明净之美。有时候,简直令人羡慕,她的写法,"譬犹舞者赴节以投袂",自然而然,不知不觉拨响了弦外之音。我特别喜欢的一节

是努涅斯写桑塔格"一辈子都保持着一个学生的习性与氛围":

> 我对她永远的印象就是那种学生模样,极其用功的一个学生:整宿熬夜,周围堆满了书籍试卷,开足马力,烟一支接一支抽着,阅读、做笔记、重重地敲击打字机、拼命、求胜心切。她要写出 A+ 的文章。她要名列班级前茅。
>
> 甚至是她的公寓——绝对地反平庸,无可辩解地不舒适——也令人想起学生生活。其主要特征就是越来越多的书籍,不过它们大多是平装本,书架是廉价的松木板做的。与缺少家具相协调的是缺少装饰品,没有窗帘也没有地毯,厨房里只有最基本的用具。厨房里大约六平方英尺的面积被一个旧冰箱占着,冰箱已经坏了好多年了。一把钳子搁在电视机顶上——用来换频道,因为调频道的旋钮已经坏了。首次上门的客人发现这个著名的中年作家居然过着研究生般的生活,显然都非常吃惊。(第49—50页)

这一节有一种既精准又笼上一层光晕的感觉,非常奇妙。然而,若仅止于此,尚算不得精妙。她又在后面加上了这样的一段:

> 世事变幻,五十五岁左右时,她会说:"我意识到我如果不比我知道的人更努力,至少也是和他们一样努力,却比他们任何一个人挣的钱都少。"于是,她改变了她生活的那个部分。但我此刻指的是以前的时光——在豪华的切

尔西顶层公寓、庞大的藏书室、善本、艺术收藏、由专门设计师设计的服装、乡间别墅、私人助理、管家、私人厨师等等之前的事。到了我已是我们当初相见时她的年龄时,她对我摇摇头说:"你打算干什么呀,像个研究生那样度过你的下半生?"(第50页)

这段文章,读完之后,除了拊膺而叹,不知还有别的什么可讲。这是文章一境,亦是人生一境。

要让我为《永远的苏珊》下一总评,我会怎么讲呢?恐怕我会说,好是很好,然作者与她笔下之人终究不是一国的,一个在门槛这边,一个在门槛那边。不过要赶紧补上一句,正因为不是一国的,才好。若是一国的,有些事,心相映,就不会觉得有讲述之必要了,还有些事,以平恕之心度之,写出来也两样。志趣不同、识见悬隔,有时倒是好事,以其能存客观之真也。至于主客交融的更大的真,又岂可奢望?

1973年3月15日,桑塔格在日记中写道:"在生活中,我不想被化约为我的作品。在作品中,我不想被化约为我的生活。我的作品太寒伧,我的生活只是一段粗野的轶事。"读《永远的苏珊》有一遗憾,就是读它对了解桑塔格的生活真有价值,可读它对了解桑塔格的作品有什么用呢?到头来,桑塔格只会存在于她的著作里罢,我不禁这么想。

(原刊于2012年10月9日《都市快报》)

桑塔格的幻觉

读《心为身役：苏珊·桑塔格日记与笔记（1964—1980）》（姚君伟译，上海译文出版社 2015 年 1 月第 1 版）是一次极好的理解什么叫"解释学循环"的机会。也就是说，只有那些之前对苏珊·桑塔格的作品、生活相对熟悉的人，才能从《心为身役》中读出意味来，而他们的新体会，反过来又会加固、深化他们此前的理解。至于那些原本不了解桑塔格的读者，他们恐怕很难从这些信笔涂抹的创作札记、颠来倒去的情感记录和不无抵牾的思考记录中获得特别有益的东西。事实上，那无异于毫无准备、不带地图就钻进深山密林里探险。

《心为身役》涵盖的时间段为 1964 年到 1980 年，这是桑塔格写作生涯的黄金期，或者我们残忍一点说，是桑塔格写作生涯的全部，因为她此后的所有文字都不过是这一阶段微弱的回声而已。在这十几年里，她出版了五部论著：《反对阐释》（1966）、《激进意志的样式》（1969）、《论摄影》（1977）、《作为疾病的隐喻》（1978）、《在土星的标志下》（1980）；两部小说:《死亡匣子》(1967)、《我，及其他》(1978)；拍了三部电影《食人族二重奏》(1969)、《兄弟卡尔》(1971)、《应许之地》(1974)；交了相当多的男朋友：阿尔弗雷德·切斯特、理查德·古德温、贾斯珀·约翰斯、约瑟夫·布罗茨基……以及更多的女朋友；得了一次癌症，治愈了一次癌症。任何经历过这一切的人，或许都不会说这是一段虚度了的时日。

可是，在桑塔格自己看来，事情就是另一个样子了。1980年，她接受查尔斯·胡阿斯（Charles Ruas）采访时说，1968年，她去了越南，文章是写不下去了，转年就决心去拍电影，但"到了1972年，出现一场大危机。我寻思：我这是在哪儿啊，我在干什么啊，我又干了些什么啊……有整整四年，我基本上都没写过东西。我感觉自己被困住了，忙着应对各种各样的危机"（《桑塔格对话录》，*Conversations of Susan Sontag*, Leland Poague 编，第175页）。第一次危机是写作危机，第二次危机就是在1975年的癌症危机。在她的病榻日记中，反复写着"癌=死"。

很难说桑塔格真正从危机中解脱出来了。写作危机，在桑塔格的生命中，是过于频繁出现的主题。最终，事实是不是这样：桑塔格在与写作的缠斗中落败了？我们可不可以说：《反对阐释》、《激进意志的样式》、《在土星的标志下》、《重点所在》、《同时》是一个精彩程度递减的过程？至于癌症，这个人性的、太人性的话题……是否也存在那种可能：经此一役，桑塔格存活是存活下来了，但是换了一套资产阶级生活方式？

《心为身役》一书的使用方法多种多样，可以考证生平，可以挖掘私隐，可以对照作品，可以代入情感，可以据以沉思，可以借机偷师。不过，无论如何，把《心为身役》看作桑塔格对抗危机的记事簿比当成桑塔格总结思想的警句集要有意义一些。因为桑塔格对我们而言，越来越不像一位文体大师，而像是一个动作英雄（action hero）了。

一

在我看来，《心为身役》的核心问题，是自我定位、自我期许、自我激励的问题，而其他的一切都不过是附丽的，甚至是障眼法罢了。

桑塔格在笔记中写道："我野心不够大。"（《心为身役》中译本第512页）其实，"野心不够大"跟"野心很大"是一个意思：正因为"真正的"野心很大，才觉得当前的自己野心不够大。桑塔格的潜台词是，当前的野心是配不上她的。

桑塔格"真正的"自我定位如下：

> 在每个历史时期，作家都有三个梯队。第一梯队：他们已然成名，"功成名就"，在操同一种语言的同时代人的写作中成为参照点（比如埃米尔·施塔格尔、埃德蒙·威尔逊、V. S. 普里切特）。第二梯队：国际性的——他们在欧洲、美洲、日本等地成为他们同时代人的参照点（比如本雅明）。第三梯队：他们成了多种语言中一代又一代人的参照

点（比如卡夫卡）。我已经身处第一梯队，就快被第二梯队接纳——但愿能起到第三梯队的作用。（第553—554页）

1978年5月，她已形成了对自己的这样一种认识，而这一认识几乎等同于我们今天的认识：她处于第一梯队与第二梯队之间，在第二梯队中所占份额尚不稳定，当然，第三梯队中完全没有她的位置。

如果说她在四十五岁时的自我定位是极其准确的话，那么她其实也很清楚，地位这东西，是永远处于动态之中的。没有谁在他活着的时候获得了豁免权，可以不被人抽走他屁股下的椅子。

四十多岁、埋头写小说的桑塔格在笔记中写道："记住：这可能是我成为一个一流作家的唯一一次，也是最后一次机会。"（第514页）两年后，她又写："如果我因为害怕成为一个糟糕的作家而无法写作，那我肯定就已经是一个糟糕的作家。至少，我会一直写。"（第592页）

在这里，没有任何神秘的东西。只是一个写作者在为自己打气而已。走到人生的中途，写作者总会在某一时刻意识到，任何外力都帮不上你了，灵感也帮不上你，惯性也帮不上你了，你像是赤条条地面对命运了。然而命运并不是一纸判决书。就算是判决，它也是个动态的判决：它要看你的表现，只要你改造得好，判决可以改的！把每一次写都当成最后一次机会那样去写。写得怎么样，在历史上立不立得住，我们不知道的，那也不是该我们关心、过问的事。写了,是悬而未决;不写,或者草率地去写,或者迎合地去写,就已经是输了。这时候,像帕斯卡尔赌上帝存在那样去写就是正确的:你写了,总不亏的。

桑塔格说:"普鲁斯特并不知道他在写的是一部最伟大的小说。即使他知道,也对他无益。"(第511页)是的,就算能知道,我们也不想知道。为了让自己不知道,耍一点小花招也无妨的。

说到底,之所以会给自己打气,还不是因为"贼心不死"?是相信判决的动态。桑塔格写道:"我身上最美国化的地方,就是我对彻底改变的可能性的信心。"(第513页)这句话很能概括桑塔格之为桑塔格。她总说,在文化上,她认同的是欧洲,可是在这一点上,她却是典型的美国人了,她相信改变是可能的。改变不仅可能,改变还是骄傲的来源。

二

1978年,桑塔格接受《滚石》杂志记者乔纳森·科特(Jonathan Cott)的采访,留下了一份堪称最有价值的桑塔格访谈记录(中译本《我幻想着粉碎现有的一切:苏珊·桑塔格访谈录》,唐奇译,中国人民大学出版社2014年7月第1版)。在这次访谈临近结尾时,桑塔格说:"我认为是我自己创造了自己,这是支撑我工作下去的幻觉。"(I think of myself as self-created—that's my working illusion. 参中译本第182页)注意这里的"幻觉"(illusion)一词,它的意味并非"虚幻",而是说一种错觉、一种执念。

事实上,桑塔格一直以来是幻觉的抵制者。在笔记中,她写道:"我十三岁时订了条规矩:不做白日梦。"(第199页)她还说:"我发觉,幻想痛苦得令人难以忍受,因为我始终清楚它只是个幻想。"(第144页)好的评论家,总是直面现实的人,你必须让现实的丰富、现实的残酷逼近眼前,凝视那丰富与残酷,你才能有所评论,你的评论才有意义。

既然桑塔格是"反幻觉"的,那她为何又需要一个"幻觉"来支撑自己呢?

事实上,我们都明白,我们并不是我们自己创造的,至少不是百分之百由我们自己来创造。我们总是带着一组先定的条件,落入一个先在的环境中。可是,假若我们不创造自己,或者说,不相信是自己创造了自己,而是任由自己在条件与环境的相互作用下自在地生成,那就是为我们自己假设了一个不存在的起点:要是那样,"我"在哪儿呢?

进入二十一世纪,一部分神经科学家和哲学家达成共识:"我"其实并不存在,"我"其实是一种建构,被建构出来,只是为了一种方便。不管这一认识今后能否成为一种公认的科学认识,有一点是值得考虑的:且不论它是否存在,我们就当它是一种 working illusion 好了。我们要运转下去,要完成一个生命周期,就不妨在心中抱持点什么,哪怕我们自己都认为它是"幻觉"。这个"幻觉"不是别的,只是一种让轮子保持转动的方式。

让轮子保持转动,是桑塔格生命的一个比喻。"我千万不能去想过去的事。我必须继续前行,摧毁我的记忆。"(第166页)已经发生的,已经存在的,已经取得的,都是昨天的了,那一页得翻过去了。只有明天的,才值得追求,因为也只有明天的才可以改变。想想她身上最美国化的地方!

三

世人对桑塔格最普遍的评价,是说她是个聪明的女人。1978年,德国《时报》(Die Zeit)记者拉达茨(Fritz J. Raddatz)采访桑塔格,他说:"如果我不得不把'知识分子'一词用在一个人身上,那我能想到的就只有她了。"(《桑塔格对话录》,第88页)她才智出众,她有强烈的批判精神,她有惊人的好奇心,她是女性知识分子的代表……可她自己说:"我的脑子不够好,不是真正一流的。"(第208页)

这一说法包含一定真理的元素。此话怎讲?这么说吧,你的脑子永远不会好到让你满意的程度。哪怕有朝一日你像桑塔格那么聪明了,你还是会嫌自己的脑子不够好的。所以,这是一种限制,同时又是一种解放了。既然对脑子好的要求是无止境的,那我们也就不去指望它了。我们现在有什么,就从这儿开始;我们现在有多少,就从这些开始。

严格说来,在古今才智之士中,桑塔格的确不算脑子特别好的。她自己抱怨,说跟女友混久了,哲学书好像都变得难读起来了——尽管，我们简直可以说，她从来不怎么懂哲学的。可是，这也都不要紧了。我们要把话颠倒过来说：对于你能做的事，你的脑子总是已经足够好了，端看你去不去做。

桑塔格很明白这个道理，所以她有时这样写："聪明才智并不一定就是个好东西……它更像是备胎——发生故障了，才是必要的或想拥有的。正常运转时，笨点更好……"（第188页）或者，她换一个角度，说："我喜欢感到自己蠢。因为这样我才知道世上还有比我更厉害的。"（第189页）

意识到自己笨，能让自己闷头去干；意识到自己蠢，能让自己努力去赶。所以，笨和蠢，竟是好的了！

其实，此类想法，也正如桑塔格所说，是她身上"美国化"的地方。所谓"美国化"究竟是什么意思呢？说白了，"美国化"就是一种"幻觉"，但它不是一种坏的"幻觉"，它是一种"相信"——不是相信自己一定做得到（因为那只有上帝才知道），而是相信"做得到"这三个字是从"做"字开始的。去做了，才打开一片可能性的空间。

这样说起来，《心为身役》很像是一则励志故事了？既是又不是。说不是，是因为桑塔格到底做到没做到，对我们来说，还悬而未决！或者，更严厉一点说，我们认为她没做到。

桑塔格对成为公众人物的文人曾有过一番评价，她对乔纳森·科特说："但那些人作为作家就毁了。我觉得这对一个人的作品来说意味着死亡。可以肯定，海明威或杜鲁门·卡波特这样作家如果不成为公众人物，他们的作品还能更上一层楼。你

必须在工作和生活之间做出选择。"(《我幻想着粉碎现有的一切：苏珊·桑塔格访谈录》，第150页）

我们是否也可以说：如果桑塔格不成为公众人物，她的作品还能更上一层楼？

这么讲，总归太轻巧了。我的看法倒毋宁是这样的：《心为身役》算不算一则励志故事，不取决于主角最后是成功还是失败，就像我们读《老人与海》看重的不是最后有没有把鱼拖回岸上。桑塔格，她是成功里有失败（作为公众人物成功了，作为批评家失败了），失败里有成功（历史地看，作为文本的存在失败了，作为人的存在成功了）。《心为身役》作为一出人的可能性的悲剧，自有一种慑人之美。

（原刊于2015年5月18日《三联生活周刊》）

希钦斯的顿挫

2010年，克里斯托弗·希钦斯（Christopher Hitchens）出版了四百多页的回忆录《Hitch-22》（这个书名显然是在向《第22条军规》致敬，同时嵌进了作者姓氏的前半，希区柯克也常被人称为 Hitch）。他在引言的开头讲，他有一次翻阅伦敦国立肖像美术馆的小刊物《面对面》，一则展览预告吸引了他的注意，那是将于2009年1月10日举办的摄影展"马丁·艾米斯和他的朋友们"。英国小说家马丁·艾米斯是希钦斯最好的朋友之一，而那位摄影师叫安吉拉·高尔嘉斯，她在1977年到1979年期间与马丁·艾米斯是男女朋友关系。预告所附的照片是1979年在巴黎拍摄的，照片上的三个人分别是希钦斯，诗人、评论家詹姆斯·芬顿，马丁·艾米斯。希钦斯说，图片说明一定是摄影师自己拟的："马丁当时是《新政治家》杂志的文学编辑，与已故的克里斯托弗·希钦斯与朱利安·巴恩斯共事，后者娶了帕特·卡瓦纳——马丁当时的文学经纪人。"希钦斯写道："那平实的、不假虚饰的用语，就这般白纸黑字地印着，终有一天它也会成为毋庸商榷（unarguably）的事实。"希钦斯说，这就像是来自未来的提示字条。当然，后来伦敦国立肖像美术馆的馆长特地致信道歉，说那"已故的"三个字本该是加到帕特·卡瓦纳名字前的，不想忙中出错，加到了希钦斯的名字前。

为什么要提这段轶事，既然它只是一次小小的失误？因为在讲述这件小事的时候，六十岁的希钦斯已被确诊为食道癌四期，用他自己的话说，"没有五期"。很多时候，我们不是根据事物的性质本身来衡量它的，我们赋予它何种意义往往取决于它出现在哪种情境下、发生在我们生命的哪个阶段。任何活人被加诸"已故的"三字，都没有倍感愉快的理由，不过，我猜大多数人遇到这种情况，即使不无愤慨或懊恼，也不会对着它展开哲学的沉思，因为，说到底，这一失误是与我们不切身的，就像被人从背后误认为是另外的某个人一样，哪怕肩头被陌生人拍了一记，我们也会很快淡忘。但试想，那轻拍你肩头的不是别人，而是死神，你回首的那一瞬间怕就难忘了。

我们必须在此情境下，在这黑暗与"死荫"（the shadow of death）里品味《有待商榷》（*Arguably*，Twelve 出版社 2011 年第 1 版）这本书。厚达七百多页的《有待商榷》是希钦斯的第五部评论集，也很有可能是他的最后一部评论集；每回想到像这样的文章也许再也读不到新的一篇了，就感到生命之残酷。

一

《有待商榷》的篇目编排体现了希钦斯身上的诸多特征：第一辑是关于美国的内容，尽管希钦斯之前已经在美国住了二十多年，但是他2007年4月才正式入美国籍；第二辑叫"亲和力"（Eclectic Affinities），占了250页，是各辑中篇幅最大的，该辑文章都是讲英国的，他的情感、趣味仍受英国故土的牵系；第三辑有些涉笔成趣、游戏文章的意思，他近年在普通读者那儿获得最大反响的文字也许要数《为什么说女人不逗》（"Why Women aren't Funny"）了，这篇被批评为"政治不正确"的文章就收在这一辑里；第四辑是海外报道文章，希钦斯到阿富汗、伊朗、突尼斯等许多地方充当特别记者，火线知识分子的派头十足；第五辑用了个不无反讽意味的题目——"专制主义的遗泽"（Legacies of Totalitarianism），谈的是马尔罗、阿瑟·库斯特勒、希特勒等或反对或推行专制主义的人物；第六辑叫Words' Worth，字面意思是"词句的价值"，当然是拿诗人华兹华斯的名字玩文字游戏，实则此辑也的确全是咬文嚼字的文章。

前些年，我还算《名利场》、《大西洋月刊》等杂志的忠实读者，说起来，我最想读的，有时甚至是唯一想读的，也就是希钦斯的专栏而已。事实上，希钦斯在这两个刊物上的文字与杂志的其他内容并不总能融合得好，《名利场》常常详细报道大族豪门的社交活动，而希钦斯会写些《何不食肉糜》（"Let Them Eat Pork Rinds"，刊于《名利场》2005年12月号）之类的讽刺文章，指斥高高在上者与社会实境的悬隔，《大西洋月刊》是特别"鹰派"的杂志，重头文章几乎都是唯恐天下不乱的语气，耸动视听，而希钦斯在上面的专栏专门谈文论艺，讲约翰生博士，讲伊夫林·沃，全不理那些纵论国际政治的策士之言。

进入《有待商榷》这本书的途径有许多条，像我这样之前已读过其中不少文章的，没必要栉沐焚香，正襟危坐从第一篇读起。实际上，我读的第一篇是游戏文章那一辑里的，因为那篇题目叫《全世界饮酒者，联合起来》（"Wine Drinkers of the World, Unite"）——用"饮酒者"替换"无产者"，一种狡黠的幽默就出来了。其中倒也并无惊人之论，不过是说餐厅里的侍应生或不识趣或怀机心，总要一个劲儿地给客人的杯子里添酒。希钦斯嗜酒在圈内是极有名的，他写道："不是每个人都像我这么喜欢酒。比如，许多女士每餐只饮一杯，甚至半杯。眼睁睁看着好好的酒倒入那些既没叫人加、又不想喝它的人的杯子，等到餐毕也未必会被抿上一口，我就心痛。"希钦斯的提议是："下回不管谁要打断你的话头，要帮你消费食物，要帮你的账单增加数字，你一定要非常礼貌但非常坚决地说，你真的不想。"此类文字，也许只限于抖搂聪明，不过，要是你了解希钦斯的性情、脾气，也会忍不住一笑。

这一辑中尚有一篇文章值得多谈几句，就是希钦斯在《有待商榷》的前言中号称是专研"口活儿的艺术与科学"（the art and science of the blowjob）的那篇，题目叫《跟苹果派一样富于美国特色》("As American as Apple Pie")。文章开头就引用小说《洛丽塔》中的一段对话,是洛丽塔告诉亨伯特别人让她见识了脏事儿,亨伯特问:"到底是怎么一回事?"洛丽塔回答:"疯狂的勾当,龌龊的勾当。我说我不干,我就是不打算和你的那些野蛮下流的男孩子(她满不在乎地用了一个不堪入耳的俚语词儿,照字面译成法文,就是 souffler)……"(主万译)希钦斯指出,法文词 souffler 相当于英文里的 blow(吹),它的过去分词被用来指一种法国甜品,在香港是音译作"梳芙厘"的。此后,希钦斯一路旁征博引,考察"口活儿"一词的来源与用法。我觉得有一则挺有意思,出自唐·德里罗的小说《地下》(*Underworld*):"艾茜告诉我,她参加一个派对,问一个男的,你们男人最想从女人那里获得什么,那男的说,口活儿,艾茜则说,从男人那里也能获得啊。"希钦斯指出,该词使用的最大突破发生在伟大的革命年月——"六九年",那一年,普佐出版了小说《教父》,菲利普·罗斯出版了小说《波特诺的抱怨》。《教父》那段的确很绝,是讲约翰尼·方檀跟他第二任妻子在床上合不来,因为他老婆实在太喜欢"69"式了,别的什么都不想做,他要想进,就只能硬上。结果,老婆总取笑他,外间风传他像孩子那样做爱。希钦斯写道:"地震啊!轰动啊!电话铃声响遍整个英语世界。约翰尼·方檀喜欢不喜欢且另当别论,那玩意儿到底是啥呀?……尤其要留意的是正常的性爱已经变得稀松平常、有点幼稚了,而口交突然成了真汉子的标志。"希钦斯认为,在电影《深喉》之后,口交在美国文化中成为流行的性爱方式,"跟苹果派一样富于美国特色"。他在文章结尾说,在别的国家,女孩了解你、喜欢你,才会为你做"那事儿",而在美国,它跟一个吻差不多了。

处理这类题材,本来算不得什么,但希钦斯的写法好处就在于没把它当一回事,写得风趣,腹笥亦足够广,有左右逢源之乐。希钦斯读书之多,在当代文人中罕见其匹,而且他没像一些学究那样把书读死了,他征引稍显生僻的文献佐证观点,看似信手拈来,毫无生硬之感,其实是相当考功夫的。他 2011 年 7 月谈基地组织的文章里竟引了蒲柏、乔叟,岂是俗儒可以梦见的?

二

2007 年,希钦斯出版了《上帝没什么了不起》(god Is Not Great,他自己写这个书名时,故意不把 god 的首字母大写)一书,这可能是他拥有最多读者的一部著作了,从此他作为激进的无神论者的形象深入人心。老实说,这本书写得不算坏,可也不算怎么好,希钦斯的文笔风格适合短的评论,不适合就一个论题铺张扬厉,扩展到一本书的篇幅;《上帝没什么了不起》不如理查德·道金斯那本《上帝的迷思》。况且,在破除宗教信仰中的迷信这一问题上,我一向认为,这事儿值得做,不过,它的意义不大——这事儿放到伊拉斯谟那时候做,是桩伟业,现在做,有点像"鞭死马"(to beat a dead horse),胜之不武。希钦斯大张旗鼓、针锋相对地与虔信者辩论,大有酣畅之态,我只惋惜未免挥霍了精力。《有待商榷》全书的第一篇，题为《建国之父眼中的上帝：启蒙的美国》("Gods of Our Fathers: The United States of Enlightenment")，就是伸张他的无神论的。希钦斯找出证据，证明美国的开国元勋如华盛顿、杰弗逊等都不真心信仰基督教的上帝。就事实而言，希钦斯所说固然不错，但此类实例的效用其实是不可恃的。假设——我们仅仅是假设——美国的国父们都是虔诚的信徒，那么，无神论的观点就站不住脚了？引重国父，不过是想借其威望而已，可是真理是无须借助世俗的声势来增加力量的，真理自有其力量，真理自有足够的力量。希钦斯写这种文章，其本意无可厚非，但若果细思之，恐仍不免标榜的嫌疑。

　　《有待商榷》的重头戏是评点文人，希钦斯写马克·吐温、索尔·贝娄、厄普代克的几篇都堪称书评的典范。评马克·吐温传记的一篇，一开头就可看出希钦斯过人的写作技巧：他先列出前人总结的传记写作的五条铁律，然后指出，被评的这本传记把每一条都打破了，可它还是挺好看！评厄普代克的随笔集《适当考虑》，是在有保留的称赞之余加以批驳，评厄普代克的小说《恐怖分子》，则是痛快地猛踩了。《论语》里说，乡愿，德之贼也，在我看来，厄普代克这样的作家，就算他早期写出过不错的作品，到了后来，也就渐渐成了文学之贼了，希钦斯指他的小说用一种平庸、俗套的观念歪曲现实，表面上是现实主义小说，实际上什么都不是，不过是乡愿庸见的折射而已。许多书评人都看出，希钦斯谈索尔·贝娄的那篇不无自况的意味，尤其是在政见方面。这是因为希钦斯跟索尔·贝娄一样，早年都一度被托洛茨基派思想吸引，后期则"向右转"，在政治上与新保守主义者互通款曲了。马丁·艾米斯在自传《经历》(*Experience*)中曾描写过他跟希钦斯在索尔·贝娄家吃晚饭的事，据艾米斯讲，在如何正确地看待当代的以色列这个问题上，希钦斯好好地给贝娄上了一课。艾米斯形容那是"纯粹理性的飞瀑急流、实打实的引经据典，间插着史实、高分贝的统计数据、嘹亮的条分缕析，那是克里斯托弗脑细胞的豕突狼奔"，可谓推崇备至。希钦斯在书评里倒是谦虚地说，事实不像艾米斯说的那么夸张。

希钦斯富于才情，据说酒后文思汩汩而出，不可抑止。不过，也有论者提出，他作品不免有所重复。严格说来，就像中国古代的诗人用僻典，一生之中是不该用第二回的，希钦斯引用、驱使的材料也以不重出为佳，但事实上甚难。我记得的重出的例子是，希钦斯在谈索尔·贝娄这篇文章中提到："埃里希·弗洛姆曾在纽约新学院讲授'对无意义的反抗'，我很好奇贝娄听说过或参加过这课程没有"。这是一种比喻性的说法，因为贝娄的小说中不乏对人生之无意义的思考。在希钦斯的回忆录 *Hitch-22* 里，他则写道："有一本关于社会研究新学院的回忆录——我本人有幸在新学院担任过短期访问教职——讲述了埃里希·弗洛姆曾在二战刚刚结束后讲授'对无意义的反抗'。我找不到这次讲演的哪怕只言片语，尽管我非常想知道它讲了些什么。"

三

2005年，英国的《展望》杂志和美国的《外交》杂志联手搞了一个"全球百大公共知识分子"的票选，希钦斯排名第五，超过了哈贝马斯这样的名家，这可能是他个人声誉的一个里程碑。2011年11月，乔治·伊顿（George Eaton）在英国的《新政治家》（*New Statesman*）杂志上发表评论认为，正当他声名达到前所未有的高度时，希钦斯却患上了恶疾，与他的密友如马丁·艾米斯、詹姆斯·芬顿、麦克尤恩、拉什迪等相比，希钦斯享大名算是晚的，而现在他的名气已经超过所有这些友人了，可悲剧就在眼前，不能不令人扼腕。

如果说现在回顾希钦斯的文笔生涯不算太早的话，那么我们可以有把握地说，他的人生分水岭就在他支持美国政府对伊拉克动武之时。希钦斯"右转"后，不少之前与他同属一个阵营的左派视其为"变节者"。对此，希钦斯有自己的看法，他在《有待商榷》的前言里区分了"反帝的左派"和"反专制的左派"，他显然认为自己属于后者。乔治·奥威尔是希钦斯一生叹赏不置的榜样，他认为自己继承的正是奥威尔的精神衣钵，他就是要做反专制的斗士。但很多人并不是这样看的，《有待商榷》出版后，英国的《卫报》很快就刊出了芬檀·奥图尔（Fintan O'Toole）措辞严厉的批评文章，奥图尔讽刺说，希钦斯在文章里提出基地组织对人类的威胁可能比希特勒或斯大林还大，说明希钦斯已经到了歇斯底里的边缘了。

在反对基督教和反对专制主义方面，希钦斯都流露出某种近乎狂热的倾向，这显而易见。政治上，我的看法可能是与希钦斯对立的，但是，我得承认，现在我对其政见的反感不如几年前强烈了。这并不是因为我的见解有什么变化，而只是因为我意识到，一个人的经历、所闻所见，会强烈地左右他的判断。假若我也像希钦斯那样一次又一次前往阿富汗、伊朗、黎巴嫩，我对专制的恨也许会更刻骨。希钦斯在《有待商榷》里讲述了他在贝鲁特的街头因冒犯宗教信仰者而被打得衣上见血，的士车窗外行凶者的眼神令他无法忘怀，我想，假若我也有过这样的遭遇，我恐怕也不容易对宗教持宽容的态度。我们都只相信自己看到的那个世界，奥威尔又何尝不是如此。

有人说，希钦斯不配与奥威尔相提并论，因为奥威尔真正去践行了自己的信仰，当他发现现实与他之前的认识不尽相同，他就转而忠实于他的新认识，而希钦斯不过是乘着直升机满世界做蜻蜓点水之旅的媒体人；奥威尔朴实高尚，希钦斯哗众取宠；奥威尔下笔极精确，希钦斯就不免夸饰。这些批评不无道理，但我们也应该看到，在这个时代，所谓公共知识分子若指望发挥一定的现实作用，总不免遭掣肘、被玷染，以完人姿态现于世人之前，不过是幻想而已。我不知道希钦斯算不算一个"好的""公知"，我只有一句恕词：他写得那么精彩，没有他，文字世界的光会减损一分。

《有待商榷》被《纽约时报》选为2011年非虚构类的十佳图书之一，这类荣誉对希钦斯本人来说或许已经没有什么意义了,但对我们有意义:好文章别让它白写了,让它被更多的人读到,让它在你的书架上留驻更久。

(原刊于2011年12月《天南》杂志)

杂 篇

两个康德和两个牛顿

张仲民先生《种瓜得豆：清末民初的阅读文化与接受政治》一书第三章讲"'黑格尔'的接受史"，其中举了一个挺好玩儿的例子：楞公编《万国名儒学案》，第一编"哲学学案"里有"黑智儿学案"，黑智儿即黑格尔；第二编"教育学案"中又收录了"希几学案"，这个"希几"还是黑格尔。张仲民先生评论道："这里对黑格尔的译法与前面截然不同，显示编者并未在编纂体例上下功夫，这样一本书很可能是东拼西凑的谋利之作"（第147页）。实际上，编者很可能并不知道黑智儿、希几是同一个人，对他来说，这些有着稀奇古怪名字的泰西名儒都太遥远、太陌生了，他们的生平事迹、著述成就之大略，除了当时中文报章杂志上东鳞西爪、一知半解的介绍，编者也无从知晓。因此，出了这样的差错，毫不奇怪。

读晚清的西学文献，尤其是辗转抄纂的通俗书，不时能撞见"两个黑格尔"这类现象。下面要说的就是"两个康德"和"两个牛顿"。

《海国尚友录》是一部晚清的"外国名人辞典",署"丹徒吴佐清澂父辑"。在卷五,有"康德"的条目,文曰:"日耳曼国人,生于我朝雍正三年,即西历一千七百二十四年,卒于嘉庆九年,即西历一千八百四年。哲学家之纯全者。"内容很简略,倒也清楚明白。然而,同样是在《海国尚友录》卷五,却还有一个条目,叫"坎德",文曰:"德意志国人。我朝乾隆之季,即西历一千七百七八十年间,著《永和论》及《性理书》而旁及公法。"显然,这里的"坎德"仍是康德,《永和论》应即康德名篇《论永久和平》("Zum ewigen Frieden")。不过,《论永久和平》的写作时间是1795年,不在"西历一千七百七八十年间",自然,有这点小疵可以理解。《性理书》也许是指1785年问世的《道德形而上学基础》等形而上学著作。看来对"坎德"的简介,源于《万国公法》在晚清流行的背景,更侧重康德学说中政治、法律的面向。或许,正因如此,编者没能把他跟"哲学家之纯全者"联系起来。

还有一部晚清"外国名人辞典",书名跟《海国尚友录》类似,叫《外国尚友录》,署"黟上张元辑"。该书卷六有"牛顿"条目,文字颇不短:

> 英国大哲学家及教〔数〕学家也。一千六百四十二年生。儿时不与群儿游,闭斋独坐,究心于学问,旁及器械学。其书斋白壁描几何学之图,或鸟兽草木,或天体。暇时,弄刀锯,切斫木屑为乐。盖性相习也。千六百六十一

年，入大学，修数学。一千六百六十四年，发现无穷数理。屈指数学者，牛顿见世最早，故名轰世界。越一年，流行病作，避居古乡。读罢偶散步于庭，庭栽果树，其果无端自落，甚讶之。极究其落之原因，心自相商曰：何故落？曰：重故。曰：重，则不旁落不横出，何独直坠于地耶？沉思既久，恍然曰：以地心有牵引故。经此空前绝后之发明，始知地球之运动，月之出没，潮之高低。此学乃震动世界。发此引力之理，古今无敌，群赞为大学者。一千六百六十六年，研究光学，发见光学中之七色并色与色之关系，著为讲义，乃称杰作。全世界中皆纷纷称大学者，而其言貌慈善如妇人女子。平生无怒容，尤为难得。千七百二十七年殁。

这段记述，基本准确，在当时可谓难得。不过，紧接着"牛顿"一条，还有一个"牛董"，让我们看看它说了什么："英吉利人，理学之大家也。终身不娶妻。盖牛董自少好学，除食眠[眠]外，勉强不息。中年事务纷繁，交游浩多，亦不暇思伉俪也云尔。"这段记述挺有意思，它没从"理学之大家"的功业成就出发，而是着眼于他的私生活，对其"终身不娶妻"似乎有些惊异乃至赞赏。自然，这个"牛董"也还是牛顿。牛顿终身未娶，还有传言说，他到死都守着处男身，我非科学史专家，不知其详。由于这段文字的焦点全在娶妻与否上头，只字未提苹果从树上掉下来之类的轶事，也就难怪编者"相见不相识"，没能把"牛顿""牛董"勘定为一人了。

张仲民先生评论"两个黑格尔"现象，说："有意思的是，这类粗制滥造的西学书，却给时人提供了便捷易得的西学读本，对于时人了解包括黑格尔哲学在内的西方哲学很有助力。"（第147—148页）我倒没这么乐观。我不觉得当时的读者看了"坎德""牛董"之类的简介会对康德、牛顿的学说有丁点儿真知。说白了，这些外国人名，从绝大多数晚清人的眼前掠过，皆如水过鸭背，是留不下什么印迹的。本来，我们也不该指望那么粗略的绍介会真的增进人们对西学的了解。不如说，这些东西，就是西学的毛毛雨，与西学之渊深无关，尽管我们也不否认它可能起到了那么一丝丝浸润的社会效应。其实，就算今天，中国媒体上流行的诸如德里达、齐泽克一类的名字，又跟他们的著作、学说有多大关系呢？不过是又一场西学的毛毛雨罢？

（原刊于2018年6月12日《南方都市报》）

高濑武次郎与郑孝胥

近年兴起"王阳明热",有两家出版社分别翻译出版了高濑武次郎(1869—1950)的《王阳明详传》。不过两家出版社介绍作者身份,都称他为"东京大学博士、教授",却是不对的。高濑武次郎是京都大学的文学博士,之后历任京都大学助教授、教授。高濑的阳明学研究颇有名气,海老田辉已在《阳明学对日本近代文学的影响》(收入《日本人与阳明学》,台海出版社2017年版)一文中曾提及,高濑武次郎与东敬治、山田准一起被尊为明治时代日本阳明学界的"三羽乌"(日语名词,相当于汉语的"三杰")。

高濑武次郎治中国学问,还喜欢写汉诗。1935年,他的汉诗集《鼓腹集》出版,发行者为"洗心洞文库"。"洗心洞"是高濑教学之所,这本汉诗集应该是他自印的,可能也因此流传并不广。今年2月,我读到《鼓腹集》,发现集中诗作涉及日本汉学人物极多,也颇有几首与中国文人、学者如罗振玉、傅铜、钱稻孙等相关,其中,关于郑孝胥的尤多。后翻检《郑孝胥日记》，知高濑武次郎与郑孝胥的交往虽算不上密切，但为时甚久。这种文字之交，在近代中日文化交流上尚有一定代表性。因稍加排比，将两人的文字往来历程略述如下。

1913年，郑孝胥在上海过着遗老生活，但与日本人来往密切。《郑孝胥日记》记载，1913年9月28日，"西田（耕一）及高濑武次郎来。高濑为文学博士，今将赴德国留学，求余为书《论语》四子言志章。"这应是高濑武次郎与郑孝胥的初次见面。1913年9月30日，郑孝胥"为高濑武次郎书四子言志章"。1913年11月18日，《郑孝胥日记》记："高濑武次郎自印度锡伦寄明信片来，谢为书《论语》。"

1914年7月19日，《郑孝胥日记》记："宗方及增田、高赖同来，约明日往日本俱乐部。"检《宗方小太郎日记》，当日记载只说"午后与增田访姚文藻、郑孝胥"，并未提及"高赖"，次日记载俱乐部宴会参加者，亦无其名。此"高赖"是否即高濑武次郎，存疑。1914年8月3日，"西本来，携高濑武次郎所得长生未央瓦当拓本示余，乃篠琦砖轩所藏，求为跋之"。1914年11月5日，"复高濑武次郎伦敦书"。

1915年8月10日，"日本高濑武次郎惺轩致明信片及一诗，告于三月二十五日自美国归国；余复书，并答诗曰：'方君游学大蒙日，正是玄黄龙战时。莫羡空桐与丹穴，太平仁术试维持。'《尔雅·释地》：四极大蒙即蒙汜；又曰，太平之人，仁"。郑孝胥诗中"大蒙"一词，本指日落之处，这里借指欧美。1914年，第一次世界大战爆发，"玄黄龙战"指此。《鼓腹集》

中有 1915 年《归朝偶题》诗，诗序云："余自明治四十五年二月末至大正四年三月末，三年间，游学于清、独、英、米之四国矣。到处战乱勃发，而有血飘杵之惨。三月二十五日，无事归洛，喜而赋所感。"可与郑诗对读。高濑武次郎留学期间，途经印度、英国，还不忘寄信给郑，可见他对郑孝胥是很尊重的。郑孝胥亦写诗相赠，二人交谊渐深。

1928 年 9 月 18 日，郑孝胥出发开始访日之旅。1928 年 9 月 22 日，郑孝胥到达京都。24 日，《郑孝胥日记》记："访高濑武次郎，晤其友须贺龚。"《鼓腹集》中收录了当天高濑武次郎写的一首《迎郑苏戡先生》："当年高蹈卧南阳，为写孔门言志章。再会水明山紫地，真知点也咏归长。"诗前小序云："九月二十四日，郑孝胥先生来访。令息及福田宏一君随焉。蓬城须贺君亦会。大正二年（1913 年）余访先生于上海南阳里，时先生为余书《论语》言志章。"《论语·先进》篇记孔子和子路、曾晳、冉有、公西华四个弟子"言志"，孔子叹曰："吾与点也。"当年郑孝胥为高濑武次郎抄写的就是这一段。十五年后，二人重逢于京都，追忆了往事。1931 年出版的《郑孝胥苏龛先生东游诗篇》一书中收录了一首《和高濑武次郎博士》，诗云："莫议众山与紫阳，且穷义理后辞章。空谈心性真何益，欲就惺轩论短长。"显然，这首诗用的就是《迎郑苏戡先生》原韵。其中"惺轩"是高濑武次郎的号。1928 年 9 月 25 日，《郑孝胥日记》记："高濑武来答拜。"1928 年 9 月 30 日，郑孝胥"至圆山公园左阿奶家，狩野、内藤、近重、铃木皆至；顷之，高濑亦至"。

1932年3月9日，郑孝胥被任命为伪满洲国"国务院总理"。《鼓腹集》有一首《赠满洲国务总理郑苏戡先生》，为1932年3月16日所作，附注曰："名孝胥，字太夷，号苏戡。清代为布政使，立逆境而奉仕宣统帝矣。"诗云："忠节持身七十年，救民素志老逾坚。天开日月生丞相，创业英名远近传。"这是肉麻的吹捧诗，也说明高濑武次郎这种汉学家对日本扶持伪满洲国的阴谋是没有什么认识的。《鼓腹集》附录中有郑孝胥一诗《敬和惺轩先生元韵》，署日期"壬申年二月二十九日"，诗云："龙蛇起陆几何年，邪说横流道未坚。为国若能崇礼让，始知孔孟有真传。"值得一提的是，这首虚伪地宣扬"孔孟之道"的诗，未收入《海藏楼诗集》（上海古籍出版社2013年12月增订本），是一首集外诗。

《海藏楼诗集》1933年的诗作中有一首《和高濑武次郎》，诗云："圣学千秋久舍藏，救时深切信奇方。欲凭《论语》平天下，半部谁怀一日长。"高濑的原诗未见。

1934年3月21日，郑孝胥再次出访日本。4月10日，郑孝胥在京都，《鼓腹集》有两首诗是关于郑孝胥的：《迎郑特使》诗云："别后三天望沉涯，遽闻肇国建皇家。洛阳再会奉春景，钦仰高情美似花。"序云："四月十日，欢迎满洲帝国访日修好特使郑苏戡先生入洛。"《郑特使谒汤岛圣堂》："扶桑春色喜迎君，处处樱花似白云。修聘既完还谒庙，真知夜起护斯文（郑氏号夜起庵）。"诗前注云"次节山博士韵"，"节山博士"指日本汉学家盐谷温。1934年这次访日之旅，郑孝胥或因事务繁忙，日记中并未记下高濑武次郎的名字。此后两人是否还有过鱼雁往来，不详。

高濑武次郎是阳明学者、汉学家，思想其实是平庸的。周作人在《排日评议》(收入《谈虎集》)一文中曾说："日本除了极少数的文学家美术家思想家以外，大抵是皇国主义者，他们或者是本国的忠良，但决不是中国的好友。"这说法相当精辟。高濑武次郎恐亦是"皇国主义者"之流，他跟郑孝胥在尊孔读经方面声气相求，绝非偶然。

(原刊于2019年4月9日《南方都市报》)

傅秉常与帕斯捷尔纳克

一位是上世纪四十年代中期中国驻苏联大使,一位是凭《日瓦戈医生》获得了诺贝尔文学奖的著名小说家、诗人,这两位名人,竟然在生活中有过交集,甚且"一见如故""极为相得",这恐怕是我们以前从未听闻过的。

2017年6月,社科文献出版社出版了《傅秉常日记(1943—1945)》简体字版。虽然从2012年开始,该书繁体字版就陆续在台北按年分卷出版,但可能这个新的版本才有了相对广的读者。正是在傅秉常的日记中,我们发现了关于鲍里斯·帕斯捷尔纳克的记述。

傅秉常驻苏联大使的任期,是从1943年1月到1949年4月。帕斯捷尔纳克的名字第一次在傅秉常的日记中出现,是在1945年1月21日。但推究他们二人相识的机缘和背景,却要从1945年1月2日的日记说起。傅秉常写道:

> 上午十一时,英记者 Alexander Werth 及 Majorie Shaw

来,与之偕同胡随员至郊外汶斯公路旁之 Peredelkino 村 Afinogenova 之别墅。环境极佳,虽在深冬,而积雪盈尺。窗外远望,地天一色,园内松林苍翠,铺以银花,我国内不易得之佳胜。主人款待甚殷,渠夫婿本为名作家,剧本盛行一时,对德抗战,疏散至古比雪夫,因返莫为其夫人取衣裳被炸死,遗下老母及儿女,尚有遗腹之女,现已两岁。渠本美国籍,曾现身舞台,知识甚高,故在此区一带,与名作家异常相得。别墅亦甚佳,共有大房十余间,书楼亦好,花园甚大……茶点后,同出附近游览风景……有小高坡,成天然之滑冰场,余等以其女孩带来之小雪车,由上滑下,久试始能,虽频翻滚,然亦佳运动。三时返别墅,主人复备午餐,餐毕已五时,天已齐黑,余等遂兴辞而返。

日记中提到的 Peredelkino 村,现译别列捷尔金诺村,这也是帕斯捷尔纳克别墅的所在地。女主人 Afinogenova,即阿菲诺根诺娃,她的丈夫是亚·尼·阿菲诺根诺夫(1909—1941),苏联剧作家,1941 年在卫国战争中牺牲。帕斯捷尔纳克夫妇,与阿菲诺根诺夫夫妇相熟。帕斯捷尔纳克的夫人在回忆录《吉娜伊达的回忆》(高韧译,收入《追寻》,花城出版社 1998 年版)中曾说:"我们和阿菲诺根诺夫一家很要好。"

傅秉常与阿菲诺根诺娃结交后,多次到其别墅拜访。傅秉常 1 月 21 日的日记中写道:

> 今日在 Afinogenova 夫人之别墅宴苏联诗人巴斯敦诺 Pasternak、作家伊凡诺夫 Ivanov 夫妇、Ikutsk、作家 Neeling 夫妇，及名导演 Tess 夫妇，请彼等吃火锅，异常欢洽，极言中苏之文化，余觉此种文化之接触，于中苏友谊关系异常重要者也。巴诗人情性和蔼，能英语，与之言及梅兰芳之死（疑为"艺"之讹——引者按），及中国旧戏剧种种，彼极感兴趣，谓不图在一外交官得此种知识。

这就是傅秉常第一次见到帕斯捷尔纳克的情形。傅秉常毕业于香港大学，英文娴熟，他与帕斯捷尔纳克想来是用英语交谈。他们聊的话题是京剧。

到了3月25日，傅秉常又一次拜访阿菲诺根诺娃，日记中写道：

> 上午十一时，偕胡随员赴阿夫人别墅，将李译中国诗五十首送巴斯顿诺 Pasternak，并与谈中国诗格及诗之源流。彼谓将著世界诗之源流，盼余对中国诗方面予以资料。彼为苏联近代最有名之诗人，性情和蔼，对唐诗研究不少，与余一见如故，余亦甚乐与交游。今早彼与阿夫人处发生一不快事件，盖小姐年只九岁，巴君之仆妇与之口角，阿夫人出视，该仆妇出言不逊，巴君甚为难堪，薄责之，而该妇竟大事咆哮，立即出门。连日巴夫人因其子久患骨 TB，往莫斯科，是以此妇若去，巴君极不方便，故该妇能

以此要挟，巴君气极，几至晕倒。在苏联佣人之坏，大约世界各国所无者也。

这里记述了两件事，一是傅秉常与帕斯捷尔纳克谈唐诗，二是帕斯捷尔纳克的女仆无礼。关于后者，帕斯捷尔纳克夫人在《吉娜伊达的回忆》中曾提到1943年6月他们夫妇回到莫斯科后，再去别列捷尔金诺，那里有个"留守别墅的保姆马露霞"（《追寻》，第115页）。傅秉常日记中所谓"巴君之仆妇"，也许就是这位马露霞。帕斯捷尔纳克夫妇的儿子阿吉克，得了骨结核，当时已病得很重，不久就去世了。

1945年5月2日，傅秉常又拜访阿菲诺根诺娃。日记中记：

> 上午十一时半，往阿夫人之别墅，诗翁Pasternak亦在，与之畅谈，彼赠余英译彼之作品，谓均系其壮年作品。后政府欲其改变作风，写宣传政治之作，彼觉不能办，是以专从事于翻译工作，然并非本人所愿。又谓诗人须有深刻之感受及观察，并有高尚之理解，始有佳作，否则只吟风弄月，将于世无补，斯亦下乘耳。彼与余谈，极为相得，其夫人派其幼子来请其返家，第四次始不得不离，诚异乡之知己也。

上世纪四十年代初，帕斯捷尔纳克致力于翻译莎士比亚的剧本，傅秉常说他"专从事于翻译工作"指的就是这个。"然并非本人所愿"，道出诗人的实情。

从上面的日记内容看，作为外交官的傅秉常与诗人帕斯捷尔纳克建立友好的关系，他们谈诗论艺，颇为相得。至于是否达到傅秉常自己以为的"异乡之知己"的程度，因为尚无帕斯捷尔纳克一方的看法作为参考依据，所以不容易判断。不过，或许可以说，傅秉常搞的民间外交、文化外交，应该算是成功的。

由于傅秉常的日记目前只整理出版到1945年的，现在我们所能看到他对帕斯捷尔纳克的记述只有以上这么多了。他此后的日记中很可能还有关于帕斯捷尔纳克的内容，进一步的研讨，且俟诸异日。

（原刊于2017年11月14日《南方都市报》）

那些不存在的书

——二十世纪六十年代前期外国文学译介出版史料一束

还没到真正万马齐喑的时候。书还是照样出：革命的、社会主义阵营的、亚非拉兄弟的，品种并不算很少。西方经典文学，傅雷翻译的巴尔扎克，跟高尔基一起，也还在印。译介外国文艺作品的主力，在上海，是上海文艺出版社；在北京，则为人民文学出版社及作家出版社——当然，两家其实是一家，后者不过是前者的另一块牌子。

2013年，得到一批人民文学出版社出版外国文学图书的档案材料，时间上，从1961年年中到1964年年底，依次为：

《日本现代文学作品选题计划（草案）》、《西亚非洲现代文学作品选题计划（草案）》、《拉丁美洲现代文学作品选题计划（草案）》（油印，分别为5页、5页、7页，1961年年中）

《翻译和出版外国现代政治、学术重要著作选题目录（草案）》（铅印，46页，1963年1月）

《外国文学编辑部1964年6—12月出书计划》(复写,大开,两份,分别为3页、4页)

《人民文学出版社1961—64年出版外国现代文学情况》(复写,16页)

这些材料,加到一块,刚好呈现了人民文学出版社在"文革"前的几年所做译介工作的大体样貌。完整自然说不上,但有价值的内容是颇不少的,不仅出版社内部的运作情形,政治的气候、主事者的好尚、出版后的反响,都不无体现。

相对于已刊书的全目,我更关心那些由于种种原因最终未能成书的选题。《马太福音》里不是说了么:"一个人若有一百只羊,一只走迷了路,你们的意思如何。他岂不撒下这九十九只,往山里去找那只迷路的羊么。"当然,我并没得着寻获那一只迷羊的欢喜,而只是知道了它的一点线索,却也聊慰吾怀了。有那样一些好书,起初不无存在之可能,而终于不存在,这怎么都不该算是个人的遗憾,而是时代的失落。时代此外失落的东西也太多了,似乎不差这一点点,而独惜这一点点,盖因"情之所钟,正在吾辈"罢。

日本、西亚非洲及拉丁美洲的这三份现代文学作品选题计划,未标明拟定的具体时间,不过,当中都提到"准备从现在起到63年年底两年半的时间内实现这个计划",推算起来,应是1961年年中制定的了。

《日本现代文学作品选题计划（草案）》"说明"部分前四条云：

（一）日本文学作品我社已出二十五种，其中古典作品四种，现代作品二十一种。已出的现代作品，主要是日本重要革命作家的多卷集（如小林多喜二、宫本百合子、德永直等），所以很不全面，如藏原惟人、中野重治等的论文和作品，至今还没有介绍。至于日本当代其他各派的主要作家，如野上弥生子、石川达三等人的作品，则更没有翻译出版。

（二）这个选题计划暂定现代作品十八种（古典作品选题计划另订），为了广泛团结日本当代作家，并了解日本当前文学的概貌，拟在两三年内着重介绍各派主要作家的较有代表性的作品。

（三）这十八种作品，从体裁方面来看，合集三种，理论三种，长篇小说三种，中短篇小说九种。从流派来看，革命及进步作品六种，资产阶级作家作品十二种。

（四）这十八种选题计划中，已付型的一种，已交稿的一种，已约稿的六种，有十种尚未组稿。但我们打算抓紧这项工作，准备从现在起到63年年底，两年半的时间内实现这个计划。凡内容有些问题的作品，发行时拟予以控制。

选题开列的十八种分别为：《战斗的日本》（以"新日本文

学会"编选的《反对"安保"诗集》为基础编选的日本反美斗争诗选)、《日本现代短篇小说集》("约四十人,每人一、二篇。其中有的是老作家,如正宗白鸟、野上弥生子、中野重治、川端康成、石川达三等;有的是目前比较活跃的年轻作家,如有吉佐和子、大江健三郎、开高健等")、木下顺二《夕鹤》、村山知义《死海》、森本薰《女人的一生》、真山美保《马五郎剧团》、《藏原惟人文学论文集》("包括《新日本文学的社会基础》、《关于无产阶级文学运动的评价问题》等论文共十六篇")、《宫本显治选集》、手塚英孝《小林多喜二评传》、中野重治《肺腑之言》("描写三十年代末期日本一群青年知识分子的生活和思想。自传体小说之一,1955年出版,约二十万字")、山代巴《板车之歌》、石川达三《人墙》,接下来是九位作家的名单:野上弥生子、广津和郎、阿部知二、芹泽光治良、西野辰吉、宇野浩二、井上靖、大江健三郎、开高健,后附按语:"以上九人,有的是老作家,有的是青年作家,在日本文学界比较活跃,拟各出一种长篇(中篇)或一本短篇小说集,选题尚未确定"。

这十八个选题,据我所知,在六十年代实际出书的,只有五种:木下顺二《夕鹤》(中国戏剧出版社1961年版)、手塚英孝《小林多喜二传》(作家出版社1963年版)、山代巴《板车之歌》(作家出版社1962年版)、西野辰吉《晨霜路上》(作家出版社1966年版)、井上靖《天平之甍》(人民文学出版社1963年版)。至于规模颇大的《日本现代短篇小说集》选题,大概就是1980年外国文学出版社出版的《日本当代小说选》(上下册)的前身(外国文学出版社是人民文学出版社的副牌,专门出版外国近现代文学,成立于1979年6月)。1983年云南人民出版社出了一个石川达三《人墙》的译本,也许与此译介计划并无关系。

其中所列作家,中野重治、阿部知二两位,五十年过去了,仍无一本正式的专书译介过来。中野重治反映日共领导层内部分歧的长篇小说《甲乙丙丁》,"文革"中曾有节译本,以内部小册子的形式铅印过,然绝罕觏,非一般读者所能知见。

我感到遗憾的是《藏原惟人文学论文集》一书,篇目都定下了,却终究没能出版。藏原惟人的理论底子厚,他的文章我一向爱读,可惜,从《艺术中的阶级性与民族性》(文之译,上杂出版社1953年版)以降,他的著作就再没翻译出版过了。

手上这批材料据云是郑效洵先生身后散出的。六十年代初,郑效洵任人民文学出版社总编室主任,主持外国文学的出版工作。郑先生在草案稿上偶有批注,如在《藏原惟人文学论文集》、《宫本显治选集》两条选题下用红笔注明:"选目征求意见?本人为日共负责人。"宫本显治倒是没问题,从1958年7月当选为日共中央委员会总书记,之后在任十二年。藏原惟人就麻烦一点,1961年7月,他在日共第八次代表大会上被解除了文化部长和《前卫》杂志总编辑职务。这一变故,很可能会影响到选题罢。不过,在1964年和1966年日本共产党第九次和第十次代表大会上,藏原惟人又再次当选为中央政治局委员,并再次出任文化部长。这又是无法逆料的了。不管怎么说,藏原和宫本的文艺文选最终都没出成。如今怕没谁在乎他们的名字了,成为历史之陈迹,势所必至。

郑效洵用铅笔在页边所做批注,有一条是"藤森成吉戏剧选 夏衍等 廿万",当为增加《藤森成吉戏剧选》这一选题,译者夏衍等,篇幅在20万字左右。还有一条注在中野重治《肺腑之言》旁,云"中野短篇集(初春的风等)",《初春的风》是中野重治的名篇,这条是说可以在长篇小说《肺腑之言》之外再出一本中野重治的短篇小说集。不用说,这些后来都落空了。倒是尚有一条写在后面空白处的,说"《新娘子和一匹马》,中篇小说。江口涣,这次访华的日本作家代表团团长"。这本《新娘子和一匹马》1964年由作家出版社出版了,译者张梦麟,曾参与《宫本百合子选集》的翻译。

《西亚非洲现代文学作品选题计划(草案)》"说明"部分第二、三条云:

(二)计划中选择介绍的重点,是进步作家的反帝反殖民主义作品(古典作品选题计划另订),但为了团结更多的作家,以及帮助国内读者了解西亚非洲各国的文学发展情况,也适当列入了一些重要作家的、内容并不涉及反帝斗争的作品,如塔哈·胡赛因(阿联、埃及)的《日子》,米哈依尔·努埃梅(黎巴嫩)的《短篇小说集》。另外,也列入了几种白人作家写的、在一定程度上反映了非洲现状的作品,如南非的《插曲》和《让这日子毁灭吧》。

(三)计划中的十七种书。已付型的二种,即将付型的一种,即将发排的一种,已译完的二种,已组稿的四种,未组稿的七种。预计在从现在起到63年底两年半的时间内可以出齐。凡内容有些问题的作品,发行时均拟予以控制。

事实证明,这一计划中多数此后都出版了,也许政治上没问题是主要的因素。有些书,出版时名字换了,比如尼日利亚作家阿契贝的《瓦解》(作家出版社1964年版),在选题计划里叫《生活在瓦解》;塞内加尔作家桑贝内·乌斯曼《神的儿女》(作家出版社1964年版),在选题计划里叫《上帝的孩子》(是嫌"上帝"二字不中听?)。

也有没出版的,如选题第八条:"(黎巴嫩)米哈依尔·努埃梅短篇小说集'叙美派'老作家,作品主要反映资本主义社会贫富悬殊的不公平现象"。这位"努埃梅",现多译为努埃曼,后来有三部作品译为中文,但都是在八十年代后了,而且并没有一本短篇小说集。再如第十七条:"(南非)杰拉德·戈登:让这日子毁灭吧(小说)。作者是南非白人,描写南非黑白混种人的悲惨遭遇"。这部小说从未见出版。

《拉丁美洲现代文学作品选题计划(草案)》"说明"部分第二、三、五条云:

二、这个选题计划,包括十三个国家二十三位现代作家的二十四种作品(古典作品选题计划另订)。其中墨西哥两种,危地马拉一种,巴拿马一种,古巴三种,委内瑞拉两种，厄瓜多尔两种，秘鲁两种，玻利维亚一种，巴拉圭一种，智利三种，阿根廷两种，乌拉圭两种，巴西两种。

三、这二十三位作家中，除五位已故外，余均健在。他们在拉丁美洲现代文学界大都有一定成就和一定声望，有一些作家还有国际声誉（如聂鲁达）。他们的政治倾向，基本上是进步的，有几位是著名民主人士（如伽叶古斯）。

……

五、这个选题计划的二十四种作品，有六种已经交稿，有十四种已经约稿，有四种尚未组稿。准备从现在起到63年底两年半的时间内出齐。

拉丁美洲的这二十四种作品，有一部分按计划出版了，比如秘鲁作家塞萨·瓦叶霍"描写美帝垄断企业钨矿公司对秘鲁工人的剥削和压迫"的小说《钨矿》（作家出版社1963年版）、智利诗人聂鲁达"歌颂古巴革命的新诗集"《英雄事业的赞歌》（作家出版社1961年版）。但也有不少是当时并未问世的，比如委内瑞拉作家伽叶古斯（后来改译为加列戈斯）"反映拉丁美洲封建大庄园制度的黑暗"的小说《堂娜芭芭拉》，中译本1979年才由人民文学出版社出版，而危地马拉作家阿斯图里亚斯"讽刺抨击拉丁美洲独裁统治者"的小说《总统先生》则是外国文学出版社于1980年出版的，有可能属于"文革"前就已约稿的那一类。

还有一些从未出版。选题第六条："（古巴）阿莱霍·卡彭铁（1904— ）：诗集。作者系古巴当代著名诗人"。卡彭铁尔的作品，现在颇受文学爱好者的欢迎，但并没有专门的诗集出版过。再如选题第二十三条："（巴西）若热·亚马多（1912— ）：《自由在地下》（小说）。描写巴西人民的反帝反封建斗争"。亚马多的作品，在六十年代之前和八十年代之后，都曾大量译介，不过，这部《自由在地下》却未见出版。选题第十六条是聂鲁达的《平凡的歌》，注明"作者的新诗集"，这本书没有问世。事实上，在《英雄事业的赞歌》之后，聂鲁达作品的译介就停止了，再次出版，已经是八十年代初的事。何以如此？当然是因为聂鲁达访华后，由"红"转"修"，在政治上，成了敌人了。

二十世纪六十年代前期，人民文学出版社外国文学译介出版的日常工作由郑效洵先生主持。而他身后散出的这组史料中，内涵最丰富的，要数《翻译和出版外国现代政治、学术重要著作选题目录（草案）》这份1963年1月铅印的材料。当时国际思想斗争的种种动向，在这份材料都有反映，不过本文不拟涉及政治、哲学、经济、历史等等，只谈文学类著作。

文学类著作在此选题目录中占从第29页到第39页的十一页篇幅，涉及书目共八十三种。其中，苏联哲学研究所和艺术史研究所编著的《马克思列宁主义美学原理》和中国社会科学院文学研究所编《现代美英资产阶级文艺理论文选》两种，在该选题目录中，即标明"已出版"。另外，《加里宁论文学与艺术》、《日丹诺夫论文学与艺术》两种，原目录中写的是"已在编译"，而郑效洵先生的批注将之改为"已出版"，实际上，《加里宁论文学与艺术》由人民文学出版社于 1962 年 8 月出版，《日丹诺夫论文学与艺术》由人民文学出版社于 1959 年 6 月出版，都在选题目录草案封面所题的"一九六三年一月"之前。可知此目录拟定较早，汇总时没有及时更新相关信息。

除去已出版的四种，所余七十九种，最终在六十年代成书的极少。舍苏联的文艺论著不论，据我所知，出于资本主义国家评论家之手的著作，只有两种随后得以出版：一是现代文艺理论译丛编辑部编《勒菲弗尔文艺论文选》（作家出版社 1965 年 8 月版），一是周煦良等译《托·史·艾略特论文选》（上海文艺出版社 1962 年 1 月版）。

现将全部书目依原来次序抄录如下：《高尔基论文学》、《卢那察尔斯基论文学与艺术》、《沃洛夫斯基论文学》、《加里宁论文学与艺术》、《日丹诺夫论文学与艺术》、《季米特洛夫论文学、艺术与科学》、《库恩·贝拉论文学与艺术》、《里瓦依·尤若夫论文学与艺术》、《伏契克论文学与艺术》、《宫本显治论文学与艺术》、《藏原惟人论文学与艺术》、《马雅可夫斯基论文学与艺术》、《法捷耶夫论文学》、《阿·托尔斯泰论文学》、《革拉特柯夫论文学》、《马卡连科论文学》、《绥拉菲莫维奇等论文学》、《贝希尔论文学》、《布莱希特戏剧论文集》、《尼耶德里论文学》、《小林多喜二论文学》、《德永直论文学》、《宫本百合子论文学》、福克斯《小说与人民》、《考德威尔文学论文集》、汤普生《马克思主义与诗歌》、《威斯特文艺论文集》、旭恩·奥凯西《绿色的乌鸦》、《高尔德文艺论文集》、《芬克尔斯坦文艺论文集》、《约·霍·劳逊文艺论文集》、《爱伦堡文艺论文集》、《卢卡契文学论集》(二卷)、《维德马尔文学论文集》、《季赫尔文学论文集》、杨·柯特《神话与现实主义》、《路易·阿拉贡文艺论文集》、《勒菲伏尔文艺论文集》、《法斯特文学论文集》、《阿布施文艺论文集》、《库莱拉文艺论文集》、《汉斯·考赫文艺论文集》、《托多尔·巴夫洛夫文艺论文集》、《茹尔凯夫斯基文学论文集》、罗日·加罗迪《掘墓者的文学》、《阿诺德·凯特尔文学论文集》、《中野重治文学论文集》、《野间宏文学论集》、吉尔勃和孔恩《美学史》、雷德尔《现代美学》(文选)、考夫曼《存在主义：从陀斯妥也夫斯基到萨特》、《现代美英资产阶级文艺理论文选》、艾·路·庞德《论文集》、托·史·艾略特《文学论文集》、"新批评派"和美国"南方学派"文学论文选、"神话仪式学派"文学论文选、"自由主义学派"文学论文选、欧文·白璧德《文学论文集》、"心理分析学派"文学论文选、英国"愤怒的青年"派文学论文选、里朋《神圣的野蛮人》、格·希克斯《伟大的传统：对内战以来美国文学的一个解释》、维·弗·卡尔佛顿《论文集》、艾·威尔逊《论文集》、菲利普·拉夫、威·菲利普斯《论文集》、麦克斯·伊斯特曼《诗的欣赏》、西·台·路易斯《论文集》、斯悌分·斯本德《论文集》、维·派灵顿《美国思想主潮》、威特《1900—1932间美国文学中的人道主义论争》、玛胡德《诗歌与人道主义》、萨特《论文集》、安德烈·马尔洛《论文集》、莫里斯·纳多《超现实主义文学史》、"新小说"派文学论文选、"瑞士学派"文学论文选、佐佐木基一《文学论文集》、《苏共关于文学艺术问题文件集》、《匈牙利党关于文学艺术问题文件集》、《东欧其他社会主义国家党关于文学艺术问题文件集》、苏联哲学研究所和艺术史研究所《马克思列宁主义美学原理》、苏联高尔基世界文学研究所文学理论和美学组《文学原理。从历史阐释的基本问题。形象—方法—性格》(原文如此——引者注)。

这份单子，特别令人兴叹。首先是，拟定选目的人视野极开阔，触觉极敏锐，当时世界文艺思想的重要流派、重要人物，几乎都关注到了。其中有些选题是到八十年代才成书的，如《卢卡契文学论文集》(二卷，中国社会科学出版社1981年版)。又如"瑞士学派"文学论文选一条下注明："从下列作者的著作选译：魏尔里：《文艺学概论》。凯塞尔：《语言的艺术作品》(1939)、《谈人的真实——德国文学中的一个概念的演变》(1957)。斯达依格：《作为诗人的想象的时间》(1939)、《十九世纪德国杰作》(1943)、《诗学的基本概念》(1946)、《音乐与诗》(1947)"。我们知道，沃尔夫冈·凯塞尔《语言的艺术作品》中译本是上海译文出版社1984年出版的，而埃米尔·施塔格尔《诗学的基本概念》则是中国社会科学出版社于1992年才翻译出版，去选目拟定之时将近三十载矣。

不唯时光蹉跎，兼且令我们彻底失掉了了解一些人物、流派的契机。比如日本的中野重治、野间宏，又如英国的西·台·路易斯、斯悌分·斯本德，到现在也没有一本他们的评论集译介过来。而他们活跃的那个时代又好像一去不返了，这就再没有了译介的理由。这简直是无从弥补的空白。我们今日文艺识见的苍白与贫乏未必不能从这种地方找到远因。

在庞德《论文集》一条下注明："庞德，是所谓'意象派'颓废诗歌和理论的首领，强调所谓'准确的意象'。从以下著作中选译：《罗曼史的精神》（1910）、《读诗ABC》（1934）、《文学论文选》"。这段说明文字其实袭自袁可嘉等编译的那本《现代美英资产阶级文艺理论文选》（上下编），实际上，这份选题目录草案中的英美部分皆脱胎于《现代美英资产阶级文艺理论文选》。即使现在，我也敢说，《现代美英资产阶级文艺理论文选》是中文世界里针对二十世纪前半期英美文学批评的最佳选本，只是因为印量甚少，遂使它未能泽及后学，书的命运之乖蹇有如此。

人民文学出版社的《外国文学编辑部1964年6—12月出书计划》共两份，一份显然是待改定的草稿，一份则为增订修正后的改稿。前者称"初步拟订为80种，15,013千字"，后者称"88种，15,348千字"，在数目上有所增加。

出书计划中明确开列了每种书发稿、发排、初校、付型、印装的情况，对了解人民文学出版社当年的出版流程很有帮助。事实证明，有些书的确是按计划出版了，但也有些就延后或干脆不出了。如《日本的黑雾》一书，在计划中写着"6/6发排，初校付型"，并注明"急件书，作者9月来我国访问，8月出"。然而，松本清张这部小说在人民文学出版社的实际出版时间是

1965年9月，也就是说，比计划晚了一年才出。检《松本清张全集》后所附年谱，1964年松本清张出国访问，只去了欧洲和中东，并没有到中国来。这或许就是出版推迟的原因了。而计划中的《日本当代小说集》，注明字数60万，"正文已成型，缺零件，拟抽掉一篇，6月底解决"，并确定出版日期为"国庆前出"。但这部书当时未能问世，后来或许演化为外国文学出版社1980年出版的《日本当代小说选》（上下册）了。

至于有些标注着7月、8月、9月发稿的书，就有很多最终未出版的了。如有一本阿尔及利亚的作品，书名叫《尸灰的寂静》，标着"9月发稿"，后面注明"配合亚非会议，11月出"，但其实从未出版。同样注明"配合亚非会议，11月出"的缅甸作品《鄂奥》，实际是作家出版社于1965年8月出版的，比原计划迟了大半年。《有吉佐和子小说集》一种，标着"翻译中，拟8月发稿"，并注明"作者拟来华访问"。但这本书当时未问世。

在最终未能出版的诸种书中，最令我惋惜的是《德莱登文学论文选》。约翰·德莱登（John Dryden）是十七世纪英国著名的诗人、剧作家，也是英国文学批评的开创者。他的名文《论戏剧诗》等影响深远。拟目中的《德莱登文学论文选》，字数12万，篇幅不大，但想来也是极珍贵的，因为直到今天，我们仍然没有一本德莱登文学批评的中译本。人民文学出版社曾于1957年至1958年间出版《文艺理论译丛》辑刊共6册（后来改名《古典文艺理论译丛》，出至第11期停刊），在1958年第4期的《文艺理论译丛》上刊出了德莱登的两篇论文，分别为

《悲剧批评的基础》(袁可嘉译)、《英雄诗及诗的自由》(刘若端译),我猜,拟目中的《德莱登文学论文选》就是打算在此基础上增加若干篇目成书的。《文艺理论译丛》及《古典文艺理论译丛》,是外国经典文艺理论的渊薮,李健吾任主编,译者集一时之选,钱锺书、朱光潜、罗念生、杨周翰等都曾供稿,编选和翻译的水平今日绝难企及。正因为如此,《德莱登文学论文选》当时未得问世,不能不说是一桩憾事。

《人民文学出版社1961—64年出版外国现代文学情况》,应该是向上级汇报用的材料,工楷复写,但有修改处,第一页右上角有"郑存"字样,是郑效洵先生自留的底稿。

材料开头说:

> 我社1961年至64年共出版外国古典和现代文学作品146种,其中现代文学作品99种,古典作品47种,外国现代文学占百分之68。由于国际斗争形势的发展,世界人民反帝反殖民主义革命运动的高涨,上级曾指示我社注意加强亚非拉地区文学的介绍;另一方面,苏联和东欧各国蜕化为修正主义国家,可出的作品越来越少,因此近二三年来介绍亚非拉作品的比重,逐年增加,在四年来介绍外国现代文学作品的99种中,亚非拉各国占69种,苏联东欧27种(大都是61—62年间出的),西欧北美3种。

这段话很能概括六十年代前期人民文学出版社的出版气候。

其后，这99种现代文学作品被分为四类排列：

第一类是"思想性、战斗性强的优秀的革命文学作品及密切反映当前国际反美斗争的作品，共10种"，有代表性的如《南方来信》（一、二集），"从去年五月（指1964年5月——引者按）出版到今年三月，已分别印了1,970,000册和2,100,000册"。两种书在不到一年的时间里共印行400余万册，确实是相当可观的印量。

第二类是"各国革命、进步文学，主要是亚、非、拉民族主义国家和苏联、阿尔巴尼亚、保、匈、越、朝、古巴、蒙、捷等社会主义国家的作品共78种"。

第三类是"为了某种目的的需要而出版，意义不大的作品共10种。如为了支持古巴革命胜利而出版的（智利）聂鲁达的《英雄事业的赞歌》（作者修正主义面目当时尚未暴露）；为配合日本纪念鉴真和尚东渡一千周年而出版的《天平之甍》和《亚非丛书》中为照顾国别及作家而出的《托康巴耶夫诗集》、《深厚的情感》、《鬼无鬼岛》等"。聂鲁达1957年访华后即不怿于对毛的个人崇拜，他的"修正主义面目"是早晚要为中国人民所知的罢。《托康巴耶夫诗集》、《深厚的情感》分别为苏联和蒙古的作品，而《鬼无鬼岛》是日本作家堀田善卫的小说，印量只有1500册，倒是值得留意的一本小书。

第四类是"出版后发现内容有缺点或错误的作品，计一种，即（古巴）《志愿女教师》。原作曾获古巴政府对外联络机关

'美洲之家'小说奖。描写知识分子参加革命队伍,思想得到改造,但有三分之一篇幅暴露自己的错误和反动的思想而缺乏批判,已请示改为内部发行(书上不印'内部发行'字样)。"

是谁在决策出什么、不出什么?或者说,掌握书籍的生杀大权的究竟是哪些人?郑效洵在《翻译和出版外国现代政治、学术重要著作选题目录(草案)》上随手记下的笔记,或许透露出些许消息。郑先生在第28页空白处写下"专谈文学(一号下午除外,下周较忙(在三一五去津))",当是对开会讨论出版选题的备忘,竖着一列列出了参加者姓名:叶、戈、卞之琳、陈、李芒、孙、郑。"叶"也许是叶水夫,"戈"应该是戈宝权,"陈"可能是陈冰夷,"孙"或许是孙用,"郑"应该是郑效洵自己。叶水夫、陈冰夷、郑效洵都是当时主持外国文学译介工作的主事者,戈宝权、卞之琳、李芒、孙用则是外国文学中不同语种的专家。

当然,最大的决定因素,从来不是个人,而是政策,是潮流,是形势。所以不要去责怪那些对好书实施了人工流产的个人,你知道,他们也同样催生过许多好书。面对那些不存在的书,其实没有激烈的怨愤,甚至没有深深的遗憾,只有那么一点儿怅惘,如对一切遥不可及的好物。

(原刊于2014年3月《读书》杂志)

后 记

《既有集》所收文章，均曾发表。编集时，改正了一些业经发现的讹误，删去了一些不很稳妥的词句，还原了部分发表时限于篇幅而未能刊出的文字。但总体而言，与已刊者差别甚微，已读过文章者，即不必读此书。进而言之，即令之前未读过这些文章，不读此书，也是可以的，甚至是好的。天下好书甚多，《既有集》不与其列。

此书之刊，目的与《始有集》同，只为向关心爱护我的师长、友人表示感谢。

感谢陆灏先生。书中有七篇发表于他为《文汇报》、《东方早报》主持的版面上。如果没有他的奖拔督促，我不会写下这些文字。

感谢刘炜茗先生。感谢他容许我占用《南方都市报》的版面，发表了书中的八篇文章。

感谢刘小磊先生。近年，劝我写作最力的一位就是他。书中有三篇发表于他为《南方周末》主持的版面上。

感谢薛巍先生。他曾是我的作者，而我也有幸成为他的作者。虽然我每每拖稿，他还是对我保持了礼貌限度内的最大耐心。书中有四篇发表于他参与编辑的《三联生活周刊》。

感谢沙湄女士。她在《天南》《单读》工作期间，向我展示了最专业的编辑风貌。书中有三篇经她手发表。

感谢黄学祥先生。相识二十年，他在编辑生涯中曾未忘记过我，他编过的报刊几乎总会有我写的东西。书中有一篇发表在他编过的发行量也许很小的杂志上。

感谢柳青女士。此集中发表最早的一篇即刊在她编辑的《文汇报》版面上。

感谢卢德坤先生。他在《都市快报》当编辑为时不长，却恰好约我写了一篇用力的文字。

感谢卫纯先生。他允许我在《读书》上发表了一篇长文。

感谢肖海鸥女士、黄德海先生。此书端赖他们二位襄助方得出版。

感谢范旭仑先生、Mondain先生、张治先生、宋希於先生、胡维女士、王蔚女士。他们或为我补充材料，或指出了拙文的疏误之处。此外未经提及的师友助益亦多，我同样心怀感谢。

感谢我的妻子、我的母亲。这本书献给我的家人。

图书在版编目（CIP）数据

既有集 / 刘铮著. -- 上海：上海文艺出版社,2020（2021.12重印）
（六合丛书）
ISBN 978-7-5321-7708-0
Ⅰ.①既… Ⅱ.①刘… Ⅲ.①随笔—作品集—中国—当代
Ⅳ.①I267.1
中国版本图书馆CIP数据核字(2020)第095091号

发 行 人：毕　胜
责任编辑：肖海鸥
特约编辑：宋希於
装帧设计：常　亭

书　　名：	既有集
作　　者：	刘　铮
出　　版：	上海世纪出版集团　　上海文艺出版社
地　　址：	上海市闵行区号景路159弄A座2楼　201101
发　　行：	上海文艺出版社发行中心
	上海市闵行区号景路159弄A座2楼206室　201101　www.ewen.co
印　　刷：	苏州市越洋印刷有限公司
开　　本：	880×1230　1/32
印　　张：	8.875
插　　页：	2
字　　数：	176,000
印　　次：	2020年7月第1版　2021年12月第2次印刷
I S B N：	978-7-5321-7708-0/I.6124
定　　价：	48.00元
告 读 者：	如发现本书有质量问题请与印刷厂质量科联系　T:0512-68180628